Chris Bienert
„Erdbeeren für den Zeugen"
2.Fall für Sam und Viktoria aus Hannover.
Eine Spur führt nach Ibiza

Für Sabine und Jürgen

Zu diesem Buch

Nie wieder will Erzieherin Sam aus Hannover in einen Mordfall verwickelt werden. Aber dann entdecken sie und ihre ältere, unkonventionelle Freundin Viktoria in einer Kaufhaustoilette eine Rauschgiftsüchtige, die wenig später ins Koma fällt. Viktoria vermutet einen Mordanschlag und will die Hintergründe klären. Ihr Verdacht fällt auf den smarten Psychologen Dr. Lars Bachner, der die Frau behandelt hat. Als wenig später eine weitere Patientin ermordet wird, schließt Sam sich Viktoria widerwillig an. Ihre Ermittlungen führen nach Ibiza und Bad Zwischenahn. Dort stoßen sie und Viktorias Sohn, der Fotograf Olli, auf interessante Spuren. Doch wo befindet sich der einzige Zeuge, Karens Kater, dessen außergewöhnliche Vorliebe für Erdbeeren den Mörder überführen könnte? Es ergeben sich neue Hinweise und die Ermittlungen werden immer gefährlicher ...

Auch diesen Fall lösen die Amateurdetektivinnen aus Hannover trotz unprofessioneller Vorgehensweise mit Witz und Charme.

Zur Autorin

Chris(tine) **Bienert** lebt mit ihrer Familie in der Region Hannover. Sie hat in verschiedenen Berufen gearbeitet, u.a. als Erzieherin, Journalistin, Dozentin und Verlegerin. Mit ihren Lyriktexten und Kurzgeschichten ist sie in zahlreichen Anthologien namhafter Verlage vertreten und hat als Herausgeberin mehrere Anthologien zusammengestellt. Zudem schreibt sie kurzweilige Krimis und Romane.

Als leidenschaftliche Fotografin sind ihre Fotos und Foto-Kunstarbeiten in Zeitungen, Büchern und Kalendern veröffentlicht worden. Sie nimmt auch an Ausstellungen teil.

Mit ihren Geschichten möchte die Autorin unterhalten und Leser auf möglichst originelle, witzige und/oder spannende Weise aus den Problemen des Alltags in eine Welt entführen, in der es meist ein „Happy End" gibt.

Von der Autorin sind derzeit im Verlag erhältlich:

1.Fall für Sam und Viktoria: „Kein Lolli für den Mörder"; Lyrikbuch mit Fotos, Christine Bienert:„lebenlichtschattenmomente", Anthologien, herausgegeben von Christine Bienert und Dagmar Seidel-Raschke:„Hundeschwätzchen", „Katzenschwätzchen"

CHRIS BIENERT

Erdbeeren für den Zeugen

Roman

*Bibliografische Information der Deutschen Bibliothek:
Die Deutsche Bibliothek verzeichnet diese Publikation in der
Deutschen Nationalbibliografie; detaillierte bibliografische Daten
sind im Internet über <http://dnb.ddb.de> abrufbar.*

Überarbeitete Neuauflage 3/2017

Personen und Handlungen sind frei erfunden.

© Originalausgabe 11/2006, Schmöker Verlag, Garbsen

Umschlaggestaltung/Fotos: Christine Bienert
Autorenfoto: Dennis Bienert

Herstellung und Verlag:
Books on Demand GmbH, Norderstedt

ISBN 978-3-7431-7410-8

1

Ich hätte mich nicht wieder mit Viktoria treffen sollen. Mein neuer Lebensgefährte Björn Schneider hatte mich gewarnt. Aber was war schon dabei, sich mit einer fast sechzigjährigen Witwe an einem regnerischen Freitagnachmittag zu einem Einkaufsbummel in Hannovers City zu verabreden? – Gar nichts. Das Problem war nur, dass der Kaffee bei Viktoria und mir einen Gang zur Toilette erforderlich machte. Natürlich wäre auch dagegen nichts einzuwenden gewesen. Millionen von Frauen benutzten ein öffentliches Kaufhaus-WC, ohne hinterher den Notruf verständigen zu müssen.
»Komm schnell her, Sam.«
Viktoria winkte mich aufgeregt heran, als ich meine Toilettenkabine verließ und in den Gang trat.
Sam, vollständiger Sandra A. Martin, das war ich. Einunddreißig Jahre, Erzieherin, geschieden, ein wenig ängstlich und nicht im Mindesten an Unannehmlichkeiten interessiert.
»Was ist?«, wollte ich vorsichtig wissen.
Viktorias Blick gefiel mir nicht und ließ sämtliche Alarmglöckchen in meinem Inneren klingeln. Oder lag dieses hitzige Glitzern in ihren Augen am bläulichen Kunstlicht, in das der weiß geflieste Toilettenraum getaucht war?
»Sieh dir das an.«
Sie zog mich in das gegenüberliegende WC und deutete vage auf die reich beschriftete Kabinenwand zur Nachbartoilette. Eine übergroße Phallusdarstellung mit verkniffenem Gesicht stierte mich auffordernd an.
»Findest du seit neuestem Gefallen an Schmuddel-Krickeleien?«

Viktorias Vorlieben für jüngere Männer mit knackigen Popos und alles, was mit Sex zu tun hatte, sorgte seit Beginn unserer Freundschaft vor einigen Monaten für Meinungsverschiedenheiten zwischen uns. Ich empfand ihre Freizügigkeit in ihrem Alter als übertrieben, sie hielt mich für hoffnungslos altmodisch.
»Wie?«
Viktoria blickte geistesabwesend auf die Trennwand.
»Für so etwas haben wir jetzt keine Zeit. – Da!«
Sie zeigte auf den unteren Spalt zwischen schwarzgrau gesprenkelten Steinfußboden und Abtrennwand. Neben ihrer großen Einkaufstüte sah ich eine Schuhspitze zu uns herüberlugen.
»Ja, und? Wahrscheinlich hat eine Frau neue Schuhe gekauft und die Alten in der Toilette stehen gelassen«, entgegnete ich betont leise.
Mir war Viktorias Lautstärke peinlich. Denn das rote ›Besetzt‹-Zeichen an der Nachbarkabine wies darauf hin, dass die Toilette gerade benutzt wurde.
»Ach, Sam, manchmal bist du wirklich strohköpfig. Gib mir schnell deinen Stockschirm.«
Ehe ich reagieren konnte, riss sie ihn mir aus der Hand, kletterte auf die Toilette und hangelte mit meinem Schirm in die Nachbarkabine hinein.
»Viktoria, lass das sein«, zischte ich ihr empört zu und versuchte sie von der Toilette zu zerren.
Was sollte die Frau nebenan denken, wenn plötzlich von oben ein Schirm in ihre Kabine schwebte? Als Willkommensgeste des Kaufhauses, weil sie sich für die Benutzung dieses Örtchens entschieden hatte, würde sie das kaum deuten.
Im nächsten Moment hörte ich ein leises Klacken. Viktoria sprang von der Toilette und drängte sich an mir vorbei. Ich folgte ihr unschlüssig. Die Tür ne-

benan zeigte kein ›Besetzt‹-Zeichen mehr. Viktoria hatte mit meinem Schirm den Riegel umgelegt, der die Tür verschloss und gleichzeitig anzeigte, ob eine Kabine frei war oder nicht.
Sie stieß die Tür auf.
»Das muss die Toilettenfrau sein.«
Eine junge Frau hing halb sitzend, halb liegend auf dem geschlossenen Toilettendeckel. Ihr Mund stand offen, ihre Augen waren geschlossen. Der hellgrüne Kittel, den sie über einem weißem T-Shirt und Jeans trug, bestätigte Viktorias These. Ein Bein lag angewinkelt, das andere war seitlich der Toilette ausgestreckt und steckte mit der Fußspitze unter der Kabinenöffnung. Dazwischen stand ein geöffneter, bunter Stoffrucksack, als hätte sie eben etwas aus ihm herausgeholt. Auf dem autoradgroßen Toilettenpapierbehälter lag ein Feuerzeug. Ein zerbrochenes Schälchen, ein Löffel, ein Halstuch und eine benutzte Spritze lagen darunter am Boden. Der rechte Arm hing leblos herab und wies einen dunklen Bluterguss mit Einstichstellen auf. Trotz ihrer offenkundigen Rauschgiftsucht, machte sie einen gepflegten Eindruck. Sie war leicht geschminkt und hatte kurze schwarze Haare, die frisch gewaschen aussahen. Ihr Alter schätzte ich auf Anfang bis Mitte Zwanzig. Sie sah leichenblass aus.
»Ist sie ... tot?«
Es war kaum mehr als ein Flüstern. Mir war plötzlich schlecht. Den Anblick von Toten konnte mein Kreislauf nicht gut vertragen. Auch die Luft in der Toilette war mit ihrem Gestank nach Toilettenduftstein, Urin und einem undefinierbaren Geruch nicht geeignet, mein Schwindelgefühl zu dämpfen. Viktoria bückte sich zu der jungen Frau herunter und fühlte ihr fachmännisch den Puls, wie sie es als ehemalige

Krankenschwester bei Hunderten von Patienten getan hatte.
»Nein. Vielleicht schafft sie es.« Eilig tippte sie die Notrufnummer in ihr Mobiltelefon.

»Was glaubst du? Wird sie überleben?«
Dreißig Minuten später saßen wir im nächsten Café und genehmigten uns auf den Schreck einen Kognak. Noch bevor der Krankenwagen die junge Frau abgeholt hatte, hatte mich Viktoria durch die Menge der Schaulustigen gezogen, die sich plötzlich im WC und im Flur angesammelt hatte.
»Keine Ahnung. Wir haben getan, was wir konnten. Den Rest wird das Schicksal besorgen.«
»Hätten wir nicht warten sollen?«
»Wozu? Wir konnten nichts mehr tun. Außerdem wollte ich auf keinen Fall der Polizei in die Arme laufen.«
»Seit wann flüchtest du vor der Polizei?«
Eigentlich hatte ich die Frage witzig gemeint, doch Viktoria schaute mich schief an.
»Die hätten mich sowieso nicht ernst genommen, wenn ich Ihnen erklärt hätte, dass auf die junge Frau ein Mordanschlag verübt wurde.«
Mir fiel das Kognakglas aus der Hand. Glücklicherweise war es leer und landete weich auf meinem Schoss.
»Das ist nicht dein Ernst«, stellte ich tonlos fest.
Viktorias Leidenschaft für Kriminalfälle in allen Variationen, sei es in Büchern, im Film, im Hörspiel oder in der Realität, bildete einen weiteren Streitpunkt zwischen uns. Wenn es nach ihr gegangen wäre, würde sie als eine Art Realität gewordene Miss Marple einen Kriminalfall nach dem anderen lösen. Ich dagegen konnte gut darauf verzichten, hinter

Verbrechern herzujagen. Zu frisch war meine Erinnerung an einen Mordfall, in den wir hineingeraten waren und der uns fast das Leben gekostet hätte. Nie wieder wollte ich Derartiges erleben. Wenn ich mich in kriminelle Gefilde begeben wollte, dann nur in Romanen. Das war sicherer.
»Doch. Das ist mein absoluter Ernst.«
Viktorias Augen leuchteten wie bei einem Kind, das vor einem Weihnachtsbaum stand und es kaum erwarteten konnte, die Geschenke auszupacken. In diesem Augenblick hätte ich am liebsten sie zu einem Mordopfer gemacht. Statt Mitgefühl für die junge Frau aufzubringen, die mit dem Leben kämpfte, erging sie sich morbiden Mordfantasien.
»Die junge Frau hat sich Rauschgift gespritzt. Was soll das mit einem Mordanschlag zu tun haben?«
»Nie glaubst du mir. Wenn ich dir sage, es handelt sich um einen Mordversuch, dann ist das so.«
Trotzig klopfte sie mit der Hand auf die Tischdecke.
»Sicher.«
Ich sah mich nach der Kellnerin um. Der Zeitpunkt war gekommen, zu gehen. Es hatte keinen Sinn, Viktoria weiter zuzuhören. Ihre Eigenart hinter außergewöhnlichen Ereignissen Verbrechen zu wittern, machte mich nervös.
»Du hast ihre gestammelten Worte nicht gehört.«
»Du hast mir ihr gesprochen?«, fragte ich erstaunt.
»Nicht direkt. Sie hat versucht etwas zu sagen. Das Erste war zu leise. Dann hat sie ›umbringen‹ gesagt. Das habe ich deutlich gehört.«
»Ihre ersten Worte hast du nicht verstanden, aber das Wort ›umbringen‹?« Ich schüttelte den Kopf.
»Weißt du, was ich vermute? Das Wort ›umbringen‹ hast du verstehen wollen. In Wirklichkeit hat sie etwas ähnlich Klingendes gesagt.«

Viktoria blickte mich kämpferisch an.
»Natürlich, das ist typisch für dich. Nie willst du den Tatsachen ins Auge sehen. Genauso hätte die Polizei reagiert. Deshalb wollte ich nicht warten. Es ist effektiver, auf eigene Faust zu recherchieren.«
»Das musste ja kommen. Kapier endlich, dass du keine Detektivin bist. Rede lieber mit den ermittelnden Polizisten. Oder wende dich an Gunter Melzner.«
Hauptkommissar Gunter Melzner war der einzige Kripobeamte, den wir kannten. Er war mit Björn befreundet und konnte durchaus nett sein, jedenfalls zu mir. Was Viktoria anging, hatte die Kommunikation der beiden aus unendlichen Wortgefechten bestanden. Entsprechend traf mich nun ihr verachtungsvoller Blick.
»Ich rede erst mit der Kripo, wenn ich mehr weiß. Und komm mir nicht mit Melzner. Dieser Macho kann mir gestohlen bleiben. – Vielleicht finden wir hier Anhaltspunkte.«
Sie nahm ihre Plastiktüte vom Boden auf und holte zu meiner Bestürzung den bunten Rucksack heraus, den ich zuletzt neben der jungen Frau gesehen hatte.
»Du hast ihren Rucksack geklaut?«
»Ich habe ihn in Verwahrung genommen«, berichtigte sie mich mit ihrer tiefen Stimme. »Wer weiß, ob nicht jemand von den Neugierigen den Rucksack gestohlen hätte, wenn ich ihn dort gelassen hätte. Als ich die Stimmen der Gaffer hörte, habe ich ihn in einem Hilfsreflex in meine Plastiktasche gestopft.«
»Hilfsreflex? Dass ich nicht lache. Das war pure Berechnung. Aber dieses Mal wirst du mich nicht überzeugen, deine Ermittlungsspielchen mitzumachen. Dieses Mal nicht!«, setzte ich mit Nachdruck hinterher.

Sie sollte nicht denken, dass ich diesen Fehler ein zweites Mal begehen würde. Zugegeben, es war bei unseren letzten Ermittlungen nicht uninteressant gewesen, in das Leben und die Abgründe anderer Leute zu blicken. Doch im Allgemeinen war ich weniger abenteuerlustig und konzentrierte mich lieber auf meine Kinder im Kindergarten. Die Kellnerin kam in mein Blickfeld. Ich winkte ihr zu.
»Zahlen, bitte.«
Während ich meine Rechnung beglich, kramte Viktoria unverfroren im Rucksack der jungen Frau herum. Kaum war die Kellnerin gegangen, zog sie einen flachen Lederbeutel heraus, der Geld, eine Krankenversicherungskarte und ein zerknittertes Rezept enthielt. Rezept und Versicherungskarte waren beide auf denselben Namen ausgestellt: Vanessa Fink. Sie wohnte demnach in der Haltenhoffstraße in Hannover und war dreiundzwanzig Jahre alt. Das Rezept fesselte augenblicklich Viktorias Interesse.
»Das ist erst heute ausgestellt worden. Wenn ich mich nicht irre, hat ihr der Arzt ein starkes Beruhigungsmittel verschrieben und ein Mittel, das ich nicht kenne. – Das Ärzte immer so eine saumäßige Unterschrift haben müssen«, klagte sie und runzelte angestrengt die Stirn. »Kannst du entziffern, wer es unterschrieben hat? Laut Rezept stammt es aus einer Doppelarztpraxis an der Hildesheimer Straße. Der eine Arzt ist Internist und heißt Dr. Friedhelm Strehlitz, der andere, ein Dr. Lars Bachner, ist Psychotherapeut.« Sie hielt mir das Rezept unter die Nase. »Kannst du den Namen erkennen?«
»Das ist mir völlig gleichgültig.«
»Mit dir ist heute nichts anzufangen, Sam«, meinte sie ärgerlich, »ich weiß, was ich gehört habe.«
»Es gibt keinen Mordanschlag, Viktoria. Das denkst

du nur, weil du eine hemmungslose Schnüfflerin bist, die gierig ihre Nase in die privaten Angelegenheiten anderer Leute steckt, weil sie nichts anderes zu tun hat. Du solltest dich in einer gemeinnützigen Organisation engagieren oder dir einen Job suchen.«
»Das ist unfair. Ich bin nun einmal eine verantwortungsbewusste Bürgerin und kann Verbrechen nicht tatenlos zusehen.«
»Verantwortungsbewusst wäre es, mit der Polizei zu sprechen und die Tasche abzugeben. Die Beamten wissen wahrscheinlich nicht einmal, wer die Frau ist. Wie sollen sie ihre Angehörigen erreichen? Vielleicht ist es sogar für die behandelnden Ärzte im Krankenhaus wichtig, mit dem Arzt zu reden, der das Rezept ausgestellt hat.«
Sie sah mich zerknirscht an.
»Daran habe ich nicht gedacht. Kannst du nicht zur Polizei gehen und den Rucksack abgeben. Dann könnte ich in der Zeit ...«
Mein tadelnder Blick ließ sie schweigen. »Nein. Die Suppe, die du dir eingebrockt hast, kannst du allein auslöffeln. Das Ganze ist ein simpler Unglücksfall. Sie hat sich entweder in der Dosierung geirrt oder das Rauschgift war verunreinigt.« Ich griff meine Jacke und meinen Schirm und erhob mich.
»Das vermutest du. Woher willst du wissen, ob nicht eine weitere Person in der Kabine war?«
Ich beugte mich zu Viktoria herunter.
»Die Tür war von innen verschlossen. Damit dürfte das klar sein.«
Viktoria schüttelte den Kopf. »Wenn wir den Riegel von außen umlegen konnten, konnte es ein anderer auch. Jemand, der sie ermorden wollte.«
»Sie hat es selbst getan. Ich weiß, was ich gesehen habe.«

»Gut, vielleicht hast du Recht. Aber der Täter könnte ihre Sucht benutzt und ihr eine giftige Substanz untergemischt haben, um sie aus dem Verkehr zu ziehen.«
»Möglicherweise hat tatsächlich jemand das Rauschgift mit schädlichen Stoffen gestreckt, um einen höheren Gewinn zu erzielen. Das habe ich öfter in der Zeitung gelesen. Gerade dann ist es wichtig, der Polizei alle Fakten zu liefern, damit nicht weitere Drogensüchtige erkranken.«
Sie runzelte die Stirn.
»Glaubst du wirklich, es könnte ein Verbrechen aus dem Rauschgiftsumpf dahinter stecken?«
»Nein. Ich denke, es steckt überhaupt kein Verbrechen dahinter. Falls es kein Unglücksfall war, könnte sie möglicherweise Selbstmord verübt haben. Hast du darüber nachgedacht?«
»Selbstmord? Aber sie hat deutlich von ›umbringen‹ gesprochen.«
»Eben, vielleicht hat sie gesagt, sie wollte sich selbst umbringen.«
»Nein, es war Mord. Und ich werde ...«
Der Rest ging im Stimmengewirr der anderen Restaurantgäste und Geschirrklappern unter. Ich entfernte mich und warf keinen einzigen Blick zurück.

Stunden später saß ich mit Björn beim Abendessen bei mir zu Hause in der Küche. Ich hatte keinen Appetit und schob mein Vollkornbrot von einer Ecke des Tellers in die andere.
»Was ist los? Du hörst mir weder zu, noch isst du.«
Björns Stimme klang vorwurfsvoll zu mir herüber.
Die ganze Zeit hatte er mir von seiner zwanzigjährigen Tochter Meike vorgeschwärmt, die zu Weihnachten nach Hannover kommen würde, um mich

kennen zu lernen. Mir zum x-ten Mal seine vor Stolz triefenden Lobreden über sein ›wundervolles Mädchen‹ anhören zu müssen, hatte mich mäßig interessiert. Meine Gedanken waren zu der jungen Frau in der Toilette abgeschweift. Hatte ihr Vater sie je derart angebetet wie Björn seine Tochter? Wie mochte ihre Kindheit verlaufen sein? Hatte sie eine Familie? Wenn ja, was würden ihre Angehörigen empfinden, wenn sie von ihrem drogenbedingten Zusammenbruch erfuhren? War es ein Unfall oder ein Selbstmordversuch gewesen? Oder hatte womöglich Viktoria recht und jemand hatte versucht, sie mit Drogen umzubringen?
»Wenn Meike keinen Hunger hat, ist das ein Alarmzeichen. Entweder hat sie Probleme oder sie wird krank. Hast du Fieber?«
Er griff über den Tisch und befühlte meine Stirn, als wäre ich ein kleines Kind. Unwirsch schüttelte ich seine Hand ab. Durch meine jahrelange Arbeit im Kindergarten, die mein Immunsystem gut abgehärtet hatte, war ich kerngesund.
»Dann hast du Probleme. Meike erzählt mir immer, was sie bedrückt.«
Ich war nicht Björns Tochter, auch wenn er sich im Moment wie ein sorgenvoller Vater aufspielte. Und die Einzige, die Probleme bekommen könnte, war Viktoria. Aber das würde ich ihm nicht erzählen.
»Sam, in einer Partnerschaft redet man über seine Probleme. Bitte sag mir, was dich bedrückt.«
Es klang fast wie ein Befehl. Aber es stimmte, ich sollte ihm wirklich vertrauen. Immerhin waren wir seit beinah einem viertel Jahr miteinander liiert und hatten schon darüber gesprochen, ob wir zusammenziehen wollten.
»Ich war heute an meinem freien Nachmittag in der

City. Dort haben wir in einer Toilette eine rauschgiftsüchtige Frau gefunden. An die musste ich denken. Hoffentlich überlebt sie.«

Björn, der soeben mit der Gabel einen Bissen seines Käsebrotes in den Mund führen wollte, stoppte. »Was? – Und wer ist ›wir‹?«

»Ich war mit Viktoria verabredet. Wir waren ein bisschen shoppen und sind Kaffee trinken gegangen.«

»Du hast dich mit dieser Verrückten getroffen? Davon hattest du mir nichts gesagt.«

Björn blickte mich alarmiert an. Er neigte zu der Ansicht, dass Viktoria unter zunehmender Demenz litt und eine Gefahr für ihre Umwelt und damit ganz speziell für mich darstellte. So krass sah ich das nicht. Abgesehen von ihren zwei ›K‹-Leidenschaften – ›Kerle und Krimis‹, wie sie es einmal genannt hatte – war sie eine liebenswerte Frau, die ehrlich zu ihren unkonventionellen Lebensansichten stand. Mich erinnerte sie an meine Kinder im Kindergarten, die alle Vernunft außer Acht ließen und sich unbeschwert ihren Spielen und Träumen hingaben. Wahrscheinlich mochte ich meine Freundin deshalb. Egal, was für Ideen sie hatte.

»Viktoria konnte nichts dafür, dass wir die Frau gefunden haben«, nahm ich sie in Schutz.

»Manche Menschen scheinen unglückselige Umstände magisch anzuziehen.«

»Seit wann glaubst du an so etwas? Sonst ist es Viktoria, die das Schicksal als Entschuldigung für ihr Eingreifen bemüht«, grinste ich.

Björn war ein Mann der Realität, der durch sein früheres Lehrerstudium und seine jetzige Tätigkeit als Versicherungsdetektiv über einer derartigen Weltanschauung stand.

»Bitte, kleine Lady, dreh mir nicht das Wort im Mund herum. Du weißt genau, was ich meine. Das Einzige, was mich an dieser Sache beruhigt, ist, dass die junge Frau ihrer Rauschgiftsucht zum Opfer gefallen ist und keinem Verbrechen. Sonst wäre Viktoria womöglich wieder auf die Idee gekommen, der Polizei ins Handwerk zu pfuschen.«
Ich schwieg. Viktorias Vermutung, es könne ein Mordanschlag gewesen sein, hätte Björns Adrenalinspiegel unnötig in die Höhe getrieben.
»Bitte triff dich nicht mehr mit ihr, Sam. Dann kann ich ruhiger schlafen.«
Er schaute mich mit seinen graublauen Augen durchdringend und zugleich sorgenvoll an. Jetzt sah er älter aus als vierzig, obwohl er mit seinen dunkelblonden, vollen Haaren, die er sich bis in den Nacken wachsen ließ, normalerweise wie Mitte dreißig wirkte.
»Ich möchte nicht wegen Viktoria streiten. Es war so ein deprimierender Nachmittag. Kannst du mich in deine Arme nehmen? Das würde mir besser gefallen«, versuchte ich einen Themenwechsel.
Ich blickte Björn sehnsuchtsvoll mit meinen großen, braunen Unschuldsaugen an, die mein Ex-Mann als kindlich-naiv bezeichnet hatte. Seinerzeit hatte er nicht ahnen können, dass ich am Ende keinesfalls so kindlich-naiv gewesen war, seine Seitensprünge zu übersehen und entsprechend zu handeln.
»Du hast Recht Sam. Ich kann nur den Gedanken nicht ertragen, dir könne etwas passieren«, lenkte er ein und strich mir eine meiner dunklen Locken aus dem Gesicht, die mit Vorliebe eigenwillig herumwuselten.

2

»Wo sind die Rücklichter, Frau Martin?«, fragte mich ›Kinderprofessor‹ Markus altklug und kramte in seinem Materialschälchen auf dem Tisch herum.
Rücklichter? Die hatte ich vergessen aufzumalen. Ich griff mir eine rote Kartonpappe und malte ihm mit dem Zirkel zwei Kreise auf, die der sechsjährige Markus sofort ausschnitt. Mit ihm schnippelten und klebten sieben Kinder meiner Gruppe zwischen drei bis sechs Jahren an ihren Autos herum, die sie aus bunter Wellpappe, Zahnstocher-Achsen und Korkrädern bastelten.
»Ich will auch Rücklichter, aber grüne«, meldete sich der forsche Michi zu Wort.
»Rücklichter sind rot«, dozierte Markus rechthaberisch.
»Mein Auto kriegt grüne. Und eine Antenne. Das ist ein Superauto.«
Michi hatte seine eigenen Vorstellungen.
Während ich ihm grüne Rücklichter aufmalte, öffnete sich die Tür zu meinem Gruppenraum. In schwarzer Lederkluft und buntem Motorradhelm unter dem Arm, kam eine schlanke, mittelgroße Frau mit zerzauster Marilyn-Monroe-Frisur und dezent geschminktem, leicht faltigen Gesicht zielstrebig an meinen Tisch.
»Du?«, fragte ich Viktoria erstaunt.
Sie kam nur in die Höhle des Löwen, wie sie meinen Arbeitsplatz nannte, wenn es sich nicht umgehen ließ.
»Hast du Zeit, Sam?«
»Warte einen Moment hier. Wenn ich mit Basteln fertig bin, gehe ich mit den Kids in den Garten. Dann können wir reden.«

Unschlüssig beäugte Viktoria die Kinder. Michi hatte ihr überraschendes Auftauchen genutzt, sich für sein Auto einen von Markus Zahnstochern zu mopsen. Markus beschwerte sich lautstark und wollte seinen Zahnstocher zurück haben. Michi wollte ihn behalten. Mit einer ausholenden Bewegung versuchte er ihn in Sicherheit zu bringen, und landete in Viktorias Handrücken.

»Ich warte draußen«, entschied sie mit finsterem Blick auf Michi. »Und halt mir diese Bestien vom Hals, wenn wir miteinander reden.«

Typisch Viktoria! Vor harmlosen Kindern, die eine kleine Meinungsverschiedenheit hatten, nahm sie Reißaus. Verbrechen dagegen versetzten sie in höchste Verzückung. Sie war wirklich schwer zu verstehen.

»Was gibt es Dringendes, das du extra hierher kommst?«, fragte ich sie neugierig, als die Kinder im Garten tobten. »Weißt du zufällig, wie es der rauschgiftsüchtigen jungen Frau geht, Viktoria? Ich konnte in der Zeitung nichts über sie entdecken.«

»Eine drogensüchtige Toilettenfrau, die ins Koma gefallen ist, ist für niemanden von Interesse«, meinte sie sarkastisch.

»Sie liegt im Koma?«

»Ja. Die Frage ist, ob sie je aufwacht. Eine Kombination von Beruhigungsmitteln und einer Überdosis Heroin wirkt nicht gerade lebensverlängernd. Man muss abwarten, sagen die Ärzte.«

»Woher weißt du das?«

»Ich war im Krankenhaus und wollte sie besuchen. Die Polizei war so freundlich, mir zu sagen, wo sie liegt.«

»Du hast also den Rucksack auf einem Revier abgegeben?« Das beruhigte mich.

»Natürlich. Das hatte ich von Anfang an vor. Ich wollte nur vorab eigene Ermittlungen anstellen. Es war klar, dass mich niemand ernst nehmen würde, nicht einmal du«, klagte sie vorwurfsvoll.
»Und was haben sie gesagt, als du mit dem Rucksack kamst?«
Ich überhörte ihren Vorwurf.
»Der Polizist, mit dem ich gesprochen habe, war sehr nett. Natürlich bin ich in meinen altmodischsten Klamotten und ungeschminkt im Präsidium aufgelaufen und habe perfekt die naive, alte Dame gemimt, die verhindern wollte, dass der Rucksack gestohlen wird.«
Sie grinste in Erinnerung an ihren Auftritt.
»Haben Sie dich nicht gefragt, warum du nicht auf die Polizei oder den Krankenwagen gewartet hast?«
»Doch. Ich habe mich damit herausgeredet, ich hätte vor Aufregung Herzbeschwerden bekommen und eine nette, junge Frau, die zufällig mit mir die kranke Frau gefunden hat, hätte mich an die frische Luft begleitet. Sie wollten wissen, wer du bist. Ich habe ihnen gesagt, ich hätte dich nicht gekannt.«
»Und das haben sie dir abgenommen?«
»Sicher. Warum sollten sie an mir zweifeln? Ich bin eine gute Schauspielerin. Während meiner Schulzeit habe ich in einer Theatergruppe mitgemacht. Ist zwar lange her, aber so etwas verlernt man nicht.«
Viktoria hob selbstbewusst ihren Kopf.
»Und was haben sie zu deiner Theorie gesagt, es sei ein Mordanschlag gewesen?«
»Ich hielt es für besser, sie für mich zu behalten. Hätte ich sie als tüttelige, alte Dame belehren sollen, weil sie sich der Selbstmordthese angeschlossen haben?«
»Aha.«

»Was heißt hier ›aha‹? Ich gebe zu, nachdem ich eine Streetworkerin im Krankenhaus kennen gelernt habe, die Vanessa zeitweise betreut hatte, bin ich ins Grübeln geraten. Sie erzählte, Vanessa hätte schon einmal versucht, sich das Leben zu nehmen.«
»Dann ist ja alles klar.«
Ich nickte zufrieden. Nun brauchte ich mir keine Gedanken mehr zu machen. Das würde Viktoria von weiteren Ermittlungen abhalten.
»Ja, ein Selbstmordversuch ergäbe Sinn. Vanessas Kindheit war nicht die Beste. Ihre Mutter ist Alkoholikerin und verdient sich als Prostituierte in Süddeutschland ihr Geld. Der Vater ist unbekannt. In diesem Milieu ist sie groß geworden. Als Jugendliche hat sie wiederholt die Schule geschwänzt, ist auf dem Babystrich aufgegriffen worden und war für Jahre im Heim. Dort hat sie wenigstens den Hauptschulabschluss geschafft. Leider hat sie sich in den rauschgiftsüchtigen Dealer Mario verliebt. Das hat ihr Schicksal besiegelt. Drogensucht, Diebstähle, wieder Prostitution. Kein schönes Leben.«
Gedankenverloren schaute Viktoria auf die Kinder, die im Garten spielten. Ich folgte ihrem Blick. Noch spielten sie glücklich ihre Spiele im Sandkasten oder tobten ausgelassen herum. Aber was mochte aus all den Kindern werden, die ich im Laufe der Jahre als Erzieherin betreut hatte und betreuen würde? Würde eins von ihnen ein ähnliches Schicksal erwarten? Ich hoffte es nicht.
»Sie hat sich jahrelang mit Mario in der Rauschgiftszene herumgetrieben, bis er plötzlich vor etwa zwei Jahren verschwand und Vanessa versucht hat, sich umzubringen. Sie machte einen Drogenentzug und begab sich in eine Therapieeinrichtung. Seitdem war sie clean und verdiente ihren Lebensunterhalt als

Toilettenfrau. Kein toller Job, aber Vanessa war froh, von den Drogen losgekommen zu sein. Vor einigen Monaten traf die Streetworkerin sie zufällig wieder. Vanessa erzählte ihr von einem neuen Freund, der ihr helfen wollte, ihren Traum zu verwirklichen. Sie wollte als Reiseleiterin in Australien arbeiten. Diesen Mann halte ich für tatverdächtig.«

»Tatverdächtig? Eben hast du gesagt, ein Selbstmordversuch ergäbe Sinn.«

»Sicher, aber fast alle Selbstmörder hinterlassen eine Erklärung, warum sie nicht mehr leben wollten. Sie nicht. Weder in der Toilette noch in ihrem Rucksack oder in ihrer Wohnung, habe ich einen Abschiedsbrief gefunden. Das ist verdächtig«, trumpfte sie auf.

»In ihrer Wohnung?«, fragte ich argwöhnisch. »Du bist nicht bei ihr eingebrochen, oder?«

»Ich habe Recherchen angestellt. Das war alles.«

Ich hatte es befürchtet. Mein gesetzestreuer Verstand schüttelte sich.

»Mit deinen stümperhaften Ermittlungen richtest du mehr Schaden als Nutzen an. Es gibt Gesetze, die allein Kriminalbeamten …«, begann ich streng zu dozieren.

»Du brauchst mich nicht wie eins von deinen Kindern zu behandeln«, unterbrach sie mich. »Nicht alles, was in Gesetzen steht, ist sinnvoll.«

»Und was würde aus unserer Gesellschaft werden, wenn jeder anfinge, das Gesetz selbst in die Hand zu nehmen?«, versuchte ich sie zur Vernunft zu bringen.

»Das Schicksal hat mich Vanessa finden lassen. Also werde ich klären, was passiert ist. – Basta!«

Viktoria konnte störrisch wie ein Esel sein. Wir schweigen uns missgelaunt an. Meine Kollegin Britta, die eine weitere Kindergartengruppe betreute,

kam mit ihren Kindern heraus, nickte uns zu, kam aber nicht zu uns herüber. Wahrscheinlich wollte sie nicht zum Blitzableiter werden.
»Viktoria, ich verstehe dich nicht. Der Fall ist geklärt. Was willst du noch?«, beendete ich das Schweigen.
»Ich will die Wahrheit herausfinden. Das bin ich Vanessa schuldig. Ich will einen Selbstmordversuch keineswegs ausschließe, aber ich kann nicht über einen fehlenden Abschiedsbrief hinwegsehen. Außerdem habe ich das hier gefunden.«
Aus den unergründlichen Tiefen ihrer Lederjacke zog sie triumphierend einen kleinen Taschenkalender heraus.
»Reg dich nicht gleich wieder auf. Den habe ich ausgeliehen und werfe ihn nachher in Vanessas Briefkasten. Viel hat sie nicht eingetragen, aber eins ist interessant.«
»Ich will ihn gar nicht sehen.«
Ich stellte mich stur, obwohl ich mir eingestehen musste, dass mich die Hintergründe für Vanessas Selbstmordversuch ein winziges Bisschen interessierten. Schließlich hatten wir sie beide gefunden.
»Sieh dir das an.«
Sie blätterte in dem kaum beschriebenen Kalender herum und hielt mir verschiedene Seiten unter die Nase. Jeden Freitagmorgen um neun Uhr waren Termine mit Dr. Bachner eingetragen waren. Mehrere Seiten weiter war plötzlich zur gleichen Zeit der Eintrag ›Lars‹ zu lesen. Auch für einige Abende hatte sie Termine mit Lars. Für den Tag, als wir sie gefunden hatten, war wieder ein Neun-Uhr-Termin mit ihm eingetragen.
»Na, was sagt dir das?«
Beifall heischend schaute sie mich an.

»Du hast ihren Kalender gelesen und ihn mir präsentiert«, entgegnete ich trocken.
»Och, Sam, du bist doch sonst nicht so begriffsstutzig. Erinnere dich an das Rezept, das wir bei ihr gefunden haben. Denk an den vollständigen Namen des Psychotherapeuten, Dr. Lars Bachner«, half sie mir auf die Sprünge.
»Du denkst, ihr Therapeut könnte sich möglicherweise privat mit ihr getroffen haben?«, kombinierte ich überrascht.
»Genau. Vielleicht wollte sie sich umzubringen, weil er nichts mehr mit ihr zu tun haben wollte und sie ihre Träume begraben musste. Die zweite Möglichkeit: Er könnte versucht haben, sie auf hinterhältige Weise zum Schweigen zu bringen, weil sie ihr Verhältnis bekannt machen wollte. Das hätte ihn den Job kosten können.«
»Es könnte auch völlig anders gewesen sein und überhaupt nichts mit dem Arzt zu tun gehabt haben. Egal wie die Wahrheit lautet, uns geht es nichts an.«
»Das finde ich ganz und gar nicht. Als verantwortungsbewusste Staatsbürgerin kann ich das nicht hinnehmen. Wenn es ein versuchter Mord war, muss einem Mörder das Handwerk gelegt werden. Wollte sie Selbstmord begehen, muss ein verantwortungsloser Arzt, der psychisch labile Patientinnen missbraucht, aus dem Verkehr gezogen werden, bevor er weitere Frauen in den Selbstmord treibt.«
»Das ist nicht deine Aufgabe. Für Mörder ist die Kripo zuständig und für fahrlässige Ärzte die Ärztekammer.«
»Kein Wunder, dass in unserem Staat so viel schief läuft, wenn jeder wie du den Kopf in den Sand steckt«, beschwerte sie sich aufgebracht. »Versteh doch, hier geht es darum, weitere Menschenleben zu

retten. Wenn niemand eine Ahnung von Bachners Treiben hat, kann keiner etwas dagegen unternehmen. Also werde ich mich darum kümmern.«
»Du willst einen unbescholtenen Arzt aufgrund von Vermutungen anschwärzen?«
Sie schüttelte enttäuscht den Kopf.
»Was denkst du bloß von mir? Das würde ich nie tun. Deshalb will ich die Wahrheit herausfinden, bevor ich weitere Schritte unternehme. – Hilfst du mir dabei?«
»Nein.«
»Es ist immer dasselbe mit dir. Bloß weil du Schiss hast, willst du nicht tätig werden«, giftete sie mich an. »Du ...«
»Das ist meine Sache«, unterbrach ich sie gereizt und brüllte: »Alle Kinder reinkommen!«
Das schien mir die beste Möglichkeit zu sein, Viktoria loszuwerden. Brave, vernünftige Erzieherinnen kümmerten sich um ihre Kinder und schnüffelten nicht im Privatleben irgendwelcher Ärzte herum, weil eine gewisse, ältere Witwe eigenartige Verdächtigungen ausstieß.
Viktoria starrte mich ungehalten an.
»Ich wette mit dir, du wirst in Kürze anders denken und mir doch helfen.«
»Die Wette verlierst du.«
Hoffentlich, dachte ich bei mir, denn dummerweise war es meist Viktoria, die irgendwelche Wetten gewann.

3

»Hallo, Sam, wie geht's.«
Die männliche Stimme, die einige Tage später zu Hause durch mein Telefon tönte, hätte ich unter Tausenden wiedererkannt. Sie hatte nicht so einen tiefen Klang wie Björns Stimme, aber sie strahlte eine Ruhe und Vertrautheit aus, die ich mochte.
»Olli! Das ist aber eine Überraschung. Warum hast du dich so lange nicht gemeldet?«
Im Gegensatz zu Viktoria war ihr Sohn Oliver unkompliziert und verständnisvoll. Zwar erschien er mir mit seinen mittlerweile siebenundzwanzig Jahren wie ein Kind, doch konnte ich trotzdem über alles mit ihm reden.
»Ich hatte viel zu tun. Außerdem dachte ich, es sei besser, dich und Björn nicht zu stören. Ich glaube, er mag mich nicht.«
Das hatte er richtig erkannt. Aus unerfindlichen Gründen war Björn eifersüchtig auf Olli.
»Mach dir nichts draus. Wie geht es dir?«
»Gut. Ich mache seit Neuestem für eine Werbeagentur Fotos. Deshalb war ich die letzten Wochen in den östlichen Bundesländern unterwegs. Dabei sind gleich ein paar Reiseberichte für die Tageszeitung abgefallen.«
Im Geiste sah ich Olli über seine Erfolge lächeln. Er lächelte viel, genau wie viele meiner Kinder im Kindergarten. Die konnten sich über Dinge freuen, die Erwachsene oft als selbstverständlich hinnahmen.
»Gratuliere. Aber deswegen rufst du nicht an, oder?«
Ein Blick auf die Uhr zwang mich das Gespräch abzukürzen. Björn konnte jeden Moment kommen.
»Mutter bat mich, dich anzurufen. Sie würde sich gern mit dir treffen.«

Natürlich, ich hätte mir denken können, dass Viktoria einen Weg finden würde, mit mir in Kontakt zu treten, nachdem ich ihre Bitten auf meinen Anrufbeantworter hatte laufen lassen und nicht zurückgerufen hatte.
»Vielleicht möchte ich mich nicht mit ihr treffen.«
»Das deutete sie an. Ich soll dir sagen, sie hätte einen deiner Ratschläge beherzigt und sich einen Job gesucht.«
»Tatsächlich?«
Falls sie sich von ihren Ermittlungsideen verabschiedet hatte, war ich bereit, meine Meinung zu ändern.
»Das wird sie auf andere Gedanken bringen. Wie hat sie es geschafft, so schnell eine Arbeitsstelle zu bekommen? In ihrem Alter war das bestimmt nicht einfach. Arbeitet sie wieder in einem Auktionshaus?«
Da ich Viktoria bei einer Antiquitätenauktion in Hannovers Umgebung kennen gelernt hatte, bevor sie ihre Stellung wegen des Mordes am Inhaber hatte aufgeben müssen, erschien mir meine Schlussfolgerung logisch.
»Nein, dieses Mal nicht. Du weißt ja, früher war sie als Krankenschwester tätig. Deshalb konnte sie in einer Arztpraxis einspringen.«
Ich stutzte. »Sie arbeitet in einer Arztpraxis? – Wo?«
»Sie hat großes Glück gehabt und zufällig in einem Stehcafé erfahren, wo stundenweise eine Vertretungskraft für eine schwangere Arzthelferin gesucht wurde. Sie hat sich sofort vorgestellt. Da der Arzt dringend Ersatz brauchte und es schwierig ist, kurzfristig Fachkräfte zu bekommen, hat sie dank ihrer guten Zeugnisse gleich mit der Arbeit beginnen können.«
»Die Praxis liegt nicht zufällig an der Hildesheimer Straße und der Arzt trägt den Namen Lars Bachner?«

Ich hörte Olli lachen.

»Der Arzt, der das Einstellungsgespräch mit ihr geführt hatte, hieß Dr. Strehlitz.«

Dachten die beiden von Langen ernsthaft, mich austricksen zu können, in dem sie mir den Namen des anderen, unverdächtigen Arztes der Doppelpraxis zu präsentieren? Mein Gedächtnis war gut genug, sich an das Rezept zu erinnern, das Viktoria aus Vanessa Finks Rucksack gezogen hatte.

»Sag ihr, sie soll mich in Ruhe lassen. Ich bin enttäuschst von dir, Olli. Warum lässt du dich auf diese Sache ein? Die Gründe für Vanessa Finks Selbstmord können vielfältig sein und nicht das Geringste mit ihrem Arzt zu tun haben. Oder glaubst du etwa an Viktorias These?«

»Nein. Aber was schadet es, wenn Mutter einen Job hat und sich ein wenig umhört? Sollte sie Recht haben, wäre das eine interessante Story für die Zeitung. Ein Therapeut, der seine Patientinnen missbraucht und in den Tod treibt, geht alle etwas an.«

»Aber die Eintragungen in ihrem Kalender können einen völlig anderen Sinn haben. Es ...«

Ich unterbrach mich und horchte. Mein Telefon stand im Flur meiner Zwei-Zimmer-Wohnung im hannoverschen Stadtteil Döhren und ich hörte, wie jemand im Hausflur des Mietshauses die Treppe hoch eilte.

»Das wissen wir. Deshalb will Mutter ihm auf den Zahn fühlen, bevor wir weitere Schritte unternehmen. Bitte triff dich mit ihr. Ich glaube, sie hat Probleme. Aber mir will sie nicht sagen, warum. Vielleicht vertraut sie sich dir an. Ihre gleichaltrigen Freundinnen sind ihr zu senil.«

Ein Schlüssel wurde ins Schloss gesteckt. Björn kam herein. Er sah mich stehen und seine Augenbrauen schossen fragend in die Höhe.

»Tut mir leid, ich habe keine Zeit mehr, Björn ist gekommen. Tschüss, Britta.«
Olli würde verstehen, warum ich ihn als Britta verabschiedete. Er wusste, ich war ein harmoniebedürftiger Mensch und wollte den eifersüchtigen Björn nicht aufregen.

Ein paar Tage hörte ich nichts von Viktoria oder von Olli. Dann klingelte am ersten Donnerstagabend im November mein Telefon.
»Sam, bist du da?«, fragte mich eine klägliche Stimme.
»Viktoria?« Angesichts ihres jämmerlichen Tonfalls hätte ich sie beinah nicht erkannt.
»Ja. Bist du allein? Oder ist Björn in der Nähe?«
»Björn musste nach Frankfurt. Was ist los?«
»Bitte, Sam, komm schnell vorbei. Ein Regal ist umgestürzt und ich hänge mit meinem Fuß fest«, jammerte sie.
»Bist du verletzt?«
»Ich weiß nicht. Ich schaffe es nicht allein, das Regal hochzustemmen.«
»Warum hast du Olli nicht angerufen?«
Er war um einiges kräftiger als ich und würde ein Regal besser aufrichten können.
»Du weißt ja, wenn man den Bengel braucht, ist er nicht da. Wenigstens habe ich mein Smartphone bei mir. Sonst müsste ich hier elendiglich vergammeln, ohne dass jemand etwas merkt.«
»Du läufst in deiner Wohnung ständig mit einem Mobiltelefon herum?«, fragte ich ungläubig.
»Nein. Ich bin in der Wohnung einer Freundin. Die ist verreist und ich sollte ihre Kakteen gießen. – Bitte, Sam, komm schnell, dann erzähle ich dir alles.«
Sie nannte mir eine Adresse in Döhren unweit einer

Straße, durch die ich manchmal mit dem Fahrrad fuhr, wenn ich zum Kindergarten wollte.
»Und komm über die Balkontür im Erdgeschoss rein. Die habe ich zum Lüften aufgelassen.«
»Hat denn keine Nachbarin einen Ersatzschlüssel? Ich bin keine Kletterakrobatin.«
»Nein. Das ist eine ganz Nervige. Was glaubst du, warum meine Freundin mir den Schlüssel gegeben hat? Und hoch ist der Balkon nicht. Das schaffst du.«
Dies alles klang eigentlich glaubwürdig. Zwar wand sich mein Verstand, weil der Name Viktoria zuweilen mit Unannehmlichkeiten verbunden war, doch da er trotzdem auf Hilfsbereitschaft programmiert war, erhob er keine Einwände.
Sofort begab ich mich mit meiner Haushaltsleiter zum Auto. Mit ihr wollte ich den Balkon erklimmen. Verbandszeug hatte ich notfalls im Kofferraum.
Der Mehrfamilienwohnblock, vor dem Viktorias Harley Davidson parkte, stammte aus den sechziger Jahren und machte einen renovierten und gepflegten Eindruck. Wie es der Zufall wollte, fand ich wenige Meter vom Hauseingang einen Parkplatz, in den ich gut einparken konnte. Vor dem Gebäude befand sich eine Rasenfläche mit ein paar Büschen. Die Balkone, die mit einer Plastikbrüstung umgeben waren, lagen alle zur Straße heraus. So war es nicht schwierig die offene Balkontür zu finden. Ohne Leiter wäre ich allerdings bei meiner Unsportlichkeit nicht hinaufgekommen.
Durch die Tür gelangte ich in ein dunkles Zimmer. Ich tastete nach einem Lichtschalter und drückte ihn. Offenbar befand ich mich in einem Wohnzimmer. Rechts neben mir stand in einer Nische eine buchefarbene Kücheneinheit samt Bar, die von einer Theke mit zwei Barhockern begrenzt wurde. Mir direkt ge-

genüber befand sich eine Tür, die vermutlich in einen Flur führte. Eine Tür auf der linken Seite wurde von einem Regal-Raumteiler fast verdeckt. Daneben schloss sich leicht zurückgesetzt eine gemütliche Wildledersitzecke mit einem Couchtisch aus Glas an, auf dem ein bunter Motorradhelm lag. In der Sitzecke saß unversehrt und eindeutig unter keinem Regal festgeklemmt ... Viktoria!

»Bist du verrückt. Mach sofort das Licht aus«, knurrte sie, sprang behände auf und schaltete es selbst aus.

In diesem Augenblick wurde mir klar, dass Viktoria mich hereingelegt hatte.

»Du hast mich belogen«, fauchte ich sie an. »Wem gehört die Wohnung und warum hast mich hierher gelockt?«

»Scht! Sei leise. Oder soll uns jemand hören und die Bullen verständigen? – Komm, wir gehen ins Schlafzimmer, da können wir uns sehen, wenn wir uns angiften«, meinte sie und zog mich seitlich der Wohnlandschaft in einen anderen Raum.

Sie knipste die Beleuchtung an. Hier waren der Rollladen heruntergelassen, so dass kein Licht nach draußen dringen konnte.

»Antworte! Was soll das?«, herrschte ich sie an.

»Ich führe Ermittlungen durch.«

»Ermittlungen? Das kann nur heißen, dass du in diese Wohnung eingebrochen bist. Wie kannst du es wagen, mich auf diese hinterhältige Weise in deine gesetzlosen Abenteuer einzubeziehen?«

Ich überschlug mich fast vor Wut. Es war einfach unglaublich, was diese Verrückte, wie Björn sie mit Vorliebe bezeichnete, sich jetzt ausgedacht hatte. Björn hatte Recht, ich sollte mich nie wieder mit ihr treffen.

»Du könntest ein bisschen leiser reden. Ich würde

ungern verhaftet werden, weil du dein Temperament nicht zügeln kannst«, erwiderte sie ungerührt. »Oder legst du Wert auf einen Gefängnisaufenthalt?«
»Das schlägt dem Fass den Boden aus«, eiferte ich mich einige Nuancen leiser. »Was soll das alles?«
»Wahrscheinlich hat dir dein ausgeprägter Gerechtigkeitssinn bereits Vorhaltungen wegen deiner Tatenlosigkeit gemacht. Diesen Zustand wollte ich beenden. Ich weiß ja, bevor du dich traust, brauchst du erst einen kleinen Schubs.«
Viktoria schien absolut überzeugt zu sein, von dem, was sie sagte. Ich starrte sie einen kurzen Moment sprachlos an, bevor ich weiter meiner Wut freien Lauf ließ.
»Gar nichts weißt du. Mich hierher zu locken, ist mit Abstand das Gemeinste, was du dir bisher ausgedacht hast.«
»Gemein ist es, was du jetzt sagst«, beschwerte sich Viktoria. »Wer wollte denn nicht mit mir sprechen? Du! Ich war geradezu gezwungen, mir etwas einfallen zu lassen. Nicht einmal mit Olli hast du richtig reden wollen und ihn vor lauter Schiss wegen Björn sogar Britta genannt.«
»Ich fürchte mich nicht vor Björn. Du bist diejenige, die mir mit ihren Ideen Angst macht. – Vielleicht kommt jeden Moment der Wohnungsinhaber.«
»Das wird er nicht. Ich weiß genau, dass er jetzt ...«, sie blickte kurz auf ihre goldene Uhr am Handgelenk, »... um zwanzig Uhr und zweiundzwanzig Minuten, in seiner Praxis sein dürfte. Donnerstagabends hält er immer seine Gruppentherapiestunden bis gegen neun Uhr ab. – Du kannst also beruhigt sein.«
»Mit anderen Worten, die Wohnung gehört einem der Ärzte, bei denen du jetzt jobbst«, kombinierte ich.
»Ich bewundere deine rasche Auffassungsgabe,

Sam«, schmeichelte sie mir. »Sieh ihn dir an. Ist das nicht ein Mann?«

Sie wies auf eine große eingerahmte Schwarz-Weiß-Fotografie, die über einem breiten französischen Doppelbett gegenüber der Tür hing. Das Bild zeigte einen jungen, nackten Mann, der sich derart geschickt hingesetzt hatte, dass sein männlichstes Teil nicht zu sehen war.

»Leider sieht man das Wichtigste nicht«, stellte Viktoria bedauernd fest. »Sieht fantastisch aus, der Junge, was?«

An ihm stimmte jeder Muskel. Und dann das Gesicht ... männlich und doch mit sanften, dunklen Augen, die einen sehnsuchtsvoll anstarrten. Ich spürte, wie mein Magen sekundenlang kribbelte.

»Allerdings ist Dr. Lars Bachner jetzt Mitte Vierzig und sieht natürlich älter aus. Aber er hat noch immer einen wunderbar knackigen Po. Ich sage dir, wenn er mich ansieht, würde ich ihm am liebsten die Hose herunterreißen. – Leider bin ich ihm wohl zu alt«, seufzte sie.

»Du wagst es, mich in die Wohnung dieses Mannes zu bestellen, um mir das Bild von ihm zu zeigen und mir deine wüsten Gelüste mitzuteilen?«

»Quatsch. Ich sammle Anhaltspunkte wegen Vanessa Fink.«

»So wie du den Typen anschmachtest, der deiner Meinung nach angeblich seine Patientinnen missbraucht, frage ich mich, was für Anhaltspunkte das sein sollen.«

»Vielleicht muss ich mein erstes, unüberlegtes Vorurteil von ihm revidieren. Er ist ein sehr sympathischer Mensch.«

»Und warum holst du mich dann her?«

»Weil du unvoreingenommen bist. Und weil ich

dummerweise auf einige Ungereimtheiten gestoßen bin, die meine Mordthese stützen könnten, leider.«
Sie war hin und her gerissen zwischen ihren Gefühlen und den Verdächtigungen, die sie geäußert hatte.
»Die Sache ist die: Bachners erste Ehefrau kam vor zehn Jahren nachts bei einem mysteriösen Unfall ums Leben. Man fand ihre Leiche am Straßenrand. Du weißt selbst, wie leicht ein Mord als Unfall getarnt werden kann.«
Ja, seit unseren letzten Ermittlungen, auf die ich mich gezwungenermaßen hatte einlassen müssen, wusste ich das allzu gut.
»Deshalb hielt ich es für sinnvoll, intensiver zu forschen, auch wenn mir Bachner gefällt.«
Sie blickte mit sehnsüchtigen Augen auf das Bild. Wieder seufzte sie.
»Glaubst du ein Mann wie er könnte einen Mord begehen?«
»Keine Ahnung. Ich habe gelesen, fast jeder Mensch könne in Ausnahmesituationen zum Mörder werden.«
»Ja, ich weiß. Bachner ist nach wie vor der Hauptverdächtige, zumal er vielleicht an Heroin hätte gelangen können. Schließlich betreut er vereinzelt auch Rauschgiftpatienten. Und Vanessa liegt nach wie vor im Koma. Aber wahrscheinlich beruhen alle Verdachtsmomente auf Zufällen. – Was meinst du?«
»Du hast dich in ihn verknallt.«
Niedergeschlagen nickte sie.
»Deshalb wollte ich unbedingt mit dir sprechen. Und als ich hier in der Wohnung stand, kam mir die grandiose Idee, dich anzurufen. – Na, gut, so grandios war sie wohl nicht«, schränkte sie ein, als sie mich händeringend nach Luft schnappen sah. »Aber du ...«
»Ja, ja, ich hab's kapiert. Das nächste Mal rede ich mit dir. Trotzdem werde ich jetzt gehen. Ich durch-

stöbere nicht gern das Zuhause fremder Leute.«
»Es ist seine Zweitwohnung. Offiziell hat er sie gemietet, falls es in der Praxis später wird. Er gibt sich als Verfechter ausreichenden Schlafes. Aber ich denke, er trifft sich hier unbeobachtet von seiner zweiten Frau mit anderen Damen. Bachner ist für seine Affären bekannt. Genug Kondome hat er jedenfalls im Nachtisch neben seinem Bett. Willst du sein Schlafzimmer durchsuchen?«
»Nein, nein, und nochmals nein. Ich gehe.«
Viktoria kam hinter mir her, als ich den Schlafraum verlassen wollte, und hielt mich fest.
»Warte, wo ich seinen Schlüssel gemopst habe, sollten wir die Gelegenheit nutzen und mehr über ihn in Erfahrung bringen«, erklärte sie mit einer Selbstverständlichkeit, die ich nicht nachvollziehen konnte.
»Ja, natürlich. Es ist die normalste Sache der Welt, die Schlüssel von anderen Leuten zu klauen, in fremde Wohnungen einzubrechen, sie zu durchwühlen und dann die beste Freundin in die Sache hineinzuziehen«, stellte ich sarkastisch fest.
»Och, Sam, reg dich wieder ab. Ich entschuldige mich. Aber ich wollte das Beste für dich, und dein langweiliges Leben aufpeppen.«
Auch meine autoritären und besorgten Eltern hatten früher das Beste für mich gewollt. Mit dieser Begründung hatten sie mir ihren Willen aufgezwängt und mich zu einer Frau erzogen, die noch immer damit zu kämpfen hatte, die Fesseln ihrer Erziehung abzuschütteln.
»Ich entscheide selbst, was ich tue und finde mein Leben absolut nicht langweilig. Also hör auf, dich einzumischen. Sei froh, wenn er seinen Schüssel heute Abend nicht vermisst.«
»Das wird er nicht. Seinen Schlüssel hatte ich bereits

vor ein paar Tagen in seine Schreibtischschublade unter einen Notizblock zurückgeschmuggelt, nachdem ich mir bei einem Schlüsseldienst einen Nachschlüssel hatte anfertigen lassen. Ich habe auf eine günstige Gelegenheit gewartet. Die hat sich heute Abend ergeben. – Wo du gerade hier bist, könntest du dich kurz in seiner Wohnung umsehen. Vier Augen sehen mehr als zwei, besonders wenn sie so scharfsinnig gucken können wie deine.«

»Gib dir keine Mühe, mir Honig um den Mund zu schmieren. Das ist eine normale Wohnung und ich wüsste nicht, was es hier Wichtiges zu entdecken gäbe.« Rigoros löste ich meinen Arm aus ihrem Griff.

»Bitte, Sam. Nur eine Minute. Ich muss dir etwas zeigen.«

Sie knipste das Schlafzimmerlicht aus, schaltete ihre Taschenlampe ein, zerrte mich zum Schreibtisch und zog eine Schublade auf, in der neben ein paar Schlüsseln ein Adressbuch lag. Es enthielt neben alphabetisch geordneten Einträgen hinter einer Umschlagklappe jede Menge Zettel mit Adressen.

»Im Adressteil stehen hauptsächlich Frauen mit Vor und Zunamen, Adressen und Telefonnummern. Möglicherweise hat er mit den hier verewigten Damen ein Verhältnis. Ich habe alle Namen und Adressen der Damen mit meinem Smartphone abfotografiert. Die kann ich mit den Patientendaten abgleichen, wenn ich das Computerprogramm beherrsche.«

»Konntest du dir Vanessas Daten ansehen. Dort müsste es einen Hinweis auf ihre seelische Verfassung geben.«

»Hältst du mich für blöd? Das war das Erste, was ich klären wollte. Aber wie gesagt, ich habe Schwierigkeiten mit dem Computer und eine Karteikarte habe ich nicht von ihr finden können. Aber in seinem Ad-

ressbuch habe ich einen Zettel mit Vanessas Namen und Adresse entdeckt. Das könnte meinen Verdacht bestätigen, dass er sich mit Patientinnen einlässt.«
Ich sah die Zettel durch und zog einen hervor, auf dem eindeutig ein männlicher Name stand.
»Glaubst du, der gute Doktor ist bisexuell?«
»Keine Ahnung. Ganz sicher bin ich mir über die Bedeutung des Adressbuches nicht.«
»Vielleicht enthält es Adressen von Patienten, bei denen er Hausbesuche macht. Oder behandelt er ausschließlich in seiner Praxis?«
„Nein. Das könnte eine Erklärung sein", räumte sie ein.
»Sei ehrlich. Hast irgendetwas gefunden, was ihn als verantwortungslosen Arzt dastehen lässt?«
»Nichts Konkretes. Aber ...«
Viktoria unterbrach sich bestürzt.
»Was ist das?«
Wir lauschten. Es hörte sich an, als würde ein Schlüssel in eine Tür geschoben. Stimmen drangen an unsere Ohren.
»Pass auf, nichts zu verändern, Rupert. Er soll nicht wissen, dass wir hier waren.«
»Scheiße«, entfuhr es Viktoria leise.
»Scheiße sagt man nicht«, antwortete ich in dieser Schrecksekunde automatisch. Meine Kindergartenkinder durften das auch nicht sagen.
»Ich fasse es nicht. Wie kann man in so einer Situation die Erzieherin hervorkehren? Mensch, wir müssen abhauen«, zischte sie aufgeregt.
Viktoria sauste mit der Taschenlampe hinter dem Schreibtisch hervor, griff sich ihren Helm vom Couchtisch, setzte ihn im Laufen auf und verschwand durch die Balkontür. Ich rannte ihr nach. Was hätte ich sonst tun sollen? Einen Helm zur Tarnung hatte

ich nicht, dafür eine Jacke mit Kapuze. Die klappte ich hoch, damit mich meine dunkle, halblange Lockenmähne nicht entlarven konnte.

»Einbrecher«, kreischte eine Frauenstimme, sobald das Licht angeschaltet worden war.

»Halt! Stehen bleiben!«, folgte eine fistelige Männerstimme.

Diese Aufforderung hätte der Mann sich sparen können. Weder Viktoria noch ich blieben stehen. Die bewegliche Viktoria hangelte sich blitzschnell über den Balkon, als wäre sie eine Stuntwoman. Ich zog es vor, die Leiter zu nehmen.

»Halt! Stehen bleiben!«, wiederholte sich der Mann unnötigerweise.

Er hatte den Balkon erreicht, als ich die letzte Stufe auf der Leiter nahm. Vor Schreck rutschte ich ab und fiel rücklings auf den Allerwertesten. Einen winzigen Augenblick sah ich aus dem Dunkel heraus, sein vom Wohnungslicht erhelltes Gesicht. Das war eindeutig nicht Lars Bachner, es sei denn, eine Operation hätte sein gut geschnittenes Gesicht in einen wohl genährten Mops mit Halbglatze, hängenden Backen und Schweinsäugelein verwandelt. Bevor er mitbekam, dass ich wie ein Käfer auf dem Rücken neben der Leiter zappelte, und er diese nur zu nutzen brauchte, um mich zu packen, kippte ich sie mit den Füßen um. Ein kleines Stück krabbelte ich, bis ich mich stolpernd aufrichten und weglaufen konnte.

Ich hoffte nur, der Mann würde nicht so sportlich sein, wie Viktoria. Diese startete bereits ihr Motorrad. Sie winkte mir zu, ich sollte kommen. Die Hausbeleuchtung flammte auf und eine große, schlanke Frau mit dunklem Mantel und blondierten, kinnlangen, glatten Haaren kam zur Haustür herausgelaufen. Sie lief geradewegs auf Viktorias Motorrad zu. Wenn ich

nicht riskieren wollte, von der Frau im Schein der Straßenlaternen genauer gesehen zu werden, war Viktoria für mich unerreichbar. Also rannte ich in die andere Richtung weiter. Viktoria brauste los. Ich drehte mich um, sah, wie sie mir folgte. Wenn sie kurz anhielt, konnte ich mich auf das Motorrad setzen und mit ihr fliehen. Ich näherte mich der Straße.
Die Scheinwerfer eines gelben Pkws flammten auf und ich wusste, die Frau wollte die Verfolgung per Auto aufnehmen. Würde ich versuchen mit meiner unsportlichen Langsamkeit auf Viktorias fahrendem Motorrad Platz zu nehmen, wären wir beide geliefert. Ich zeigte mit dem Arm nach hinten.
Viktoria begriff, machte eine Kehrtwendung auf dem Motorrad, fuhr direkt auf das Auto zu, bevor sie mit einem riskanten Schlenker vorbeiraste. Das Auto wendete und fuhr Viktoria nach. Sie war in Sicherheit. Daran zweifelte ich keinen Augenblick. Bei ihrem Fahrstil würde es ihr binnen Kurzem gelingen, ihre Verfolgerin abzuschütteln. Aber was würde aus mir?
»Stehen bleiben«, hörte ich den Mann erneut hinter mir rufen.
Nahm er wirklich an, ich würde mich freiwillig ergeben? – Niemals! Wie hätte ich Björn die Situation erklären sollen? Ja, wie hätte ich das überhaupt einem Menschen erklären sollen?
Vor mir sah ich eine Seitenstraße abzweigen und entdeckte im letzten Garten eine Ansammlung mannshoher Wacholderbüsche. Demonstrativ bog ich um die Ecke, als wolle ich diese Querstraße hinunterlaufen. Jetzt war ich kurz aus seinem Blickfeld verschwunden. Diese Sekunden nutzte ich und schlug mich in die Büsche. Wenn ich Glück hatte, würde er stupide die Straße entlang laufen und mich nicht be-

merken. Das Glück war auf meiner Seite. Er lief keuchend vorbei.
Ich atmete auf und lugte vorsichtig durch die Zweige. Mit Entsetzen sah ich wie er stehen blieb, sich umschaute und langsam zurücktrottete. Oh, nein! Ich glitt zurück zwischen die Zweige. Was sollte ich tun, wenn er mich hier fand?
Ich hörte ein Auto kommen. Er blieb direkt vor den Büschen stehen. Eine Tür klappte.
»Wo ist der mit der Kapuzenjacke?«, hörte ich die Frau rufen.
»Keine Ahnung, der war zu schnell. – Und? Was ist mit dem auf dem Motorrad?«, stieß der Mann keuchend hervor.
Er war offensichtlich noch unsportlicher als ich.
»Den kriegen wir. Sein Kennzeichen habe ich. Morgen werde ich eine Detektei beauftragen, den Burschen ausfindig zu machen.«
Arme Viktoria, jetzt war sie dran. Bestimmt würde die Frau die Nummer an die Polizei weitergeben. Sollte sie ruhig, meldete sich ein rachsüchtiges Element in meinem Verstand. Vielleicht würde Viktoria dann Vernunft annehmen.
»Steig ein, wir müssen zurück in die Wohnung. Ich brauche unbedingt die Adresse von dieser Karen. Sie soll nicht denken, sie käme ungeschoren davon.«
Ich hörte eine Autotür klappen, dann fuhren sie los. Das Motorengeräusch verstummte und wieder wurden die Türen weiter entfernt zugeschlagen. Erleichtert wartete ich einen Moment, bevor ich mich aus meinem Versteck wagte und um drei Minuten vor neun Uhr meinen Wagen startete, der vor dem Haus drei Autos vor dem gelben Wagen der blonden Frau parkte.

4

Schweißgebadet und mit weichen Knien stand ich kurze Zeit später vor meiner Haustür. Komisch, dass ich in den Momenten der Gefahr quasi auf eine andere Ebene umschaltete, in der ich die Angst kaum wahrnahm, diese sich aber im Nachhinein in körperlichen Symptomen unübersehbar äußerte. Mit zittrigen Händen schloss ich meine Wohnungstür auf, warf meinen Schlüssel im dunklen Flur auf meine Kommode und wollte mich erschöpft zu meinem Sessel ins Wohnzimmer schleppen. Soweit kam ich nicht. Plötzlich umfassten mich von hinten zwei kräftige Hände. Entsetzt schrie ich auf.
»Was ist denn mit dir los, kleine Lady?«
Das Licht ging an und ich sah mich Björn gegenüber.
»Wie kannst du mich derart erschrecken«, brüllte ich ihn entnervt an.
»Entschuldige, ich wollte dich überraschen.«
Björn war eindeutig verwirrt.
»Ich ..., ich denke, du ..., du bist in Frankfurt«, stammelte ich.
»Das war ich. Aber heute Abend lag nichts Wichtiges an. Also bin ich zurückgekommen, um mit dir die Nacht zu verbringen. Du hast nicht gesagt, dass du etwas vorhattest. Wo warst du? Und was ist los mit dir? Du siehst völlig verängstigt aus.«
»Ich ... äh ..., ja, ich ... äh?«
Was sollte ich Björn sagen? Am einfachsten wäre natürlich die Wahrheit gewesen. Aber das erschien mir wenig ratsam. Von seiner Abneigung gegenüber Viktoria einmal abgesehen, hasste er Detektivinnen aller Art, seit er in dritter Ehe mit einer Kollegin verheiratet gewesen war, die ihre beruflichen Ermittlungen bis in die Betten von Verdächtigen ausge-

dehnt hatte. Natürlich hatte ich nichts dergleichen heute getan. Aber würde er mir die Wahrheit glauben? Und wenn ja, was würde er mit Viktoria machen? Sie bei der Polizei anzeigen? Das hatte Viktoria trotz allem nicht verdient.

»Sam, was ist los?« Seine Stimme bekam einen scharfen Klang. »Hast du dich etwa mit Olli getroffen?«

Innerlich musste ich lächeln. Wieso war Björn bloß auf ihn eifersüchtig? Sicher, Olli war einer der nettesten, anständigsten und liebenswertesten Männer, die ich kannte. Aber außer seinem Alter sprach auch seine Verlobte gegen ihn.

»Nein.«

»Mit wem hast du dich dann getroffen? Mit Viktoria?«

Seine Stimme verriet, dass dies das kleinere Übel für ihn zu sein schien, er dies aber ebenso missbilligte.

»Ja.«

Ich entschied mich in diesem Punkt für die Wahrheit.

»Und? Weshalb bist du so nervös? Da stimmt doch etwas nicht.«

Einem Versicherungsdetektiv wie ihm, war schwer etwas vorzumachen.

»Ich, ... äh ...«

Mir fiel keine Ausrede ein. Lügen war nie meine Stärke gewesen. Ein unbehagliches Schweigen setzte ein, das den ganzen Raum zu füllen schien. In der Stille hörte ich ein Auto vorbeifahren. Das war's!

»Ja, ich bin durcheinander, weil, äh ..., ich hätte fast einen Unfall gehabt. Du weißt ja, wie ungern ich Auto fahre, aber Viktoria hatte mich zum Essen eingeladen, und na ja, ich dachte, es sei besser mit meinem Auto zu fahren, als auf Viktorias Motorrad. Du kennst ihren Fahrstil. Und ... ja ..., äh, auf dem

Rückweg, da ... Stell dir vor, da ist einer bei Rot über die Ampel gefahren. Ich hatte grün, und ... beinah hätte er mich erwischt.«

Wenigstens stimmte von dem ganzen Gestammel der letzte Teil, wenn auch in anderem Sinn. Ich hoffte, Björn würde sich damit zufriedengeben. Warum musste er bloß solche Abneigungen gegen Viktoria und ermittelnde Frauen haben?

»Sagst du mir die Wahrheit?«, fragte Björn misstrauisch.

»Glaubst du etwa, ich würde lügen?«, stellte ich eine Gegenfrage, um nicht erneut die Unwahrheit sagen zu müssen.

»Ich weiß nicht, Sam. Du bist so merkwürdig.«

»Wie würdest du denn sein, wenn du knapp einem Unfall entgangen wärst. – Kannst du mich nicht in den Arm nehmen, anstatt mich wie eine Verbrecherin zu verhören?«

Ich ließ meine Unschuldsaugen mit sehnsüchtigem Blick sprechen. Vielleicht lenkte ihn das ab. Er schloss mich in seine Arme, aber ich spürte an seinen angespannten Muskeln seine Zweifel.

»Möchtest du vielleicht in Ruhe mit mir über den Unfall sprechen?«, fragte er mit leiser Stimme.

»Nein, ich möchte schlafen. Ich bin völlig fertig.«

Björns Lippen nährten sich meinem Mund. Nun küss mich und frag nicht weiter, dachte ich. Bestimmt hätte er das getan, wenn ihn nicht meine Türklingel verschreckt hätte.

»Na, das war 'ne fetzige Sache, was? Oh, Mann, Sam, bin ich froh, du ...«, sprudelte mir Viktoria entgegen, sobald ich die Tür geöffnet hatte.

»Björn ist da«, fiel ich ihr rasch ins Wort.

»Björn?«, fragte sie überrascht.

»Ganz recht.«

Er zog sie an ihrem Lederjackenärmel in den Flur meiner Wohnung und schloss die Tür.
»Jetzt erklärst du mir sofort, was so fetzig war.«
Viktoria schaute mich unsicher an und wandte sich an Björn.
»Ich dachte, du wärst in Frankfurt«, versuchte sie Zeit zu gewinnen.
»Er wollte mich überraschen. Ich habe ihm erzählt, dass wir essen waren und ich beinah einen Unfall gehabt hätte, weil das Auto bei Rot über die Ampel gefahren ist«, half ich Viktoria.
Sie nickte. Begriffsstutzig war sie nicht.
»Ja, ich sage dir, Björn, das hätte schief gehen können. Fährt dieser Idiot einfach weiter, obwohl er rot hat. War bestimmt besoffen, der Kerl. Nun will ich nicht stören. Du bist sicher froh, deine Sam gesund und munter in die Arme schließen zu können. – Also, bis irgendwann, ihr Beiden.«
Hastig griff Viktoria zur Klinke an meiner Wohnungstür.
»Halt!« Björn hielt sie erneut fest. »Ich weiß nicht, was heute Abend los war, aber es reicht mir. Wann immer Sam mit dir zusammen ist, gibt es Probleme. Damit ist Schluss. Ich verbiete dir, dich mit Sam zu treffen. Hast du verstanden, Viktoria!?«
Sie starrte missbilligend auf Björns Hand, die ihren Arm fest im Griff hatte. »Willst du mir meine armen, alten Knochen brechen, du Wüstling?«
Augenblicklich ließ er sie los. »Ich möchte, dass du tust, was ich sage.«
Ihr abgrundtiefer Blick traf Björn. »Du hast mir gar nichts zu sagen. Mach ruhig so weiter, dann wirst du Sam schneller los sein, als du sie kennen gelernt hast. Keine vernünftige Frau lässt sich von einem Macho wie dir bevormunden. Mein verstorbener

Mann hätte das nie getan. Der hatte im Gegensatz zu dir Format.«
»Vielleicht hätte dir dein Mann deine Grenzen aufzeigen sollen. Dann wäre aus dir vielleicht eine nette, ältere Dame geworden und nicht so eine verrückte Schachtel.«
»Ach, jetzt willst du meinen verstorbenen Mann verunglimpfen, der einer der wunderbarsten Männer der Welt war? Du kannst mich mal, du kleiner Scheißer«, raunzte sie ihn wütend an und beeilte sich, meine Wohnung zu verlassen.
»Unmöglich, diese Frau«, schimpfte Björn, als sie weg war.
Ja, das stimmte, insbesondere was ihre Ausdrucksweise anging. Doch in mir regte sich massiver Widerstand. Ich vertrat beruflich einen demokratisch-partnerschaftlichen Erziehungsstil und erwartete in Bezug auf unsere Beziehung eine ähnlich tolerante Haltung von Björn. Mit autoritären Vorschriften brauchte er mir nicht zu kommen.
»Du hast kein Recht ihr oder mir unsere Freundschaft zu verbieten.«
»Ich weiß, Sam«, lenkte er entschuldigend ein. »Ich war aufgebracht, weil ich gesehen habe, wie durcheinander du warst. Ich könnte es nicht ertragen, wenn dir etwas zustoßen würde. Bestimmt war an dem Beinah-Unfall Viktoria schuld. Willst du mir nicht erzählen, was genau geschehen ist?«
Nein, das wollte ich nicht. Unter keinen Umständen! Auf Björns Vorhaltungen konnte ich gut verzichten.

Bisher hatte ich es bedauert, wenn Björn beruflich wegfahren musste und mich allein zurückließ. Doch als er am Morgen in Richtung Frankfurt startete, war ich froh. Seine Reaktion hatte mir gründlich missfal-

len. Nicht umsonst hatte ich den Bevormundungen meiner Familie den Rücken gekehrt.
Kaum war ich im Kindergarten, rief ich Viktoria an.
»Die Frau hat deine Motorradnummer aufgeschrieben und will einen Detektiv beauftragen, dich ausfindig zu machen.«
Diese Warnung war ich Viktoria schuldig.
»So, hat sie? Da können sie lange suchen. Ich habe natürlich meine Nummer für alle Fälle mit ein paar schwarzen Klebestreifen verfälscht. Das habe ich von unserem letzten Mörder gelernt. Erinnerst du dich?«
Ich wollte mich nicht erinnern. Und ich wollte auch nichts mehr über im Koma liegende oder tote Ehefrauen hören, geschweige denn etwas mit Viktorias kriminalistischen Leidenschaften zu tun haben.
»Lass mich zukünftig mit deinen dusseligen Ermittlungen in Ruhe.«
»Soll das heißen, du willst diesem Macho-Brüllaffen Björn gehorchen und dich nie mehr mit mir treffen? – Das wirst du nicht tun, oder?«, fragte sie in schüchternem, für sie ungewöhnlichen Tonfall.
»Keine Angst, ich tue, was ich will. Wenn du mich mit deinen so genannten Ermittlungen nicht mehr behelligst, können wir uns gern wieder treffen. Und nun pass auf, was ich mitbekommen habe ...«
Ich erzählte ihr alle Einzelheiten. Sie schien zwischendurch das Wichtigste mitzuschreiben.
»Nett von dir, mir das alles zu erzählen. – Übrigens habe ich die Liste mit den Namen vor mir liegen, die ich mir aus Bachners Adressbuch abgeschrieben hatte. Es gibt darin im Adressteil eine Karen Dehnert aus Linden. Vielleicht wollten die beiden ihre Adresse.«
»Hast du die Autonummer von der Frau notiert?«

»Nein. Es ging alles zu schnell. Das ist doch unwichtig.«
»Unwichtig? Die beiden sind in Bachners Wohnung eingebrochen«, fuhr mich Viktoria an
»Das bist du auch«, erinnerte ich sie.
»Ich wollte mich im Zuge meiner Ermittlungen umsehen. Deshalb wäre es interessant zu wissen, wer die beiden waren und warum sie unbedingt die Adresse dieser Karen haben wollten. Was denkst du?«
»Gar nichts. Möglicherweise waren es Freunde von Bachner. Immerhin hatten sie einen Schlüssel. Oder sie hatten ihn geklaut, wie eine gewisse andere Person.«
Auf meine Kritik ging sie nicht ein.
»Wenn sie den Schlüssel von Bachner hatten, kennt er sie sicher gut. Wir werden ...«
»Wir ...« Ich unterbrach sie und betonte das ›wir‹ bedeutungsvoll, »... werden gar nichts herausfinden müssen. Ich ...«, hob ich hervor, »... will nichts mehr mit der Sache zu tun haben.«
»Okay, ich werde dich in keine fremde Wohnung mehr locken. Versprochen.«
»Du wirst mich nicht weiter in deine Ermittlungen einbeziehen. Versprichst du mir das ebenso?«
Einen Moment herrschte Schweigen, schließlich seufzte Viktoria: »Na gut, wenn du das unbedingt willst, verspreche ich es dir.«
Befreit legte ich auf. Ich glaubte an Viktorias Versprechen. Vielleicht hätte sie es sogar gehalten, wenn das Schicksal die Weichen nicht bereits anders gestellt hätte.

Beinah hätte ich die winzige, aber unglaubliche Kurzmeldung im Lokalteil der hannoverschen Tageszeitung am drauffolgenden Dienstagmorgen überlesen. Zu sehr ärgerte ich mich über die Ankündigung der örtlichen Nahverkehrsbetreiber, sie wollten die Fahrscheingebühren erneut anheben. Als umweltbewusste Bürgerin und ›unfreudige‹ Autofahrerin fuhr ich entweder mit dem Fahrrad zum Kindergarten oder nahm bei Regen die Stadtbahn. Letztere war meiner Meinung sowieso zu teuer.

»Vater fand Tochter tot auf. Gestern Nachmittag wurde die Leiche der neunundzwanzigjährigen Karen D. von ihrem Vater in ihrer Wohnung in Linden entdeckt. Nach ersten Erkenntnissen starb sie bereits Donnerstagnacht. Einzelheiten sind noch nicht bekannt. Ein Selbstmord wird nicht ausgeschlossen. Über die genaue Todesursache soll eine Obduktion Aufschluss geben.«

Karen D. aus Linden? Stand das D. etwa für Dehnert? Ich versuchte mir einzureden, es gäbe Dutzende Frauen, die Karen hießen, deren Nachname mit einem D. begann und die in Linden wohnten. Das war außerordentlich wahrscheinlich.
Leider regte sich in diesem Moment das kleine Teufelchen in mir, das mich erst vor einigen Monaten nach Jahrzehnte langem Dauerschlaf mit seiner Neugier in verteufelt gefährliche Situationen gebracht hatte. Es redete mir ein, die Tote könnte jene Karen sein, die in Bachners Adressbuch stand und nach deren Adresse die blonde Frau und dieser Rupert am Donnerstagabend gesucht hatten.
Mein Verstand wandte sich gegen diese Theorie. Zufälle dieser Art klammerte er aus. Das Teufelchen in mir protestierte, es gäbe sehr wohl Zufälle. Wozu hätte der Mensch sonst diese Vokabel erfunden? Mein Verstand beschimpfte das Teufelchen als einen

unsinnigen Querulanten, der ungerechtfertigt seine Ruhe störe. Das Teufelchen nannte meinen Verstand einen engstirnigen, weltfremden Spießer, der nur das Erziehungswerk meiner Eltern fortsetze, und brachte mir mehrere Dinge ins Gedächtnis: Bachners Adressbuch, Viktorias gestrige Mitteilungen: ›Es gibt darin eine Karen Dehnert aus Linden‹, ›Bachners erste Ehefrau kam vor zehn Jahren nachts bei einem mysteriösen Unfall ums Leben‹, und die Worte der blonden Frau, die in Bachners Wohnung war: ›Ich brauche unbedingt die Adresse von dieser Karen. Das kleine Flittchen soll nicht denken, dass sie ungeschoren davonkommt. ‹

Das Teufelchen in mir siegte. Ich machte mich mit dem Gedanken einer weiteren Toten in Bachners Umfeld vertraut. Unwillkürlich sah ich die besinnungslose Vanessa vor meinem geistigen Auge auftauchen. Auch ihre Adresse hatte auf einem Zettel in Bachners Adressbuch gestanden und sie lag jetzt im Koma. Hatte sie Viktoria doch mitteilen wollen, jemand hätte versucht sie umzubringen? Bachner vielleicht?

Ich las die Meldung in der Zeitung noch einmal. ›Einzelheiten sind noch nicht bekannt.‹ Dieser Satz wurde oft bei Verbrechen benutzt. Schloss die Kripo einen Mord nicht aus?

Diese Gedanken verdarben mir den Appetit. Ich ließ den Rest meines morgendlichen Müslis stehen und verfluchte Viktoria aufs heftigste. Würde sie nicht unter der fixen Idee leiden, als angeblich verantwortungsbewusste Bürgerin ihre Nase in Dinge stecken zu müssen, die sie nichts angingen, hätte ich mir keine Gedanken über Karen D. zu machen brauchen. Unschlüssig lief ich in meinem Wohnzimmer vor meinem Bücherregal auf und ab, das außer Nach-

schlagewerken und pädagogischer Literatur hauptsächlich Krimis enthielt. Nachdem ich das zehnte Mal an den Gelben Seiten vorbeigelaufen war, die ich ebenfalls dort deponiert hatte, griff das kleine Teufelchen danach.
Ich schlug unter ›Ärzten‹ nach und musste eine Weile suchen, bis ich die Adresse fand, da der zweite Arzt der Gemeinschaftspraxis, Dr. Friedhelm Strehlitz, vor Dr. Lars Bachner genannt war.
›Warum tust du das?‹, fragte mein Verstand ungehalten. ›Es ist überflüssig, danach zu suchen, denn du wirst nichts unternehmen. Erzieherinnen kümmern sich um Kinder und nicht um abstruse Todesfälle oder dergleichen.‹
Mein Verstand ließ seine Logik spielen und liefert Erklärungen, die mich zufrieden stellen sollten: Vanessa liegt im Koma, weil sie einen Selbstmordversuch unternommen hat, Bachners erste Frau ist bei einem Verkehrsunfall ums Leben gekommen, wie unzählige Andere auch, und Karen D. hat überhaupt nichts mit Dr. Bachner zu tun. Auch das Eindringen der blonden Frau und dieses Ruperts, die nach der Adresse einer Karen gesucht hatten, musste nichts bedeuten.
Das kleine Teufelchen in mir fing die Logik wie einen Fußball auf und kickte sie ins Aus.

5

An diesem Morgen änderte ich meinen Tagesplan und schrieb praktische Verkehrserziehung hinein. Statt aus Pappe eine Ampel mit den Kindern zu basteln, überzeugte ich meine Kollegin Britta und unsere Praktikantinnen, zur Übung mehrere Ampelanlagen an der stark befahrenen Hildesheimer Straße zu überqueren. Bei dem sonnigen Wetter ließen sich die bisherigen theoretisch vermittelten Verkehrskenntnisse gut in die Tat umsetzen.
Beiläufig wollte das kleine Teufelchen in mir während des Ausfluges einen klitzekleinen Blick auf das Haus zu werfen, in dem sich die Praxis von Dr. Bachner befand. Mein Verstand belächelte das Teufelchen. Wozu sollte ein neugieriger Blick gut sein? Aber bitte, wenn es das unbedingt wollte, würde er dagegen nichts einwenden. Harmlose Neugier akzeptierte er.
Wir kamen an verschiedenen Häusern vorbei, die mit Ärzte- oder Anwaltstafeln ausgestattet waren. Erst als wir an dem Haus vorbeikamen, an dem gut sichtbar: »Dr. med. Friedhelm Strehlitz, Internist & Dr. med. Lars Bachner, Internist, Psychotherapeut« prangte, schaute ich genauer hin.
Es war eins der älteren Häuser an der Hildesheimer Straße, das vermutlich zu Beginn des zwanzigsten Jahrhunderts entstanden war und den Bombenhagel des Zweiten Weltkrieges halbwegs unbeschadet bestanden hatte. Die verputzte Fassade war fast schwarz gefärbt von Abgasen und Schmutz und machte auf den ersten Blick einen wenig einladenden Eindruck. Erst bei näherem Hinsehen, sah ich, dass zumindest die Fenster neueren Ursprungs waren, ebenso die Dachziegel. Der Vorgarten, der hinter

einer kniehohen Backsteinmauer angelegt war, wirkte gepflegt. Der Rasen war kurz geschoren. Die mit Erde angehäuften Rosen, von denen zur jetzigen Jahreszeit nur abgeschnittene Zweige zu sehen waren, standen in einer sorgsam mit Rindenmulch abgedeckten Rosenrabatte.

Insgesamt machte das Haus einen gepflegten, soliden Eindruck und wirkte keineswegs, als würde es Mörder oder frauenverschlingende Sexprotze beherbergen. Das hatte ich allerdings auch nicht erwartet. Ich hatte es mehr zur Entscheidungsfindung aufgesucht. Sollte ich Viktoria heute Nachmittag dort abholen, um mit etwas Glück einen winzig kleinen Blick auf diesen mysteriösen Dr. Bachner werfen zu können, oder nicht?

Mein Verstand lehnte die Idee kategorisch ab und wandte meine Aufmerksamkeit den Kindern zu, die zu zweit hintereinander hermarschierten. Ich steuerte die nächstgelegene Ampelanlage an, um die theoretisch vermittelten Verkehrsregeln praktisch zu vertiefen.

»Welche Farbe hat das Fußgängermännchen gerade in der Ampel?«, kam meine obligatorische Frage an die Kinder.

»Rot«, schallte es mir mehrstimmig entgegen.

»Gut. Und was machen wir dann?«

»Wir bleiben stehen«, trällerten sie.

Es freute mich, wie gut das klappte. Das Männchen wechselte die Farbe. »Und was dürfen wir, wenn das grüne Männchen kommt?«

Ich blickte in die Runde der erwartungsvollen Kindergesichter.

»Dann gehen wir«, schrien sie im Chor.

Genau das taten wir. Kaum hatten wir die Straße zu drei Vierteln überquert, sprang die autofreundliche

Ampel um. Sie war eindeutig nicht auf Kindergruppen eingerichtet. Mit hektischem Antreiben schafften wir es die andere Seite zu erreichen, bevor die Autos grünes Licht erhielten.

»Sind alle da?«, fragte ich pro forma und ließ meinen Blick über die herumwuselnden Kinder auf dem Fußweg schweifen.

Statt des erwarteten ›ja‹, ertönte ein aufgeregtes, von Autohupen begleitetes ›nein‹. Verwirrt folgte ich dem Blick der Kinder und drehte mich zur Straße um. Mitten auf der Fahrbahn stand Krümel, unserer Nesthäkchen, und rührte sich nicht von der Stelle.

Entsetzt stürzte ich zwischen ungeduldig lärmenden und anfahrenden Autos auf Krümel los, klemmte sie unter meinen Arm und setzte sie keuchend auf dem Fußweg bei den anderen ab. Der Schreck saß mir in den Gliedern. Wieso hatten wir sie im Kindergewimmel übersehen können? Meine Praktikantin Ilona hatte das Schlusslicht hinter den Kindern bilden sollen. Sie starrte mich kreidebleich an.

»Ich hab sie nicht gesehen. Sie muss hinter mich gelaufen sein«, wimmerte sie.

»Das nächste Mal passen Sie besser auf.«

Ich nahm mir vor, Ilona in Zukunft genauer im Auge zu behalten. Sie schien mehr lernen zu müssen, als es bisher den Anschein gehabt hatte.

Dann wandte ich mich an Krümel. »Du kannst nicht mitten auf der Straße stehen bleiben.«

»Da kommt das rote Männchen. Da bleiben wir stehen«, betete Krümel unbeeindruckt mit ihrem piepsigen Kinderstimmchen herunter.

»Aber nicht auf der Straße. Das trifft nur für den Fußweg zu. Wenn wir auf der Straße sind und das rote Männchen kommt, gehen wir schnell weiter. Das habe ich Euch immer wieder erzählt.«

Meine Ausführungen interessierten Krümel wenig. Für eine Dreieinhalbjährige gab es wichtigere Dinge. Schon wanderten ihre Augen in die Ferne, aus der eine ältere, dickliche Dame mit einem Yorkshire Terrier nahte.
»Hundi! Hundi!«
Krümel wollte begeistert losrennen, um einem ihrer heiß geliebten Hundis, deren Stoffdoubles sie jeden Tag mit in den Kindergarten schleppte, ihre Zuneigung zu zeigen. Rigoros hielt ich sie an der Hand fest.
»Du bleibst jetzt bei mir, junge Dame.«
Sicher war sicher. Damit glaubte ich allen Ernstes vor weiteren unliebsamen Überraschungen auf diesem Ausflug gefeit zu sein. Ich hatte die Rechnung ohne Kindergarten-Rabauke Michi gemacht. Dunkle, mit meinem inneren Teufelchen verbündete Mächte benutzten ihn hinterhältigerweise, um mich tiefer in Viktorias Ermittlungen zu treiben. Kaum war die Frau mit ihrem Mini-Hund auf gleicher Höhe mit den Kindern, zog Michi blitzschnell eine Wasserpistole aus seiner Hosentasche. Ein kurzer, gezielter Wasserstrahl traf den Mini-Hund genau auf die Schnauze. Verschreckt rannte dieser giftig kläffend zwischen die Kinderbeine und biss in die erstbeste Wade. Sie gehörte – wenigstens hatte die Gerechtigkeit gesiegt – Michi, der die Revanche des Vierbeiners mit lautem Schreien quittierte.
Einige Mädchen kreischten, Michis Freund rangelte mit einem anderen Jungen, weil der ihm vor Schreck auf die Füße getreten war und ein paar Jungens stürmten mit Kampfgebrüll auf die verdatterte, ältere Dame zu. Kurz gesagt, es herrschte totales Chaos.
»Ruhe!«
Es klang mehr ein Urschrei, aber immerhin brachte

es die gewünschte Stille. Augenblicklich konfiszierte ich Michis Wasserpistole, die er unerlaubterweise mitgeschmuggelt hatte, und steckte sie in eine meiner großen Jackentaschen. Noch einmal würde er diesen Unfug nicht machen.

»Meine Pistole«, schluchzte Michi fassungslos.

Die Tatsache, dass ich sie ihm abgenommen hatte, schien ihn mehr zu treffen, als der leicht blutende Hundebiss, der sich mir offenbarte, als ich seine Hose hochschob. Ungläubig starrte ich auf Mickys Bein. Erst wäre Krümel beinah überfahren worden, jetzt war Micky verletzt.

Das Teufelchen in mir jubilierte. Eine unverdächtigere Möglichkeit einen Blick auf Dr. Bachner erhaschen zu können, hätte sich mir nicht bieten können. Mein Verstand impfte mir Schuldgefühle ein. Nun siehst du, was durch deine Neugier passiert ist. Unschuldige Kinder hast du in Gefahr gebracht. Ich schaltete ihn ab, ich wollte mich nicht schämen.

»Gott sei Dank, sieht es nicht schlimm aus«, meinte meine Kollegin Britta bleich mit einem schnellen Blick auf Michis Bein.

Sie konnte kein Blut sehen und entschuldigte sich lieber bei der Hundehalterin. Während sie für alle Fälle deren Adresse notierte, ging die alte Dame mit ihrem Hund schimpfend weiter.

»Ich glaube, es ist besser, wenn ich Michi zum Arzt bringe. Ihr schafft es ohne mich zurück zum Kindergarten«, antwortete ich bestimmt. »Ich habe auf der anderen Seite ein Arztschild an einem Hauseingang gesehen.«

Ein Arzthelfer mit blondem schütteren Haar und dem Namensschildchen ›Hoffmann‹ saß mit verkniffener Miene hinter einem Tresen und tippte etwas auf einem Computer, als ich die Doppelarztpraxis betrat. Viktoria schien an diesem Vormittag keinen Dienst zu haben. Vielleicht war es sogar gut, wenn wir nicht miteinander in Verbindung gebracht wurden. Der Verkniffene erhob sich und teilte mir mürrisch mit, ich solle zum Kinderarzt einige Häuserblocks weiter gehen. Dies wäre eine Internisten- und Psychologenpraxis.

»Das ist ein Notfall. Da ist jeder Arzt verpflichtet zu helfen. Sie können mich doch nicht wegschicken und mit dem schwer verletzten Jungen durch die Straße irren lassen. Ich weiß überhaupt nicht, wo der Kinderarzt sein soll«, übertrieb ich maßlos, um nicht abgewimmelt zu werden.

Der Arzthelfer zuckte die Schultern und blickte eine Kollegin fragend an, die mit einem Stapel Karteikarten aus einem Raum seitlich des Empfangstresens kam. Er erklärte ihr kurz, was passiert war, sie nickte.

»Das geht in Ordnung, Frank«, sagte seine Kollegin, deren Name laut Auskunft des Schildes ›Kern‹ lautete.

Sie kam hinter dem Tresen hervor, bückte sich zu Michi herunter und begutachtete sein Bein.

»Ach, das ist nicht schlimm. Ich sage einem unserer Chefs Bescheid, wenn sie ihre Besprechung beendet haben.«

Mütterlich erkundigte sie sich bei Michi: »Hat bestimmt weh getan, was?«

»Nö. Aber Frau Sam hat meine Pistole weggenommen.«

Die nette Sprechstundenhilfe Kern, der ich in kurzen Zügen die Geschichte erzählt hatte, lächelte.

»Ja, wenn das so ist, hat deine Erzieherin sicher das Richtige getan. Auf kleine Hunde schießt man nicht.

Du siehst ja, die können beißen. Aber wie wär's mit einem kleinen Trostpflaster?«
Während ich unsere Jacken an der Garderobe aufhängte, holte sie aus einem Schrank eine kleine Tüte Gummibärchen. Die ließen Michis von Tränen verschmiertes Gesicht sofort erstrahlen. Süße, bunte, klebrige Gummibärchen waren bei Kindern allseits beliebt.
»Wissen Sie, ob er gegen Tetanus geimpft ist?«, fragte sie mich, während Michi zufrieden auf einem Stuhl saß und Gummibärchen mümmelte.
»Nein. Ich könnte versuchen, seine Mutter zu erreichen. Darf ich telefonieren? Im Kindergarten sind für Notfälle die Nummern der Eltern hinterlegt.«
Nachdem ich alles geklärt hatte, machte sich bei mir nach der ganzen Aufregung ein gewisses Bedürfnis breit. Suchend sah ich mich um.
»Äh, haben Sie eine Toilette?«, fragte ich die Arzthelferin Kern leise.
»Ich muss aber nich'», meldete Michi sich prompt zu Wort.
»Aber ich, Michi.«
Die Arzthelferin Kern grinste mit Blick auf Michi.
»Ich finde es schön, wie offen Kinder sind.«
Das fand ich ebenfalls, aber manchmal kam es etwas ungelegen. Deshalb nickte ich nur. »Wo ...?«
»Den Flur rechts abbiegen. Gleich die erste Tür rechts ist Dr. Bachners Sprechzimmer. An der nächsten Tür sehen Sie die Aufschrift WC.«
»Danke. – Michi, du bleibst schön sitzen. Ich bin gleich wieder da.«
»Machen Sie sich keine Sorgen, ich passe auf den jungen Mann auf.«
Kaum war ich auf der Toilette fertig, wollte ich sofort zu Michi gehen, doch dann drangen Stimmen

durch die Sprechzimmertür nach draußen. Natürlich wusste ich, dass es sich nicht gehörte, hinter fremden Türen zu lauschen, doch das kleine Teufelchen in mir, schien meine Füße fest an den Boden geklebt zu haben. Verstehen konnte ich zunächst nichts, dann öffnete jemand die Tür einen Spaltbreit und ich hörte eine sonore, männliche Stimme sagen: »... mit mir reden?«

Ich trat vorsichtig den Rückzug an. Als Lauscher ertappt zu werden, wäre mir sehr peinlich gewesen.

»Ich weiß, was ich tue. Lass mich in Ruhe und kümmere dich lieber darum, deine Weibergeschichten in den Griff zu kriegen«, brummte eine heisere Stimme, die auf starken Tabakkonsum schließen ließ.

»Das ist etwas völlig anderes.«

»Das sehe ich anders. – Ich muss jetzt wieder. Das Wartezimmer ist voll«, sagte der Heisere und öffnete die Tür ganz.

Ich tat, als wolle ich zur Toilette gehen. Doch der heisere Arzt, ein älterer, hagerer Mann mit schütteren, grauen Haaren, zerfurchtem Gesicht und Tränensäcken, die sich nicht hinter seinen Brillengläsern verbergen ließen, beachtete mich nicht, als er in ein gegenüberliegendes Zimmer ging. Michi bog um die Ecke. Glücklicherweise hatte er meine Lauschaktion nicht bemerkt. Sie hätte kein gutes Beispiel abgegeben.

»Frau Sääääm?«

Ich seufzte. Musste er meinen englisch ausgesprochenen Spitznamen wie einen Kaugummi in die Länge ziehen? Vielleicht hätte ich darauf bestehen sollen, von den Kindern Frau Martin oder Sandra genannt zu werden.

»Frau Säääm, da bist du ja. Bist du groß auf Klo

gegangen? Frau Kern hat gesagt, du kommst gleich wieder.«
»Nun bin ich da«, beruhigte ich ihn.
»Komm, wir gehen zu Frau Kern.«
»Die muss telefonieren. Willst du ein Gummibärchen?«
Er hielt mir ein zerknautschtes Exemplar hin.
»Nein, danke.«
In diesem Moment kam ein Mann in weißer Hose und blauem Hemd aus dem Sprechzimmer. Trotz Kleidung erkannte ich ihn sofort.
»Sind Sie Frau Schulz, meine nächste Patientin?«, fragte mich Dr. Lars Bachner mit seiner sonoren, männlichen Stimme freundlich.
Ich schüttelte den Kopf, unfähig ein Wort zu sagen. Wie konnte ein einziger Mann derart gut aussehen? Obwohl er älter als Björn war, wirkte er mit seinem federnden Gang jugendlicher. Viktoria hatte Recht, er hatte sich, seit das Foto aufgenommen worden war, kaum verändert. Ein paar Fältchen mehr im Gesicht, und vielleicht ein paar Pfündchen zusätzlich auf der Waage, das war der einzige Unterschied. Und dann diese Augen! Viktoria war nicht die Einzige, der sie heiße Schauer über den Rücken jagten. Jetzt wo er quasi in natura vor mir stand, sah ich, wie sie samtig braun glänzten. Seine Haare waren fast schwarz, nicht ein graues Härchen war zu sehen. Kein Wunder, wenn sich einige seiner Patientinnen zu einer Privatbehandlung hinreißen ließen.
»Das ist Frau Säääääm«, erklärte Michi für seine in schweigender Bewunderung erstarrte Erzieherin.
»Eine Patientin solchen Namens steht leider nicht auf meinem Terminkalender«, meinte er mit einem Ton des Bedauerns.
Ich bedauerte das keineswegs. Dieser Arzt sah ein-

fach zu gut aus. Vor solchen Männern schützte nur die Flucht, insbesondere, da dieser nicht nur ein Casanova unmoralischsten Kalibers zu sein schien, sondern möglicherweise gar ein Mörder.
»Ach, Dr. Bachner«, die nette Sprechstundenhilfe Kern kam um die Ecke geschossen, »haben Sie kurz Zeit sich den jungen Mann hier anzusehen? Ist ein Notfall. Unsere Praxis lag am nächsten. Er hatte einen Zusammenstoß mit einem Hund.«
»Ja, mit so einem großen«, mischte Michi sich ein, der den kleinen Beißer mit weit ausladenden Armen auf Elefantengröße anwachsen ließ.
Lars Bachner lächelte mich freundlich an.
»Jetzt sind Sie doch meine nächste Patientin. Sie sind nicht die Mutter des Jungen, oder?«
»Ich bin seine Erzieherin. Michis Mutter arbeitet ganztags.«
Ich war froh, meine Sprache nicht völlig verloren zu haben, und wischte mir verlegen eine meiner widerspenstigen Locken aus der Stirn. Zusammen mit der Jeans und der offenen Lederweste, die ich über meiner eng anliegenden Bluse trug, wirkte ich auf ihn wahrscheinlich wie eine coole Abenteuerin jüngeren Alters. Das war ich natürlich nicht. Ich zählte mich von jeher zur braven Gattung, sah ich vom Einfluss des kleinen Teufelchens in mir ab.
»Umso besser«, grinste er vielsagend und musterte mich mit einem männlich interessierten Blick, der Björns Eifersucht in Topform hätte versetzen können.

6

»Im Islam wird es Kismet genannt. Das bedeutet so viel wie unausweichliches Schicksal«, grinste Viktoria mich abends an, nachdem ich ihr in kurzen Zügen von den Ereignissen des Tages berichtet hatte.
Ihre Ansicht teilte ich nicht. Ich hätte dem Schicksal durchaus ausweichen können, wenn ich mich nicht an jenem Freitag im Oktober mit Viktoria getroffen hätte. Björn hatte Recht, Viktoria schien mysteriöse Todesfälle anzuziehen, wie die Schwerkraft der Erde fallende Äpfel.
Jetzt war es zu spät. Ich saß in Viktorias Wohnzimmer, in dem ein Kamin für wohlige Wärme sorgte und ein gemütlicher Sessel zum Entspannen einlud, während draußen Regen gegen die Fensterscheiben trommelte. Viktoria nahm eine Flasche spanischen Rotwein und zwei Gläser von einem Bar-Wagen, stellte etwas Salzgebäck auf ihren massiven Buchencouchtisch und setzte sich auf ihre zum Sessel passende bordeauxrote Couch.
Ich lauschte dem Geräusch, als sie den Wein in die Gläser goss, und trank einen großen Schluck vom feurig schmeckenden Tempranillo. Der Wein lullte wohltuend meinen Verstand ein, der sich gegen diesen Besuch gesperrt hatte. Aber ich hatte mit jemandem reden müssen. Also war ich kurz entschlossen nach Herrenhausen gefahren, wo Viktoria eine restaurierte Villenwohnung unweit der königlichen Herrenhäuser Gärten besaß.
»Deine Vermutung war richtig. Karen Dehnert aus Bachners Adressbuch ist tot.«
Ich empfand keine Befriedigung, als meine dunkle Ahnung zur Realität wurde. Noch immer hätte ich gehen können. Doch mein unseliges Verlangen die

Wahrheit herausfinden zu wollen, wuchs nach dem Schluck Rotwein ins Unermessliche. Ich konnte nicht mehr zurück. Das Teufelchen in mir hatte meinen bremsenden Verstand ausgeschaltet. Es vermittelte mir das Gefühl grenzenloser Freiheit, wenn ich mich wie Viktoria gegen die Norm stellte, die in den Erziehungsbemühungen meiner Eltern den höchsten Stellenwert besessen hatte. Es schien, als würde ein verspätetes Aufbegehren, welches mir eigentlich als Jugendliche hätte einfallen sollen, zunehmend in mein Leben eingreifen.

»Woher weißt du das? Hat Olli seine Kollegen aus der Zeitungsredaktion gefragt?«

»Nein. Ich hatte heute Nachmittag glücklicherweise Dienst, als wir Besuch von einem schnöseligen Kriminalhauptkommissar Fischer und seinem Gehilfen bekamen. Sie wollten zu Bachner. Kaum waren sie bei ihm, hat er Karen Dehnerts Patientenkartei angefordert. Zwar stehen viele Daten im Computer, doch traut er dem nicht und führt von seinen Patienten zusätzlich eine handschriftliche Datei.«

»Wäre interessant zu wissen, was darin stand?«

Ich bemerkte ein kurzes, zufriedenes Lächeln in Viktorias Augen.

»Willst du eine kurze Zusammenfassung? Natürlich hatte ich mir ihre Anamnese bereits am Freitag nach unserem Ausflug bei Bachner angesehen. Ich dachte, es könnte nicht verkehrt sein, mehr über diese Karen zu wissen. – Na, bin ich gut?« Beifall heischend sah sie mich an.

»Kann man sagen.« Ich nickte zustimmend und nippte an meinem Rotwein.

»Trotz Bachners unverständlicher Abkürzungen, kann ich dir Folgendes über sie erzählen.« Viktoria griff nach einem Zettel. »Karen Dehnert, neunund-

zwanzig Jahre alt, litt unter Depressionen. Eins ihrer Hauptprobleme dürfte das Verhältnis zu ihrem Vater Walter Dehnert gewesen zu sein. Er hat sie allein großgezogen, nachdem seine Frau ihn und seine Tochter verlassen hat. In seinem Beruf als Fließbandarbeiter hat er sich unterfordert gefühlt und seine ganze Zuneigung auf Karen konzentriert. Stell dir vor, das Mädchen war mit vierundzwanzig noch Jungfrau. So hat der Typ sie festgehalten und über alle Maßen behütet. Wenn du mich fragst, hätte der Vater eine Therapie nötiger gehabt, als Karen. Da musste das Mädchen ja depressiv werden.
Dann hat sie Anton, einen Arbeitskollegen ihres Vaters kennen gelernt und geheiratet. Ein paar Monate danach hat er seinen Job gekündigt und ist Künstler geworden. Er hat von Karens Einkünften gelebt, bis sie vor zweieinhalb Jahren die Scheidung einreichte. Sie hat ihn als sexbesessenes Pinselmonster bezeichnet. Angeblich soll er sie vergewaltigt und mit anderen Frauen betrogen haben.«
»Klingt nicht sympathisch.«
»Ja, das finde ich auch. Sie zog wieder zu ihrem Vater und nahm nach der Scheidung ihren Mädchennamen an. Nach einem Kreislaufzusammenbruch wurde sie ins Krankenhaus eingeliefert. Der dortige Arzt riet ihr, sich von einem Psychotherapeuten behandeln zu lassen. Das war vor knapp zwei Jahren. Karen begann bei Bachner eine Gesprächstherapie. Er verschrieb ihr anfangs ein leichtes Antidepressivum. Nach einigen Therapiesitzungen bei ihm, ging es ihr besser. Sie suchte sich eine eigene Wohnung und beendete die Therapie.«
»Könnte sie seit damals ein Verhältnis mit Bachner gehabt haben?«, überlegte ich.
»Das glaube ich nicht. Sie erzählte ihm, sie hätte sich

in jemanden verliebt, wollte aber nicht mit Bachner darüber sprechen. Lange Zeit war sie nicht bei ihm. Erst vor drei Monaten war sie wegen neuerlicher Depressionen in der Praxis. Es gab Probleme in ihrer Beziehung. Aufgrund der Therapie trennte sie sich von dieser Liebe. Als Letztes notierte Bachner, ihre Beschwerden hätten sich nach der Trennung gebessert. Vielleicht hatte die Beziehung zwischen Bachner und ihr erst zu diesem Zeitpunkt einen intimen Charakter angenommen.«
»Aber genau weißt du das nicht, oder?«
»Wie sollte ich? Bachner wäre reichlich blöd, wenn er das notiert hätte. Übrigens habe ich inzwischen gelernt mit dem Computer umzugehen und habe einige der Frauennamen aus seinem Adressbuch mit der Patientenkartei verglichen. Alle Personen, die auf den Zetteln verzeichnet waren, gab es ebenfalls im Computer.«
»Und was sagen deine Kollegen zu Bachners Liebesleben und zum Tod von Karen Dehnert?«
»Über Bachners Liebesleben sagen sie nicht viel. Sie sind mir gegenüber sehr reserviert. Ich bin zu neu. Da kann ich mit meinen Fragen nicht in die Tiefe gehen, ohne Verdacht zu erregen. Was den Tod von Karen angeht, benahm sich unsere Auszubildende Marietta desinteressiert, Silke Kern hatte heute Nachmittag frei und Frank Hoffmann war so verschlossen wie immer.«
»Erzähl mir von deinen Kollegen.«
»Silke Kern, der du es zu verdanken hattest, dass der Junge überhaupt verarztet wurde, ist die Hauptkraft und arbeitet seit Jahren in der Praxis. Ohne sie würde es nicht laufen. Frank Hoffmann, der wie Silke ganztägig arbeitet, ist ein merkwürdiger Typ. Ich habe ihn bisher kaum lachen sehen. Er macht seine Arbeit

gewissenhaft, aber Entscheidungen zu treffen, fällt ihm schwer. Dann ist da die Auszubildende im zweiten Lehrjahr Marietta Huberty. Normalerweise arbeiten noch zwei stundenweise Beschäftigte dort, die ich nicht kenne. Die eine befindet sich auf einem Auslandstrip. Die andere ist schwanger und kann wegen Komplikationen vorläufig nicht arbeiten. Ihr habe ich meine Einstellung zu verdanken.«
Ich nahm mir eine von Viktorias Salzbrezeln, die auf einem Teller neben dem Wein lagen. Langsam fragte ich mich, ob es doch schicksalhafte Begegnungen gab, die irgendeinem Ziel dienten. Zumindest wäre es eine Entschuldigung, warum ich das Teufelchen in mir gegen jede Vernunft gewähren ließ.
»Hast du zufällig erfahren können, was die Kripo außer dem Krankenblatt wollte?«
Sie grinste. »Du kennst mich doch. Ich bin mit der Kartei zum Sprechzimmer gegangen, habe vorsichtig die Tür geöffnet und gelauscht. Sie waren ins Gespräch vertieft und haben mich nicht sofort bemerkt. Der Kommissar hat Bachner erzählt, sie hätten in Karens Wohnung Heroin sichergestellt und sie sei möglicherweise an einer Überdosis gestorben.«
»Was?«
»Genau wie bei Vanessa«, nickte sie. »Möglicherweise war mein erster Eindruck, es könnte ein Mordanschlag gewesen sein, richtig.«
»Möglicherweise. Da beide Frauen psychische Probleme hatten, könnten beide selbstmordgefährdet gewesen sein.«
»Karen war nicht als suizidgefährdet eingestuft. Zwar wurde ein Brief auf ihrem Couchtisch gefunden, aus dem hervorging, sie wolle nicht mehr leben, weil alles zu deprimierend sei. Aber Fischer scheint dem keine große Bedeutung zuzuschreiben. Der

Brief wurde nicht per Hand geschrieben, sondern mit einer Schreibmaschine und war nicht unterschrieben. Ihr Vater soll ihn als Fälschung bezeichnet haben, weil Worte darin vorgekommen sein sollen, die seine Tochter nicht benutzt hätte. Fischer meinte außerdem, die pathologischen Untersuchungen seien nicht beendet. Ein Mord ...«, sie hob es deutlich hervor, »... sei nach dem gegenwärtigen Stand der Ermittlungen nicht ausgeschlossen.«
»Er hat wirklich von Mord gesprochen? Da hast du dich nicht verhört?«
»Wie oft soll ich dir sagen, dass ich ausgezeichnet höre«, beschwerte sie sich mit beleidigter Miene. »Dann hat der Beamte Bachner gefragt, wo er am Mordabend zwischen zwanzig und dreiundzwanzig Uhr gewesen sei.«
»Das klingt, als hätte er Bachner in Verdacht?«
»Das hat Bachner ebenfalls gefragt. Fischer hat gemeint, das sei eine Routinefrage.«
»Die Frage nach dem Alibi eines Arztes soll Routine beim Tod einer Patientin sein? Das glaube ich niemals.«
»Ja, ich finde das auch seltsam. Aber Bachner hat ein Alibi. Er war am Donnerstagabend bis etwa einundzwanzig Uhr fünfzehn in der Praxis. Das sollen einige seiner Patienten bestätigen können. Dann habe er sich mit seiner Frau getroffen und sei zusammen mit ihr in ihre Villa gefahren. Sein Schwager, der ebenfalls dort wohne, könne bestätigen, dass beide etwa um einundzwanzig Uhr vierzig eingetroffen seien. Mehr habe ich nicht mitbekommen. Sie haben mich leider entdeckt. Später habe ich dann mit Marietta gesprochen. Sie hatte Spätdienst und sagt, sie habe mit Bachner die Praxis zur angegebenen Zeit verlassen.«

»Hat sie seine Frau gesehen?«
»Nein. Sie musste sich beeilen, um ihre Straßenbahn zu bekommen und hatte nicht auf Bachner geachtet.«
»Mit anderen Worten, Bachner könnte gelogen haben.«
»Warum sollte er? Ich kann mir nicht vorstellen, dass er Karen Dehnert getötet hat. Bestimmt ist es dieses Pärchen aus Bachners Wohnung gewesen. Wenn wir nur herausfinden könnten, wer die beiden sind.«
»Ja, das würde mich auch interessieren. Trotzdem würde ich Bachner nicht ausklammern wollen. Immerhin hast du ihn zuerst für gewissenlos gehalten. Und nun tust du so, als wäre er ein halber Engel.«
»Na ja, ein Engel ist er sicher nicht. Aber jetzt wo ich ihn näher kenne, glaube ich ihm. Und das sage ich nicht nur, weil ich ihm die Kleider vom Leib reißen könnte, wenn ich ihn sehe. – Hach, ich würde ihm zu gern einmal die Eier knuddeln und ...«
Als ich mich mit strafendem Blick aus dem Sessel erhob, verstummte sie sofort. »Ja, ja, ich sag nichts mehr. Ich vergesse dauernd wie altmodisch verklemmt du bist. Aber du musst zugeben, der Mann sieht phänomenal aus.«
»Es geht so«, sagte ich gedehnt und versuchte sie abzulenken.
»Es geht so«, äffte sie mich nach. »Du bist unverbesserlich. Dabei hättest du im Gegensatz zu mir gute Chancen bei ihm.«
»Ich?«
»Ja, du. Als ich heute Mittag in die Praxis kam, hat mir Silke von deinem Auftritt heute Vormittag erzählt. Da wusste ich allerdings nicht, dass sie von dir sprach. Bachner hat sie gebeten, herauszufinden, in welchem Kindergarten die hübsche Brünette mit den

eindrucksvollen Augen arbeitet. Er soll hin und weg von dir gewesen sein.«

»Wirklich?«

Das passte schwer in meinen Schädel, der für die Region des Selbstwertgefühles wenig Platz gelassen hatte. Warum sollte sich ein gut aussehender Mann wie Bachner näher für mich interessieren? Für mich, die ein viel zu kantiges Kinn und eine zu schmale Nase hatte, die mit ihren unzähmbaren Locken mitunter wie ein Wischmopp aussah und die aufgrund ihrer konservativen Art nicht mehr Sexappeal besaß, als ein gutmütiges Walross? Na ja, um einiges schlanker und zierlicher als ein Walross war ich schon, und meine Oberpartie war nicht zu verachten, wie Björn oft feststellte. Aber wenn ein Mann wie Bachner von mir angetan war, konnte er nur ein notorischer Herzensbrecher sein, der es bei jeder Frau versuchte oder ... ein psychopathischer Mörder, dessen Krankheit zu entgleisen drohte.

»Er könnte ein Mörder sein. Hauptkommissar Fischer hat sicher nicht umsonst nach seinem Alibi gefragt.«

»Fischer ist ein Schnösel. Der hat keine Ahnung. Was hältst du davon, dir selbst ein Urteil über Bachner zu bilden? Denk dir einen Vorwand aus und triff dich mit ihm. Er wird bestimmt nicht ablehnen, wenn Silke sein Interesse richtig eingeschätzt hat.«

»Oh, nein. Das werde ich auf keinen Fall tun. So scharf auf Ermittlungen wie du bin ich nicht.«

7

»Telefon, Sam, eine Praxis Bachner oder so. Wäre nett, wenn du deine Privatgespräche zu Hause führen könntest.«
Gaby, die Leiterin des Kindergartens, in dem ich arbeitete, machte ein mürrisches Gesicht. Privates gehörte ihrer Meinung nach nicht in den Kindergarten, besonders nicht an einem Mittwochmorgen, wenn sie schlechte Laune hatte.
»Na, was gibt's?«
Es konnte nur Viktoria sein, die mich hier anrief.
»Frau Martin? Hier ist Lars Bachner«, ertönte die sonore, männliche Stimme des Arztes.
Vor Schreck rutschte mir der Hörer aus der Hand und landete polternd auf dem Schreibtisch, auf dem das Telefon stand. Ich schluckte. Was wollte der supergut aussehende und leider in meinen Augen hochgradig verdächtige Bachner von mir? Mit zittrigen Händen nahm ich den Hörer hoch. Attraktive Männer irritierten mich regelmäßig.
»Äh, ... hallo? Wer ist da? Hier war eine Störung im Telefon.«
»Bachner, Dr. Lars Bachner. Vielleicht erinnern Sie sich? Sie waren gestern bei mir in der Praxis. Der Kleine, der vom Hund gebissen wurde, hat ein Spielzeug liegen lassen. Und da ich sowieso einen Hausbesuch in der Nähe Ihres Kindergartens machen muss, kann ich es gern vorbei bringen. Wie lange sind Sie nachmittags im Kindergarten?«
Ging ärztlicher Service soweit? Dies bezweifelte ich. Außerdem steckte Michis Plastikpistole, sein einziges Spielzeug, das ich an diesem Tag bei ihm gesehen hatte, sicher verwahrt in meiner Jackentasche, wo sie die die nächsten Tage bleiben würde. Das

hatte ich mit Michis Mutter aus erzieherischen Gründen abgesprochen, obwohl Michi das gar nicht gefiel. Was also wollte Bachner wirklich von mir?
»Äh, heute arbeite ich bis etwa fünf. Ich habe Spätdienst.«
Kaum hatte ich das gesagt, fiel mir mit Entsetzen ein, dass ich den Spätdienst allein zu bestreiten hatte. Falls er womöglich ein Psychopath war und er entgegen Viktorias subjektiver Ansicht ein neues Mordopfer suchte, wäre dies die beste Gelegenheit.
»Es kann aber früher werden, falls das letzte Kind eher von seinen Eltern abgeholt wird«, fügte ich hinzu.
»Gut, dann bin ich eher da.«
Das klang eigentlich nicht so, als würde er darauf lauern, mich ins Jenseits zu befördern. Vielleicht war Viktorias Einschätzung richtig und er interessierte sich für mich. Dann brauchte ich mich nicht zu fürchten. Sicherheitshalber wollte ich Viktoria informieren. Doch weder sie noch Olli waren zu erreichen.
Je näher mein Dienstende rückte, desto nervöser wurde ich. Um meine Fantasie zu beruhigen, die mich bereits in einer Toilette mit einer Heroinspritze im Arm sah, schrieb ich auf meinen Terminplaner im Gruppenraum: »17.00 Uhr, Bachner«. Sollte er doch finstere Absichten hegen, würde meine Nachwelt wenigstens wissen, wer für mein Ableben verantwortlich wäre.

Unruhig wartete ich mit den letzten Kindern auf ihre Eltern. Meine Kolleginnen waren bereits gegangen und ich hoffte, Bachner würde es sich anders überlegen.
»Guten Tag, Frau Martin. Der Verkehr heute ist

mörderisch. Mit einem Rad wäre ich schneller gewesen.«
»Diese Erfahrung habe ich auch gemacht«, antwortete ich schüchtern.
»Hallo, Onkel Doktor.« Michi, der mit drei weiteren Kindern in einer Ecke Bilderbücher angesehen hatte, kam freudig angelaufen. »Mein Bein tut nicht mehr weh. Willst du mal sehen?«
Bachner wich überrascht zurück.
»Ach, du bist hier? Das trifft sich gut.«
Es klang eher so, als wollte er sagen, zu dumm, dass du hier bist.
»Meine Mami holt mich gleich ab. Holst du Frau Sam ab?«, zog Michi seine Rückschlüsse.
»Er wollte dir dein Spielzeug bringen, das du vergessen hast«, rückte ich Michis Annahme zurecht.
»Was für ein Spielzeug?«, fragte Michi unschuldig.
Bachner lächelte unsicher. Wie ich vermutet hatte, war seine Geschichte nichts als eine Ausrede.
»Die habe ich abends im Sprechzimmer gefunden.«
Bachner zog eine neonfarbene Pistole heraus, an der an einer Ecke ein Preisschild klebte. »Es muss deine Wasserpistole sein. Ich dachte, du würdest sie gern wieder haben wollen.«
Bachner log, ohne rot zu werden. Michi starrte begeistert die Pistole an und wollte sie greifen. Plötzlich schien ihm einzufallen, wer seine Pistole einkassiert hatte. Fragend sah er mich an. Ich schwieg und wartete ab, was geschehen würde.
»Vielleicht ist das nicht meine Pistole«, äußerte Michi vorsichtig.
»Ich wüsste nicht, wem sie sonst gehören sollte. Andere Kinder waren nicht da.«
Bachner blieb bei seiner Lüge.
»Du kannst sie mir schenken. Dann ist es meine.«

Entschlossen griff Michi die Pistole.
»Gut«, erwiderte Bachner sichtbar erleichtert. »Aber du darfst keine Hunde mehr damit ärgern.«
»Nö, mache ich nicht. – Wenn du willst, Frau Sam, darfst du meine Pistole länger behalten«, strahlte mich Michi an und stolzierte zu seinen Kumpels, um ihnen seine Errungenschaft zu zeigen.
Bachner zuckte kurz zusammen. Dann sah er mich mit verschämtem Lächeln an und meinte leise: »Ich gestehe, ich wollte Sie wieder sehen, Frau Martin. Sie haben so etwas Sympathisches an sich und ich brauche Ihren Rat als Erzieherin. Darf ich draußen auf Sie warten?«
Das Teufelchen in mir nickte. Es war neugierig, was Bachner von mir wollte. Mein Verstand rebellierte und erinnerte mich an Björn, die im Koma liegende Vanessa und an die unbekannte, ermordete Karen. Als wenig später das letzte Kind abgeholt wurde, schloss ich die Außentür des Kindergartens ab und stakste auf zittrigen Beinen zur Straße.
Bachner lehnte in einem dunkelblauen, sportlichen Mantel lässig an seinem weißen Porsche und starrte mich bewundernd an. Das war der Blick eines erfolgsgewohnten Mannes, der seine Frauensammlung um ein neues Exemplar erweitern wollte. Die Region für Selbstwertgefühle dehnte sich in meinem Gehirn ein wenig aus. Vergessen waren meine idiotischen Fantasien.
»In welcher Angelegenheit wollen Sie denn meinen erzieherischen Rat?«, fragte ich gespannt.
»Was halten Sie davon, wenn wir das bei einem Espresso oder Cappuccino in meiner Stadtwohnung besprechen? Kuchen habe ich eingekauft.«
Er deutete vage nach hinten auf die Rückbank seines Wagens.

»Verstehe, Sie suchen ein Weibchen zum Vernaschen. Tut mir leid, aber meine Mami hat mir aus gutem Grund verboten, mit fremden Männern in die Wohnung zu gehen.«
Er grinste. »Da hat Ihre Mami recht gehabt, dies zu sagen. Es gibt schlechte Männer. Aber sehe ich so aus, als würde ich Ihnen etwas zuleide tun?«
»Ich weiß nicht. Der böse Wolf im Märchen hat sich als vertrauenswürdige Großmutter verkleidet, um Rotkäppchen fressen zu können.«
Sein Grinsen vertiefte sich amüsiert.
»Sie leiden nicht zufällig unter einer Angstneurose und bedürfen meiner Behandlung?«
»Keine Ahnung, Sie sind der Psychologe. – Doch nun sollten wir nicht länger um den heißen Brei herumreden. Was wollen Sie?«
Ich bemühte mich, meiner Stimme einen selbstsicheren Tonfall zu geben, während seine witzig gemeinte Bemerkung mit der Angstneurose mir im Moment keineswegs abwegig erschien. Sein Lächeln verschwand und machte einem tiefen, ernsten Blick in meine Augen Platz.
»Ich möchte mich einfach mit Ihnen unterhalten. Ich weiß, es klingt merkwürdig, wenn ein Psychotherapeut dies sagt. Aber ich muss mir den ganzen Tag die schwerwiegendsten psychischen Probleme anhören, da ist es schön, einem ausgeglichenen Menschen wie Ihnen zu begegnen.«
So, wirkte ich ausgeglichen? Dann schien ich eine Meisterin der Verstellung zu sein. Oder log er? Darin schien er ein Meister zu sein.
»Wenn es Ihnen lieber ist, können wir in ein Café fahren. Allerdings möchte ich nicht, dass meine Frau Hilla von unserem Treffen erfährt. Sie ist sehr eifersüchtig und möchte mich als sprudelnde Geldquelle

nicht verlieren. Diese verteidigt sie wie eine Tigerin ihr Junges mit Zähnen und Krallen.«

Tigerinnen pflegten Angreifer zu verspeisen. Wozu wäre Bachners Frau fähig? Könnte sie einen Mord begehen, um ihn nicht zu verlieren? Wer wusste das schon. Ganz sicher würde sie ihrem Mann aber im Notfall ein Alibi geben.

»Das klingt fast, als hätten Sie Angst vor Ihrer Frau. Vielleicht sollten Sie einen Kollegen aufsuchen.«

»Ja, das sollte ich tun«, seufzte er. »Aber vielleicht kann mir eine einfühlsame Erzieherin wie Sie mit ihren psychologischen und pädagogischen Kenntnissen weiterhelfen. Würden Sie genug Vertrauen aufbringen, mich in meine Stadtwohnung zu begleiten? Ich verspreche Ihnen, ausschließlich am Kuchen zu naschen.«

Beim letzten Satz glitt wieder ein Lächeln über sein Gesicht, das die Fältchen um seine samtigen braunen Augen stärker sichtbar machte. Konnte dieser Mann ein Mörder sein? Nein, entschied das kleine Teufelchen in mir. Er sah nicht nur atemberaubend aus, er war irgendwie nett.

»Gut, ich komme mit. Aber nur zum Kuchen essen.«

Die Fahrt über sagte Lars Bachner nicht viel. Der dichte Verkehr erforderte seine ganze Aufmerksamkeit. Ohne Probleme parkte er den Porsche in eine enge Parklücke ein, die ich nie und nimmer angefahren hätte. Dann kam er um den Wagen herum und öffnete mir galant die Tür. Er nahm das Kuchenpaket von der Rückbank und steuerte auf den Hauseingang zu.

Wenige Meter entfernt stieg ein älterer Mann mit Halbglatze, zerbeulter Hose und einem dunkelbraunen, schuppenbesprenkelten Sakko aus einem parkenden metallic-grünen Auto, als hätte er auf Bachner gewartet. Seine rechte Hand hielt er hinter seinem Rücken versteckt. Eilig kam er auf uns zu gerannt.

»Dr. Bachner«, rief er laut.

Bachner, der ihm den Rücken zukehrte, drehte sich unwillig um.

»Ach, Sie. Tut mir leid wegen ...«

»Es tut Ihnen leid? – Sie Lügner! Sie Mörder! Sie haben Karen umgebracht«, schrie der Mann mit weit aufgerissenen, irren Augen.

Bachner drückte mir eilig das Kuchenpaket in die Hand und meinte beschwörend: »Gehen Sie zur Seite.«

Das ließ ich mir nicht zweimal sagen. Der Mann sah gefährlich aus, hatte aber nur Augen für Bachner.

»Sie Schwein, Sie haben meine kleine Karen verführt und sie gegen mich aufgehetzt. Und dann haben Sie sie umgebracht? Sie Scheißkerl«, stieß der Mann hasserfüllt hervor.

Bachner sah ihm geradewegs in die Augen. »Ich habe nichts dergleichen getan, Herr Dehnert. Und das wissen Sie.«

»Sie lügen. Aber das wird Ihnen nichts nützen.«

Mit einer Handbewegung riss der alte Mann seine rechte Hand hinter dem Rücken vor. Darin hielt er ein langes, spitzes Küchenmesser, das hervorragend zum Steakschneiden geeignet gewesen wäre.

»Mörder verdienen es nicht zu leben«, schrie er und wollte sich auf Bachner stürzten.

Meine Gedanken überschlugen sich. Angst und Hilfsbereitschaft wirbelten im Bruchteil einer Sekunde durcheinander. Wie in Trance trat ich vor und warf dem Mann schwungvoll das Kuchenpaket ins Gesicht. Durch den Wurf öffnete sich die Verpackung. Ein Tortenstück zerplatzte mitten in seinem

Gesicht, so dass er vor Sahnecreme nichts mehr sehen konnte. Die restlichen Tortenstücke kleckerten über Sakko und Hose langsam zu Boden. Hätte der Mann nicht das Messer in der Hand gehalten, hätte ein zufällig vorbeikommender Passant das Ganze für eine Slapstick-Szene halten können. Vor Überraschung stand der Mann einen Augenblick wie erstarrt da. Ich preschte vor und trat mit meinem Outdoor-Schuh gegen die Hand, die das Messer hielt. Klirrend fiel es Boden. Hastig griff ich danach.
Bachner trat auf ihn zu, packte ihn am Arm und führte ihn zur Eingangsstufe des Hauses.
»Beruhigen Sie sich, Herr Dehnert. Ganz ruhig, es passiert ihnen nichts. – Kommen Sie, setzen Sie sich auf die Treppe. Glauben Sie mir, ich habe Ihre Tochter nicht getötet«, redete er beschwörend auf den Mann ein, der nun völlig apathisch reagierte.
»Frau Martin, in meiner rechten Manteltasche steckt mein Autoschlüssel. Nehmen Sie ihn und holen Sie mir meine Arzttasche. Sie liegt hinten im Kofferraum.«
Ich griff in Bachners Manteltasche, fühlte dort zunächst ein kleines Plastikbriefchen, das sich wie ein Kondomtütchen anfühlte, und erwischte dann den Schlüssel. Ich öffnete den Kofferraum, der penibel aufgeräumt war. Lediglich ein Warndreieck, eine Warnleuchte, sowie eine dunkle Tasche standen darin.
Bachner redete weiter auf Karens Vater ein, der zusammengesunken auf der Trittstufe des Hauseinganges saß und laut aufschluchzte. Sein ganzer Körper bebte, seine Arme hingen schlaff herunter. Nicht einmal die Torte hatte er sich aus dem Gesicht gewischt. Bachner fühlte ihm den Puls, griff schnell in seine Tasche, und holte eine Einmalspritze und eine

Ampulle heraus. Mit geübten Fingern drückte er die Glasspitze der Ampulle ab, die irgendeine klare Flüssigkeit enthielt.
»Halten Sie das bitte!«
Die Ampulle wanderte kurz in meine Hand, während Bachner die Spritze sorgsam auspackte, die Kanüle aufsetzte und Flüssigkeit aus der Ampulle aufzog. Kurz drückte er mir die Spritze in die Hand. Bachner krempelte die Ärmel von Dehnerts Sakko und Hemd hoch und entnahm seiner Tasche einen Gurt. Diesen streifte er über Dehnerts Arm, zurrte ihn am Oberarm fest. Hastig fummelte er aus einem kleinen Behälter aus seiner Tasche einen Tupfer hervor, den er mit einer alkoholischen Lösung tränkte, bevor er über eine Vene am Unterarm wischte.
Die ganze Zeit über redete er mit monotoner Stimme weiter auf Dehnert ein und warf sorgenvolle Blicke auf ihn. Schließlich nahm er mir die Spritze ab, hielt sie senkrecht in die Höhe und spritzte etwas von der Flüssigkeit in die Luft, bevor er sie in die Armbeuge des älteren Mannes injizierte.
Dann holte er aus seiner linken Manteltasche ein Smartphone und rief einen Notarztwagen. Von einem Mordanschlag auf ihn, erzählte er nichts. Auch die Polizei rief er nicht an. Das gab mir zu denken.

8

»Ich werde Sie jetzt nach Hause fahren«, meinte Bachner zu mir, nachdem der Krankenwagen mit Walter Dehnert abgefahren war. »Nach einem gemütlichen Kaffeetrinken ist uns beiden nicht mehr.«
Es war nicht zu übersehen, wie sehr die Sache Lars Bachner mitgenommen hatte. Mit einem Küchenmesser bedroht zu werden, passierte ihm kaum alle Tage. Abwesend stand er mit einer seiner vormals gut geputzten Schuhspitzen in den Überresten der Torte.
»Danke, nicht nötig. Ich nehme die Stadtbahn.«
Er brauchte meine Adresse nicht zu wissen. Das hätte garantiert zu Problemen mit Björn geführt.
»Eine Frage hätte ich allerdings, Dr. Bachner. Warum wollte er Sie umbringen?«
»Ich weiß nicht, ob er das wirklich wollte. Er hat den Mord an seiner Tochter nicht verkraftet. Nun suchte er einen Schuldigen. Den glaubte er in mir gefunden zu haben. Sie war meine Patientin und hatte sich aufgrund ihrer Therapiesitzungen entschlossen, bei ihm auszuziehen. Sie wollte ein selbstbestimmtes Leben führen. Das konnte er nicht begreifen. Sie war die einzige Person, die er geliebt hat. Wahrscheinlich denkt er, der Mord wäre nicht passiert, wenn sie weiter bei ihm gewohnt hätte.«
»Sie ist wirklich ermordet worden? Ich dachte, ich hätte etwas missverstanden«, hakte ich nach.
»Nein, leider nicht. Zuerst sah es nach Selbstmord mit einer Überdosis Heroin aus, aber die Kripo hat an ihrer Leiche kleinere Verletzungen gefunden, die auf einen Kampf hindeuteten. Fruchtbar ...«, er unterbrach sich und schaute verloren in die Ferne. »Sie war teilweise wie ein kleines Mädchen, naiv, lie-

benswert und scheu. Ich verstehe nicht, wie jemand ihr das antun konnte. Ich verstehe es einfach nicht.«
»Gibt es eine Spur, wer das getan haben könnte?«
»Nein. Aber selbst wenn der Mörder gefunden wird, wird sie das nicht lebendig machen, leider.«
Sein Gesicht sah aus, als hätte er einen schweren Verlust erlitten. Dann atmete er tief durch und wandte sich mir zu.
»Soll ich Sie nicht doch nach Hause begleiten? – Oder glauben Sie etwa seine absurden Vorwürfe, ich hätte seine Tochter umgebracht?«
»Haben Sie?«
»Nein«, entrüstete er sich, »ich mochte sie.«
»Dann hatten Sie also ein Verhältnis mit ihr?«
Ich war neugierig. Mit Sekunden des Nachdenkens spannte er mich auf die Folter.
»Ja, sie wirkte sehr anziehend auf mich und hat sich mir nach Beendigung ihrer Behandlung förmlich an den Hals geworfen. Ich bin nur ein Mann, verstehen Sie?«
Er sah mich auf eine Art an, die mir eindeutig zeigte, wieso sich in seiner Manteltasche ein Kondompäckchen befand.
»Warum hat Herr Dehnert Sie verdächtigt? Dafür muss er einen triftigen Grund gehabt haben. Er kann Sie nicht für schuldig halten, bloß weil Sie seiner Tochter empfohlen haben, zu Hause auszuziehen.«
Er seufzte.
»Sie sind hartnäckig. Karen hat versucht, mich unter Druck zu setzen, damit ich mich von meiner Frau scheiden lasse und sie heirate. Das wollte ich nicht. Möglicherweise hat sie mit ihrem Vater darüber gesprochen und deshalb ist er durchgedreht. Was weiß ich? Ich bin Psychologe und kein Hellseher. Der Mann ist krank und muss behandelt werden.«

»Dann werden Sie mit der Polizei reden?«
»Natürlich werde ich das. Den ermittelnden Beamten wird das sehr interessieren. – Ich bringe Sie jetzt nach Hause. Manchmal setzen die Nachwirkungen des Schockes später ein«, äußerte er bestimmt. Ganz offensichtlich wollte er das Thema ›Mord‹ nicht vertiefen.
»Ich fühle mich bestens. Außerdem möchte ich wegen meines eifersüchtigen Verlobten nicht mit ihnen in der Nähe meiner Wohnung gesehen werden. Er würde zwar nicht mit einem Messer auf Sie losgehen, aber Ärger wollen weder Sie noch ich.«
Das verstand er gut.
»Dürfte ich Sie ein anderes Mal vom Kindergarten abholen?«
Auf keinen Fall, wollte ihm mein Verstand an den Kopf schleudern. – Verdirb es nicht mit ihm, tönte das kleine Teufelchen in mir. Wer weiß, wozu sein Interesse an dir gut sein könnte?
»Vielleicht rufe ich Sie an, wenn ich Zeit habe.«
»Darüber würde ich mich sehr freuen. Warten Sie.«
Er öffnete seine Arzttasche, kritzelte auf seine Visitenkarte mit der Praxisnummer weitere Zahlen.
»Unter der Nummer können Sie mich fast immer erreichen.«
Ich nahm sie und steckte sie ein.
»Bis irgendwann«, verabschiedete ich mich.
»Tja, dann ...«, lächelte er vage und wandte sich seiner Haustür zu.
Auf dem Weg zur Stadtbahn-Haltestelle, kam ich an Walter Dehnerts metallic-grünem Golf vorbei. Der Schlüssel steckte im Zündschloss. Verstohlen sah ich mich um. Bachner war durch die Haustür verschwunden, die langsam ins Schloss fiel. Niemand war auf der Straße, außer ein paar Spatzen, die sich

laut zwitschernd neben den Kuchenresten niederließen.
Mein Blick glitt zurück zum Auto. Wie von einer unsichtbaren Hand geleitet, griff meine Hand zur Autotür. Sie war unversperrt. Für einen Autodieb wäre der Wagen ein willkommenes Geschenk gewesen. Sollte ich als verantwortungsvolle Bürgerin das Auto unverschlossen hier stehen lassen? – Nein, das wäre fahrlässig. Ich zog den Schlüssel ab und verriegelte den Wagen ordnungsgemäß.

»Diese Aktion bringt sowieso nichts.«
Ich unternahm einen letzten Versuch, Viktoria daran zu hindern, Dehnerts Auto näher zu durchsuchen.
»Weiß man's? Vielleicht hat er seinen Wohnungsschlüssel im Auto liegen lassen. Dann könnten wir in aller Ruhe seine Wohnung nach Hinweisen durchsuchen.«
»Erstens wissen wir nicht, wo er wohnt. Und zweitens wüsste ich nicht, was wir in Dehnerts Wohnung für Hinweise auf den Mörder finden sollten.«
»Sollen wir etwa untätig herumsitzen, obwohl du den Autoschlüssel geklaut hast?«
»Ich habe ihn nicht geklaut, sondern ...«
Viktoria unterbrach mich.
»Sicher, doch. Du hast gewissenhaft gehandelt. Wenn ich hingegen etwas einstecke, was mir nicht gehört, redest du von Diebstahl. Findest du das nicht unlogisch?«
»Das ist etwas anderes. Ich habe den Schlüssel nicht mitgenommen, damit du das Auto durchsuchst.«
»Nicht? Warum hast du es mir dann erzählt? Dir musste klar sein, was ich tun würde.«
Natürlich war das kleine Teufelchen daran schuld. Es hatte Viktoria sofort angerufen. Diesmal war sie zu

Hause gewesen. Sie war von einem Einkauf aus der hannoverschen Markthalle in der Innenstadt zurückgekommen. Auf dem Rückweg hatte sie einen kleinen ›Schlenker‹ in die Kartenvorverkaufsstelle gemacht, in der Karen jahrelang tätig gewesen war. Leider war Karen mit niemandem an ihrem Arbeitsplatz privat befreundet gewesen. Sie galt als scheu, arbeitsam und zuverlässig. Ihre einzigen Themen waren ihr Kater und klassische Konzerte, die sie öfter besuchte.
»Hoffentlich bemerkt uns niemand.«
Ich blickte mich suchend um. Außer uns war bei dem feuchten, kühlen Herbstwetter nach zwanzig Uhr niemand im Dunkeln unterwegs. Und selbst wenn jemand draußen gewesen wäre oder gar von einem Fenster herausgeschaut hätte, wäre die spärliche Straßenbeleuchtung eine gute Tarnung für uns gewesen. Viktoria steckte den Schlüssel ins Autoschloss. Ein feines Surren ertönte. Der Wagen war entriegelt. Beim Öffnen der Tür ging automatisch das Licht im Innern des Wagens an. So brauchten wir die mitgenommene Taschenlampe nicht. Viktoria setzte sich auf den Fahrersitz und sah sich um.
»Nagelneues Vehikel. Nicht schlecht. Wahrscheinlich hat er sich außer dem Auto kaum etwas geleistet. – Ah, was haben wir denn da?«
Sie hatte auf dem Rücksitz eine Plastiktüte entdeckt, die meiner Aufmerksamkeit entgangen war. In der Tüte steckten mehrere Messer in verschiedenen Größen und eine halb volle Flasche Obstler einer teuren Marke.
»Sieht aus, als hätte er seine Küchenmesser ausgeräumt«, meinte Viktoria grübelnd. »Konnte sich wohl nicht entscheiden, mit welchem er auf Bachner los wollte. Scheint sich Mut angetrunken zu haben.«

Sie hielt die Flasche hoch und packte alles in die Plastiktüte zurück. Als nächstes nahm sie sich das Handschuhfach vor. Dort lag zu unserer Überraschung ein zugeklebter Briefumschlag an Kommissar Fischer von der hannoverschen Kripo.
Ohne Rücksicht auf das Briefgeheimnis öffnete Viktoria ihn, las ihn und reichte mir den handgeschriebenen Brief.

»Ohne meine Tochter hat das Leben für mich keinen Sinn mehr. Dr. Lars Bachner hat sie umgebracht, weil Karen die Wahrheit über ihn sagen wollte. Alles, was ich weiß, habe ich Ihnen gesagt. Warum glauben Sie mir nicht und nehmen dieses Schwein fest? Nun muss ich selbst für Gerechtigkeit sorgen. Dieses Schwein hat es nicht anders verdient. Meine Besitztümer bekommt Helene Meier, meine Nachbarin.«

Unterschrieben war der Brief mit Walter Dehnert. Seine Adresse und das heutige Datum hatte er unter seine Unterschrift gekritzelt. Walter Dehnert hatte also erst Bachner und anschließend sich selbst hatte töten wollen. Wir schwiegen betroffen, bis Viktoria sich räusperte.
»Nun ja, ich denke, wir sollten seiner Nachbarin einen Besuch abstatten. Wenn Dehnert ihr seine Besitztümer vermachen wollte, muss er Helene Meier besser kennen. Es wäre eine unverzeihliche Schlampigkeit, sie nicht sofort aufzusuchen.«

Mein Protest verhallte wie so oft. Wenig später standen wir vor ihrer Wohnungstür und läuteten.
»Sind Sie Helene Meier?« Viktoria musterte die ältere Frau, die die Tür einen Spalt öffnete.

»Ja.«

Ihre Stimme klang ungehalten. Wir hatten sie beim Fernsehen gestört. Das Stimmengemurmel war bis in den Hausflur zu hören.

»Was wollen Sie zu dieser Zeit? Wer sind Sie?«

»Ich bin Schwester Anne und das ist meine Kollegin. Da Herrn Dehnerts Wohnung auf unserem Nachhauseweg liegt, wollte ich ihm den Gefallen tun, ihm einige Sachen in die Klinik zu bringen. Er meinte, sie würden mir behilflich sein«, blufte Viktoria.

Mir brach der Schweiß aus. Was würde passieren, wenn Helene Meier Viktorias Lüge entlarvte? Wer weiß, ob sich nicht die Klinik oder die Kripo bereits mit ihr in Verbindung gesetzt hatte? Oder – und das wäre fast noch schlimmer – Helene Meier hatte keine Möglichkeit an Dehnerts Sachen zu kommen.

»In die Klinik?«, wiederholte die Frau mit sorgenvollem Blick und öffnete die Tür so weit, dass wir ihre gesamte Körperfülle bewundern konnten. Der Vergleich mit einer Tonne im Bademantel wäre durchaus passend gewesen.

»Ach, sind Sie nicht informiert worden?«

Viktoria tat erstaunt.

»Nein. Was ist passiert? Hat Herr Dehnert einen Unfall gehabt?«, fragte sie entsetzt.

»Er hatte einen Nervenzusammenbruch.«

»Oh, Gott. Wie geht es ihm?« Ihre Besorgnis schien echt zu sein. Kein Wunder, dass Dehnert sie als mutmaßliche Erbin angegeben hatte.

»Es geht ihm den Umständen entsprechend gut, aber er möchte gern einige persönliche Sachen haben«, beantwortete Viktoria ihre Frage mit der größten Selbstverständlichkeit.

»Moment, ich hole meinen Schlüssel und mache den Fernseher aus.«

Für einige Minuten verschwand sie. Dann kam sie mit einem Schlüsselbund und einem einzelnen Schlüssel wieder. Sie schnaufte die Treppe durch den Hausflur hoch und schloss uns eine Etage höher bereitwillig Dehnerts Wohnungstür auf, die direkt über ihrer Wohnung lag. Viktoria deutete auf ein Türschild, das den Namen seiner Tochter trug.
»Wohnt außer Herrn Dehnert noch jemand hier? Davon hat er nichts gesagt.«
»Nein, er lebt allein. Seine Tochter Karen ist vor gut zwei Jahren ausgezogen. Walter hoffte, sie würde eines Tages zurückkommen. Aber diese Hoffnung wird sich nie mehr erfüllen.«
Helene Meier ging voraus in die Wohnung und machte Licht. Die Luft roch abgestanden und muffig. Sie lud nicht dazu ein, sich heimisch zu fühlen.
»Warum nicht?«, fasste Viktoria nach.
»Das arme Ding ist letzte Woche gestorben. Entsetzlich! Walter war gegen ihren Umzug. Wie Recht er hatte ...«
Sie machte ein verzweifeltes Gesicht.
»Wenn Kinder erwachsen sind, möchten Sie ihre eigenen Wege gehen und sich keine Vorschriften mehr machen lassen«, kehrte Viktoria die Mutter heraus.
»Ja, leider. Das ist der Lauf der Zeit. Aber wäre sie zu Hause bei Walter geblieben, würde sie sicher noch leben.«
Sie wischte ein paar Tränen ab, die ihr über die Pausbacken rollten, und öffnete einladend die Tür zum Wohnzimmer.
»Wieso glauben Sie, sie würde leben, wenn sie zu Hause geblieben wäre?«
»Dann hätte Walter auf sie aufgepasst und sie wäre nicht in ihrer Wohnung ermordet worden.«

»Sie ist ermordet worden?«
Viktoria tat erstaunt.
»Ja, es ist schrecklich. Die Polizei war bei mir und hat mir viele Fragen gestellt. Aber ich konnte ihnen nicht helfen. Und Walter glauben sie nicht. Er hat sich furchtbar aufgeregt, weil sie Karens Mörder frei herumlaufen lassen.«
»Kennt er denn ihren Mörder?«
»Natürlich. Es war ihr Doktor.«
»Woher weiß Herr Dehnert das?«
Viktoria konnte kaum ihre Ungeduld verbergen.
»Das hat er mir nicht gesagt. Er weiß es. Aber die Polizei nimmt ihn nicht ernst. Die trauen sich nicht, einen Doktor festzunehmen. Wenn er ein einfacher Arbeiter wie Walter wäre, säße er längst hinter Gittern«, schimpfte sie aufgebracht.
»Vielleicht konnten sie ihn nicht festnehmen, weil es nicht genügend Beweise gab. Und was für einen Grund hätte ein Arzt haben sollen, seine Patientin zu ermorden.«
»Der Doktor hat Karen eingeredet, sie sollte von Walter wegziehen. Das wäre besser für sie. Dabei wollte er sie nur in aller Ruhe verführen. Stellen Sie sich vor, er ist verheiratet! Er hat Karen vorgelogen, er wolle sich scheiden lassen. Aber als sie kurz vor ihrem Tod mit der Doktors-Frau gesprochen hat, weil sie nicht länger warten wollte, da wusste die von nichts und hat Karen beschimpft. Karen hat ihn dann gefragt, wann er sie heiraten wollte. Doch der hat sie hingehalten. Da hat das dumme Mädchen gedroht, an die Zeitung zu schreiben, wegen seiner Liebesverhältnisse zu Patientinnen. Das ist der Grund. Deshalb hat er sie ermordet.«
Helene Meier japste die Sätze heraus, als hätte sie einen Tausend-Meter-Lauf hinter sich gebracht.

»Walter ist jeden Tag beim Kommissar gewesen. Gestern hat er mir erzählt, der hätte ihn rausgeworfen. Unsereins nehmen die nicht für voll. Und dafür zahlen wir Steuern.« Sie ballte die Faust. »Denen sag ich was, wenn die wieder kommen, diese ...«
Viktoria entschloss sich, sie zu unterbrechen.
»Ich kann sie verstehen, Frau Meier. Der arme Herr Dehnert. Im Krankenhaus tun wir das Beste für ihn. Könnten Sie ihm neue Kleidung, Nachtzeug und seine Toilette-Sachen zusammenpacken?«
»Selbstverständlich, Schwester Anne. Warten Sie, ich schau nach.«
Sie wies uns mit ausgestrecktem Arm an, im Wohnzimmer zu warten. Ich blickte mich um. Es sah verwohnt, aber sauber und penibel aufgeräumt aus. Der beige melierte Teppich war zerschlissen. Ein abgewetztes Ledersofa und zwei dazugehörige Sessel waren mit bunten Decken abgedeckt. Auf einem hohen Couchtisch, lag eine weiße Plastikdecke. Die ausladende Sitzecke stand gedrängt in einer Ecke neben der Tür. Ein Fernsehschrank schloss sich an. Auf der gegenüberliegenden Seite befand sich ein Nussbaumschrank mit Glasvitrine, der fast die ganze Wand des kleinen Raumes einnahm.
Die Möbel und die goldfarbige Ornamenttapete schienen aus den fünfziger und sechziger Jahren zu stammen. Sie hätten einem Betrachter das Gefühl geben können, die Zeit wäre in jenen Jahren stehen geblieben, wenn nicht ein riesiges, modernes Gemälde, das über dem alten Sofa hing, diesen Eindruck zerstört hätte. Das Gesicht einer Frau war derart real gemalt, als wäre es ein Foto. Ihr Körper jedoch löste sich in verwaschenen Pastellfarben wellenartig auf und ging in einen schreiend pinkfarbenen Hintergrund über.

»Sieh mal, das muss Karen sein.«
Viktoria hatte unterdessen den Schrank inspiziert und zeigte auf eine Reihe von Fotografien, die in der Vitrine standen und das gleiche scheue Gesicht in verschiedenen Altersstadien zeigten. Mal waren ihre dunklen Haare kurz, mal länger. Aber fast immer verschandelte eine dunkelgeränderte Brille auf ihren Jugendfotos ihr längliches, fein geschnittenes Gesicht und verlieh ihr einen ernsten Ausdruck, der durch ihre schmalen, nach unten gezogenen Lippen besonders betont wurde. Nur auf einem neueren Foto, das sie ohne Brille und mit einer grau getigerten Katze zeigte, lächelte sie. Ich verglich die Fotos mit dem Gemälde über dem Sofa. Es war eindeutig dieselbe Person.
»Hier habe ich seine Sachen.«
Helene Meier kam zurück und drückte uns eine prall gefüllte Plastiktüte in die Hand.
»Das war Karen mit ihrem Kater Amadeus«, sagte sie mit feuchten Augen, als sie sah, wie Viktoria ihr Foto mit der Katze in der Hand hielt. »Sie war so ein nettes und anständiges Mädchen. Immer freundlich. Aber das Vieh hat sie zu sehr verwöhnt. Hat am liebsten frische Erdbeeren mit Sahne gefressen. – Arme Karen.« Verlegen wischte sie über ihre Augen.
»Es muss furchtbar für Herrn Dehnert gewesen sein, seine Tochter zu verlieren.« Viktorias Stimme drückte Mitgefühl aus. »Sicher wird er sich freuen, wenn wir das Foto mitnehmen.«
Ohne eine Antwort abzuwarten, stopfte es Viktoria in den Plastikbeutel.
»Ist das ebenfalls Karen?«
Ich deutete auf das Gemälde.
»Ja, das hat ihr geschiedener Mann gemalt. Walter war sehr enttäuscht von ihm. Erst wollte er das Bild

nicht aufhängen. Dann ist Karen ausgezogen und er hat es doch hingehängt, weil Karen drauf war. Ich finde es scheußlich, viel zu durcheinander.«
Ich fand es scheußlich, das Gemälde, das ich als recht ausdrucksstark empfand, in diesem miefigen Raum aufzuhängen. In meiner Wohnung hätte ich es allerdings auch nicht aufhängen wollen. Pink war nicht meine Lieblingsfarbe. Viktoria betrachtete nachdenklich das Bild und schien völlig vergessen zu haben, warum sie hier war. Also übernahm ich das Fragen.
»Wieso war Herr Dehnert von Karens Ex-Mann enttäuscht?«
»Er hat nackerte Frauen gemalt und Karen betrogen und ausgenommen. Alle Ersparnisse, die Walter für sie zurückgelegt hatte, hat er ausgegeben. Als Walter mit ihm zusammen in der Fertigung arbeitete, war er ein rechtschaffender, fleißiger Mann. Dann hat er es in den Kopf gekriegt, hat seine Arbeit hingeworfen und rumgegangen. Er sei Künstler, hat er gesagt, der faule Herr. Ist dann mit einer von seinen Tussis nach Spanien gegangen. Da passt er hin. Die da unten tun den ganzen Tag nichts. Selbst seine Schwester Miriam, mit der Karen befreundet war, hat sich über ihn aufgeregt.«
Mir standen bei ihren Vorurteilen innerlich die Haare zu Berge. Ich mochte die südländische Lebensart. Die Menschen teilten sich ihre Arbeit sinnvoller ein und verstanden es stressfreier zu leben als viele deutsche Bürger.
»Das arme Ding hatte immer Pech mit den Männern. Wenn ich nicht wüsste, dass der Doktor Karen umgebracht hätte, würde ich den ...«, sie deutete abwertend auf das Bild, »... für den Mörder halten. Er ist kein guter Mensch.«

Ich musste mich beherrschen, sie nicht zu fragen, ob sie ihn für keinen guten Menschen hielt, weil er offensichtlich außerhalb der Norm stand. Doch dann fiel mir ein, was in Karens Patientenakte gestanden hatte, und ich beschloss nachzufragen.
»Warum würden sie ihn für einen Mörder halten?«
»Er hat Karen wehgetan. Sie wollte nichts mehr mit ihm zu tun haben. Und dann ist er plötzlich einen Tag vor ihrem Tod hier aufgetaucht. War angeblich wegen seiner Bilder in Hannover und wollte ihr das Geld zurückgeben. Aber das glaub ich nich'. Wahrscheinlich hat er in Spanien Schulden gemacht und wollte sich von ihr was leihen.«
Ihr Ex-Mann war einen Tag vor ihrem Tod gekommen, um mit ihr zu reden? Das war ja hochinteressant. Viktoria, die scheinbar nicht zugehört hatte, drehte sich zu uns um.
»Wie heißt der Maler? Er kommt mir bekannt vor. Als hätte ich ein Bild von ihm im Museum gesehen.«
»Eigentlich heißt er Wurm, Anton Wurm. In der Arbeit hat er sich von allen Toni nennen lassen, weil ihm sein Name peinlich war. Jetzt nennt er sich Antonio Gusano. Maler müssten klangvolle Namen haben, hat der Spinner gesagt. Im Museum stehen seine Bilder bestimmt nicht. Wer kauft denn so was?«
»Es gibt eine Menge Kunstinteressierte. Wissen Sie, wo er in Spanien wohnt?«
Sie zuckte die Schultern. »Der ist verschwunden, ohne seine Adresse zu hinterlassen. Wer will schon wissen, wo ein Schwein wohnt? – Wann kann ich Walter besuchen?« Das Thema Anton Wurm alias Antonio Gusano schien sie zu langweilen.
»Frühestens nächste Woche. Dr. Schmidt hat ihm für die nächsten Tage absolute Ruhe verordnet«, log

Viktoria und machte sich auf den Weg nach draußen.
»Ich werde Herrn Dehnert morgen die Sachen bringen und ihn von Ihnen grüßen.«
»Sagen Sie ihm, er braucht sich keine Sorgen zu machen. Ich kümmere mich um seine Wohnung. In welcher Klinik liegt er?«, wollte Helene Meier wissen, als wir bereits im Hausflur standen.
»Im Nordstadt-Krankenhaus. Vielleicht sehen wir uns dort, falls ich Dienst habe.«

»Hoffentlich habe ich mich beim Namen des Krankenhauses nicht verhört, als die Krankenwagenfahrer ihn abtransportiert haben«, überlegte ich, als wir auf der Straße ankamen.
»Das werden wir morgen feststellen, wenn wir hinfahren.«
Viktoria öffnete die Gepäckbox ihrer Harley-Davidson und reichte mir einen Helm.
»Du willst zu Dehnert ins Krankenhaus? Das geht nicht. Der Mann ist krank. Vielleicht liegt er in einer geschlossenen Abteilung oder wird von der Polizei bewacht.«
»Wir werden sehen, wo er untergebracht ist. Die Polizei hat anderes zu tun, als Dehnert zu bewachen. Offensichtlich nehmen sie ihn ohnehin nicht ernst. Aber wir müssen unbedingt mit ihm sprechen. Ich will wissen, was er der Kripo erzählt hat. Außerdem müssen wir ihn wegen seines Ex-Schwiegersohnes befragen. Es wäre interessant zu wissen, warum er Karen einen Tag vor ihrem Tod sprechen wollte.«
»Trotzdem ...«
»Och, Sam, sei nicht so ein Schießhase. Was soll uns passieren? Schlimmstenfalls lassen sie uns nicht zu ihm. – Aber das Wichtigste weißt du noch gar nicht. Stell dir vor, Vanessa Fink hatte in ihrer Wohnung an

einer Pinnwand eine Fotografie von einem Gemälde, das Gusanos Stil entsprach. Ich muss gestehen, ich habe nicht sonderlich darauf geachtet. Die Fotografie steckte achtlos mit einer Handvoll normaler Personenfotos von ihr und anderen an einer Pinnwand. Wenn es keine Bedeutung für sie gehabt hätte, hätte sie es sicher weggeworfen. Möglicherweise hat sie den Wurm ebenfalls gekannt.«

9

»Wie stellst du dir das vor? Ich kann nicht einfach freimachen.«
Ich lehnte Viktorias Vorschlag am Morgen des nächsten Tages ab, als sie mich im Kindergarten anrief.
»Och, Sam, das muss möglich sein. Wozu hast du denn deine Praktikantin?«
»So einfach ist das nicht. Ich kann Ilona nicht mit den Kindern allein lassen. Und Britta arbeitet nur dreißig Stunden.«
»Bitte, Sam, lass dir etwas einfallen. Ich bin auf eine brandheiße Spur gestoßen, die sofortige Ermittlungen nötig macht. Versprich deiner Kollegin Britta alles, was sie will, wenn sie heute und morgen Nachmittag für dich einspringt. Lad' sie schick zum Essen ein, ich zahle. Egal wo. Bitte, es ist wichtig.«
Wenn Viktoria es so dringend machte, schien sie tatsächlich auf etwas Interessantes gestoßen zu sein.
Ich fragte Britta. Für ein romantisches Essen mit ihrem Mann in einem teuren Restaurant war sie jederzeit bereit, für mich einzuspringen. Und nach gemeinsamer Bearbeitung meiner Leiterin Gaby, willigte diese ebenfalls ein.
»Und, was hast du herausgefunden?«, fragte ich Viktoria, als sie mich mittags abholte.
»Sei nicht ungeduldig, Sam. Eins nach dem anderen. Zuerst fahren wir wie besprochen in die Klinik.«
Viktoria reichte mir vor der Fahrt die Motorradkleidung, die sie für mich stets bereithielt. Meine Nerven waren äußerst angespannt, als wir schließlich durch den Torbogen des Nordstadt-Krankenhauses schritten. Ein Krankenwagen flitzte mit Blaulicht an uns vorbei.

»Hoffentlich taucht nicht einer von der Kripo oder gar Helene Meier auf, während wir hier sind.«
»Ach, was. Die Kripo hat längst mit Dehnert gesprochen und Helene Meier wird sich artig daran halten, ihn erst in ein paar Tagen zu besuchen«, beruhigte mich Viktoria.
»Und wenn nicht?«
»Spiel nicht immer die Unke«, kritisierte sie mich.
»Ich kann umkehren«, gab ich beleidigt zurück.
»Das könntest du, wenn du nicht selbst neugierig wärst. Aber du musst zugeben, es ist wichtig, mit Dehnert zu sprechen. Vielleicht hilft uns dies, unsere Verdächtigen einzugrenzen.«
Die Krankenhausanlage des Nordstadtkrankenhauses bestand aus mehreren alten, roten Backsteinbauten und neueren, hellen Gebäuden, die durch Grünanlagen und altem Baumbestand voneinander getrennt lagen. Wir erkundigten uns in der Anmeldung, wo Dehnert lag, verliefen uns aber prompt in der verschachtelten Anlage. Wäre nicht ein Krankenpfleger mit einem Patienten im Rollstuhl vorbeigefahren, den wir nach dem Weg fragen konnten, wären wir noch länger herumgeirrt.
»Zu wem möchten Sie?«
Eine Krankenschwester mit weißem Kittel hielt uns auf, bevor wir die Zimmernummer gefunden hatten.
»Zu Walter Dehnert. Er ist gestern eingeliefert worden.«
»Sind Sie eine Verwandte?«
»Wir sind seine Nachbarinnen. Wir wurden gebeten, Herrn Dehnert die Sachen auszuhändigen«, ergriff Viktoria das Wort und hielt den von Helene Meier gepackten Plastikbeutel hoch.
»Das kann ich erledigen. Herr Dehnert steht unter Beruhigungsmitteln und ist nicht ansprechbar.«

Sie wollte nach dem Beutel greifen. Viktoria schwenkte ihn zur Seite.
»Nein, wir sollten sie Walter persönlich aushändigen. Das war mit dem Arzt abgesprochen.«
»Mit Dr. Bauer?«, fragte die Krankenschwester erstaunt.
»Allerdings. Er sagte, wir dürften ein paar Minuten zu ihm.«
Viktorias Lüge hörte sich wahr an.
»Na gut, wenn das so ist.« Die Schwester lenkte ein. »Aber nur fünf Minuten.«
Sie brachte uns in ein Krankenzimmer, in dem neben Dehnert ein anderer Patient lag, der mit offenem Mund schlafend vor sich hin röchelte.
»Besuch für Sie, Herr Dehnert«, rief sie, als befände sich Dehnert hundert Meter weit von ihr entfernt und nicht in diesem winzigen, weiß gestrichenen Raum, in dem gerade Platz für zwei Betten und einen Tisch mit zwei Stühlen war.
Dehnert öffnete mühsam seine Augen und sah sich suchend um. Ich trat unsicher an sein Bett, um ihm die Fragen zu stellen, die Viktoria und ich abgesprochen hatten. Sie zog sich in die Nähe der Tür zurück und hüstelte erleichtert, als die Schwester den Raum verließ.
»Guten Tag, Herr Dehnert, wir haben uns gestern kennen gelernt. Ich stand neben Dr. Bachner, als Sie ihn mit dem Messer bedroht haben.«
Dehnert schaute mich fragend an. Ich war mir nicht sicher, ob er mich verstanden hatte.
»Erinnern Sie sich? Ich habe Ihnen in meiner Angst das Kuchenpaket ins Gesicht geworfen.«
Er nickte müde. Die Frage, was ich von ihm wollte, stand in seinen Augen, jedoch brachte er kein Wort über die Lippen.

»Ich bin hier, weil mich das alles verwirrt. Wissen Sie, ich mag Dr. Bachner. Aber wenn es stimmt, dass er ein Mörder ist, möchte ich nichts mit ihm zu tun haben. Deshalb bin ich hier. Ist er wirklich Karens Mörder?«

Dehnert schloss die Augen. Ich dachte, er hätte mich nicht verstanden, als er mühsam versuchte die Worte zu formen: »Ich ... seinen Porsche ... Donnerstagabend gesehen, ... zehn. Hätte ich ... sie besucht, ... sie ... leben ...«

Unter seinen Augenlidern quollen Tränen hervor. Er tat mir leid. Offenbar wurde er nicht nur von Rachegedanken geplagt, sondern zudem von starken Schuldgefühlen, weil er weggefahren war, statt seine Tochter aufzusuchen. Aber hatte er wirklich Bachners Porsche gesehen? Die Kripo schien dies nicht zu glauben, zumal Bachner ein Alibi hatte.

»Wie können Sie sicher sein, dass es Dr. Bachners Porsche war. Es gibt sicher mehrere Porsches in der Umgebung.«

»Ja, ... Kennzeich ...«

Er verschluckte die letzten Buchstaben und schloss die Augen. Wenn Dehnert sich nicht geirrt hatte, mussten Bachner und seine Frau gelogen haben.

»Frag ihn nach Toni«, flüsterte Viktoria mir von hinten zu.

»Herr Dehnert. Ich habe noch eine Frage. Helene Meier sagte, sie würde auch Karens Ex-Mann Toni den Mord an Karen zutrauen. Sie sagte, er wollte Karen einen Tag vor ihrem Tod besuchen. Haben sie mit ihm gesprochen? Was wollte er?«

»Geld geben«, flüsterte er.

»Wieso wollte er Karen Geld geben?«

Seine Schultern bewegten sich schwach, als wolle er andeuten, er wisse es nicht.

»Wissen Sie, ob er Karen angetroffen hat und einen Grund gehabt haben könnte, ihre Tochter zu ermorden?«
»Bachner ... war ... es.«
Die Pausen zwischen den einzelnen Worten wurden länger. Ich musste schnellstens versuchen meine Fragen loszuwerden, die ich vorher mit Viktoria abgesprochen hatte, bevor er fest einschlief.
»Kannten Sie eine Vanessa Fink? Oder haben Sie sie einmal mit Karen gesehen?«
Ich holte ein Foto von Vanessa aus meiner Jacke, das Olli nach einer Fotografie gemacht hatte, die Viktoria sich aus Vanessas Wohnung geliehen hatte. Mit großer Anstrengung öffnete er die Augen und sah es sich an. Seine Lippen formten ein kaum wahrnehmbares ›nein‹, bevor sein Kopf zur Seite fiel.
»Wissen Sie, ob Toni Vanessa Fink kannte?«
Ich stellte die Frage gleich mehrmals, doch er antwortete nicht.
»Hat keinen Sinn mehr, Sam«, murmelte Viktoria enttäuscht. »Den haben sie mit Beruhigungsmitteln vollgepumpt. Wenigstens konnten wir überhaupt mit ihm reden. Kümmern wir uns um die Tüte, ehe die Schwester zurückkommt.«
Suchend blickte ich mich im Zimmer nach einem Schrank um. Wir mussten seine Sachen und vor allen Dingen den Autoschlüssel loswerden. Ein Einbauschrank mit mehreren Türen trennte den Schlafraum vom Bad. Hinter der einen Tür hing eine komplette saubere Garderobe. Die gehörte sicher seinem Bettnachbarn. Viktoria stellte die Tüte vor dessen Tür.
Ich öffnete die andere Tür. Dort hingen nur ein Hemd und ein Kleidersack, in dem ich Dehnerts dreckige Klamotten vermutete. Seine Schuhe standen darunter. Ich legte den Schlüssel hinein. Dann sähe

es aus, als wäre er aus seiner Kleidung herausgefallen.
Noch einmal ging ich zu Dehnert.
»Herr Dehnert? Hören Sie mich?«
Er war tief eingeschlafen. Mehr würden wir nicht von ihm erfahren.

»Das war wenig hilfreich«, meinte Viktoria mürrisch, während wir uns vor der Klinik motorradfest anzogen.
»Das fand ich nicht. Immerhin wissen wir, warum die Kripo Bachner nach seinem Alibi gefragt hat.«
»Ja. – Wir sollten Karens Wohnung einen Besuch abstatten.«
»Karens Wohnung? Was hast du jetzt vor? Ich hoffe, du willst nicht wieder in eine Wohnung einbrechen.«
»Ich breche nicht in Wohnungen ein«, entrüstete sie sich. »Entweder habe ich einen Schlüssel oder ich lasse mir die Tür öffnen. Nachbarn haben oft einen Schlüssel.«
»Und? Hast du einen Schlüssel?«
»Nein. Wir versuchen es bei den Nachbarn.«
»Selbst wenn Nachbarn einen Schlüssel hätten, würde uns das nicht weiter bringen. Bei einem Verbrechen werden die Tatorte versiegelt«, stellte ich durch Fernsehkrimis geschult fest.
»Dann wäre es strafbar ...«
»Du immer mit deinem strafbar«, äffte sie mich nach. »Wenn ich sämtliche idiotischen Gesetze brav beherzigt hätte, wüssten wir nicht so viel.«
»Ja, und wenn du dich an die Gesetze gehalten hättest, wären wir gar nicht erst in den Mord an Karen hineingezogen worden.«
»Ja, ja, ich weiß, du interessierst dich nicht für Kriminalfälle, liest nie Krimis und bist überhaupt nicht

neugierig. Nur ich verrückte Alte bin schuld. Arme Sam, mir kommen gleich die Tränen. – Also, was ist, kommst du mit?«

Notgedrungen nahm ich hinter ihr auf dem Motorrad Platz. Das Teufelchen in mir lechzte danach, mehr herauszufinden. Sie fuhr auf dem Weg nach Linden an den Herrenhäuser Gärten vorbei, deren Parkplätze um diese Jahreszeit nicht allzu gefüllt waren. Lediglich vor dem Berggarten, in dem in Gewächshäusern Kakteen und Orchideen bestaunt werden konnten, stand eine Besuchergruppe und wartete auf Einlass. Am Königsworther Platz, einem Verkehrsknotenpunkt am Ende der verschiedenen Gartenkomplexe, bog Viktoria in die Königsworther Straße ein, überquerte die hannoverschen Flüsse Leine und Ihme und landete in einem Stadtteil, in dem ich bisher nie gewesen war.

Von mehrstöckigen, aneinander gebauten Häusern aus den Zwanziger Jahren wirkten einige verwahrlost, andere waren ansprechend restauriert. Die teilweise kopfsteingepflasterten Straßen waren eng und boten wenig Parkraum. Menschen aller Couleur bevölkerten die Bürgersteige, um für das Wochenende einzukaufen. In einer begrünten Häusernische lungerten Arbeitslose mit zerschlissener Kleidung herum, Bierdosen und Schnapsflaschen in der Hand. Sie bog langsam in eine Straße ein, in der Kinder vor einem Haus mit Erkern den Bürgersteig bunt bemalten.

Viktoria parkte auf einem schmalen Grünstreifen vor einer Mauer, hinter der ein Altenwohnheim lag. Am Ende der Straße steuerte sie auf ein altes Klinkerhaus zu, dessen schmutzig-beiger Ornamentputz Fenster und einzelnen Stockwerke von braunroten Klinkern abgrenzte. Ich folgte ihr zögernd.

»Das ist also Linden.«

»Sag bloß, du warst nie hier. Hier gibt es urige Kneipen, wie du sie sonst nur vereinzelt in Hannover findest. Eine Zeit war das Viertel ziemlich heruntergekommen, aber mittlerweile hat es sich gemausert und ist zu einem Szenetreff geworden. Hier findest einen bunten Mix von Studenten, Sozialhilfeempfängern, Ausländern und gut verdienenden Yuppies, die die kulturelle Vielfalt genießen«, erläuterte sie.

Viktoria ging zielstrebig auf den Eingang des Hauses zu, in dem Karen gewohnt hatte. Sie betrachtete die Namensschilder neben den Klingeln, dann drückte sie auf einen Klingelknopf.

»Warum klingelst du bei Karen? Du weißt genau ...«

»Nun stell dich nicht dumm, Sam. Die Klingel ist im ganzen Haus zu hören. Wenn wir etwas über Karen herausfinden wollen, müssen wir zumindest so tun, als wollten wir zu ihr.«

Wieder und wieder drückte sie den Knopf, natürlich ohne Erfolg. Dann drückte sie den Knopf daneben, auf dem Alina Heuer stand.

»Wer ist da?«, schnarrte es durch eine Sprechanlage, die sicher erst lange nach Entstehung des Hauses erstellt worden war.

»Olivia Lang. Ich wollte zu Karen. Wir sind für heute verabredet. Aber sie macht nicht auf. Vielleicht hat sie die Klingel abgestellt. Würden Sie bitte die Tür öffnen?«

Der Türsummer ertönte. Viktoria drückte die Tür auf.

»Du bist unverbesserlich«, flüsterte ich ihr zu.

»Du kannst ja hier warten«, gab sie leise zurück.

Ich wartete nicht. Sonst hätte das kleine Teufelchen mir Vorhaltungen gemacht. Eine junge Frau Anfang zwanzig, in schwarzem, engen Pulli und gleichfarbi-

ger Hose wartete in der zweiten Etage im Türrahmen ihrer Wohnung. Eine knallrote Haarsträhne hing ihr halb ins Gesicht und verlieh ihren beiden blonden Zöpfen einen exotischen Touch. Ein kleines Kind hielt sich Schutz suchend an ihrem Hosenbein fest.
Das Türschloss an der Tür ihr gegenüber war, wie ich vermutet hatte, mit einem weißen, amtlichen Siegel überklebt, auf dem stand, unbefugtes Entfernen oder Beschädigen der Plakette würde strafrechtlich verfolgt.
»Danke fürs Aufmachen. Karen hat sicher die Klingel abgestellt«, Viktoria lächelte die Frau an, ging zielstrebig zur Tür mit dem Schild Dehnert und klopfte dagegen.
»Karen ist vor einer Woche gestorben.«
»Wie bitte?« Viktoria tat entsetzt. »Das kann nicht sein. Wir haben Anfang letzter Woche miteinander telefoniert.«
»Kannten Sie Karen näher?«, erkundigte sich die junge Frau misstrauisch. »Ich habe Sie noch nie hier gesehen.«
»Ich bin ihre Patentante. Wir haben uns meistens bei mir getroffen. Das ist meine Tochter Martina. Die beiden Mädchen haben als Kinder zusammen gespielt und Martina ist gerade zu Besuch aus München hier. Wir wollten uns heute zusammen treffen. – Mein Gott, ich kann es nicht fassen. Wie ist das passiert? Ein Unfall?«
Viktoria machte ein betretenes Gesicht und wischte sich mit der Hand über die Augen, als wolle sie aufkommende Tränen unterdrücken. Sie hätte wirklich Schauspielerin werden sollen. Vielleicht hätte sie ihr Talent dann in andere Kanäle geleitet und wäre nicht auf die Idee verfallen, als Amateurdetektivin Morde lösen zu wollen.

»Wenn Sie ihre Patentante sind, warum hat man Sie nicht benachrichtigt?«

Alina Heuer war nicht auf den Kopf gefallen, auch wenn sie ein wenig naiv wirkte.

»Weil ich mit Karens Vater nicht gut auskomme. Er ist ein alter Miesepeter und hat sie zu sehr gegängelt. Junge Menschen brauchen ihre Freiheiten, nicht wahr?«, wandte sie sich an mich.

Ich nickte ergeben und bemühte mich, geschockt über die Nachricht auszusehen.

»War es ein Unfall?«, hackte Viktoria nach.

»Selbstmord, habe ich gehört.«

Offenbar hatte die Polizei es nicht für nötig gehalten, sie über die wahren Hintergründe von Karens Tod aufzuklären.

»Aber Genaues weiß ich nicht. Deshalb darf die Wohnung von niemandem betreten werden.«

Sie deutete mit dem Finger in Richtung Polizeiplakette. Damit war klar, sie würde die Tür bestimmt nicht für uns öffnen, selbst wenn sie einen Schlüssel hätte.

»Ach, warum musste das passieren?« Viktoria kramte nach einem Taschentuch und versuchte sich zu schnäuzen. »Ich kann das nicht glauben. Karen soll Selbstmord begangen haben? Aber warum? Ich weiß zwar von ihren Problemen mit ihrem Vater, aber deshalb würde sie sich nicht umbringen. Selbst wenn sie Liebeskummer gehabt hätte, würde sie es nicht tun. Wenn ich mich recht erinnere, war sie mit einem netten Doktor zusammen. Bachner hieß er, glaube ich. Kannten sie ihn zufällig?«

»Meinen Sie den blonden Wortkargen oder den Alten, mit denen sie abwechselnd in Konzerte gegangen ist? Oder reden Sie vom Porsche-Typen? Der war echt cool.«

»Dr. Bachner fährt einen Porsche. Schade, dass er nicht an ihrem Todestag hier war. Vielleicht wäre dann das Schreckliche nicht geschehen. – Selbstmord, mein Gott, wie kann das sein?«, rief Viktoria theatralisch aus.

»Das mit dem Selbstmord, glaube ich nicht.«

Alina Heuer beugte sich vertraulich zu Viktoria vor und sprach leise. »Mein Freund meint, ich solle mich raushalten. Aber ich finde das alles sonderbar. Wer weiß, ob sie nicht ermordet wurde? So was passiert nicht nur im Fernsehen.«

»Wie kommen Sie darauf, Karen könnte ermordet worden sein?«, fragte Viktoria mit gespieltem Entsetzen. »Sie ist ... äh ... war so ein liebes Mädchen. So jemand wird nicht umgebracht. Oder könnte sie doch Selbstmord begangen haben?«

Viktoria spielte die Ratlose.

»Weiß ich nicht. Ich glaub das nicht. Da steckte 'ne Spritze in ihrem Arm. Karen hatte Angst vor Spritzen. Das hat sie mir erzählt, als ich mit meiner Kleinen beim Impfen gewesen war.«

Sie schaute zärtlich zu ihrem Kind herunter, das sich weiter bei ihr festhielt und uns aufmerksam musterte.

»Aber das wissen Sie wahrscheinlich.«

»Ja. Woher wissen Sie das mit der Spritze? Haben Sie sie gesehen?«, fragte Viktoria neugierig.

»Ich war in der Wohnung. Karens Vater kam vorbei, weil sie nicht zum Mittagessen bei ihm erschienen war und nicht ans Telefon ging. Er machte sich Sorgen und bat mich um den Schlüssel.«

»Warum hat Onkel Walter bei Ihnen geklingelt? Hatte er selbst keinen Schlüssel von Karens Wohnung?«

Diesmal fragte ich. Die Frage wäre für eine angeblich in der Nähe wohnende Patentante kaum passend

gewesen, selbst wenn sie zu Karens Vater keinen Kontakt gehabt hätte. Für eine entfernt wohnende Verwandte galt das nicht.
»Nein. Karen wollte das nicht. Sie fürchtete, er könne ihr hinterher spionieren. Herr Dehnert war aufgeregt, weil sie sonst pünktlich zum Essen erschien. – Ja, und dann lag sie da, in ihrem Wohnzimmer vor der Couch, tot. Da hab ich zum ersten Mal eine Tote gesehen. Es hat ekelhaft in der Wohnung gerochen. Die ganze Nacht konnte ich nicht schlafen.«
»Das mit der Spritze ist merkwürdig«, stellte Viktoria fest.
»Ja, das habe ich der Polizei auch gesagt. Und wissen Sie, was die mich gefragt haben? Ob Karen Rauschgift genommen hat. Niemals, habe ich gesagt. Sie hat sich über die Junkies aufgeregt, die hinten am Ende der Straße wohnen. Ich finde das alles sonderbar.«
»Aber wer sollte unsere Karen umbringen wollen? Etwa einer ihrer Bekannten, mit denen sie in Konzerte ging? Ich kannte sie nicht und erinnere mich nicht mehr an ihre Namen. Wie sahen sie aus? Was waren das für Männer?«
Mir war klar, warum Viktoria mehr über diese Unbekannten erfahren wollte. Sie erinnerte sich sicher an Karens Krankenakte, in der von einer Beziehung die Rede war, über die sie nicht mit Bachner hatte sprechen wollen. Vielleicht war einer der beiden Männer derjenige, mit dem sie vor Bachner zusammen gewesen war.
Alina Heuer zuckte die Schultern.
»Ich weiß nicht, wie die hießen. Ich glaub nicht, dass die mit ihrem Tod zu tun hatten. Es waren nur Bekannte, mit denen sie klassische Konzerte besuchte. Die sahen aus wie viele Männer. Der eine war zwi-

schen dreißig und vierzig. Mittelblonde Haare hatte er, die 'nen bisschen dünn in der Stirn waren. War so groß wie Karen und hat nie was gesagt. Der andere war uralt, bestimmt über fünfzig und hatte 'ne Brille.«
Viktoria verkniff sich ein Grinsen. Sie fühlte sich mit ihren fast sechzig Jahren keinesfalls uralt.
»Karen hat uns immer Karten für Rockkonzerte besorgt. Das geht jetzt nicht mehr.«
Bedauern huschte über ihr Gesicht.
»War einer der beiden in den Tagen vor Karens Tod hier?«, nahm Viktoria den Faden wieder auf.
»Ja, zwei Tage vorher haben sie sie in die Oper abgeholt. Aber Karen fuhr voll auf den Porsche-Typen ab. Ärzte benutzen gern Spritzen.«
Ihre Schlussfolgerung hatte etwas Bestechendes.
»Glauben Sie, er könnte mit Karens Tod zu tun haben?«
»Weiß ich nicht.«
»Waren Sie an dem Abend zu Hause, als Karen starb? Haben Sie zufällig jemanden gesehen, der sie besucht hat. Dr. Bachner mit seinem Porsche vielleicht?«, fragte ich.
»Nein. Mein Freund und ich sind früh ins Bett gegangen. Als ich das Rollo heruntergelassen habe, habe ich keinen Porsche vor dem Haus gesehen. Aber stellen Sie sich vor: Ihr Kater Amadeus ist spurlos in der Nacht verschwunden, als sie starb. Das find' ich sonderbar. Er war ihr ein und alles. Karen hat ihn nie rausgelassen, weil sie Angst hatte, er könnte überfahren werden. Meine Kleine hat manchmal mit ihm gespielt.«
Sie strich ihrem Kind zärtlich über die flaumigen, hellen Haare. Das Kind blickte zu ihr hoch und brabbelte: »Tata.«

»Das heißt Kater«, erklärte die junge Frau stolz. »Sehen Sie, meine Kleine erinnert sich.«
Auch ich erinnerte mich an das Foto, das Karen mit einem Kater zeigte. Es war das einzige Foto gewesen, auf dem sie gelächelt hatte. Das Verschwinden des Katers erschien mir genauso sonderbar. Selbst Viktoria wurde hellhörig.
»Könnte Karen ihn vor ihrem Tod woanders untergebracht haben?«
Alina Heuer schüttelte den Kopf.
»Als ich am frühen Abend gegen halbsechs Tee bei Karen ausborgen wollte, hat meine Kleine mit Amadeus gespielt. Da ging es Karen gut und sie wirkte nicht deprimiert. Sie erwarte Besuch, hat sie gesagt.«
»Wissen Sie, wer sie besuchen wollte?«
Viktorias Gesichtsausdruck zeigte höchste Spannung an.
»Nein. Das wollte die Polizei auch wissen. Aber ich weiß es nicht. Auch der Katzenkorb stand Donnerstag nicht im Flur bereit. Darin hat sie ihn sonst mitgenommen, wenn sie woanders geschlafen hat.«
»Hat sie öfter woanders geschlafen.«
»Früher ja. In der letzten Zeit nicht mehr.«
»Wissen Sie, wo sie früher geschlafen hat?«, fragte Viktoria sofort nach.
»Das weiß ich nicht. Vielleicht bei einer ihrer Freundinnen oder bei einem Freund. Das hat sie nie gesagt.«
»Kennen Sie ihre Freundinnen oder wissen Sie, wie die heißen und wo sie wohnen?«
»Die eine heißt Miriam und war ihre Ex-Schwägerin. Die andere ...« Sie überlegte. »Keine Ahnung, den Namen habe ich vergessen. Die ist ein bisschen pummelig und ist auch mit in die Konzerte gegan-

gen. Mehr weiß ich nicht. Kennen tu ich die beiden Freundinnen nicht.«

Den Namen der Ex-Schwägerin Miriam hatte uns bereits Helene Meier genannt. Schade, dass Dehnert eingeschlafen war. Nach dieser Miriam hatten wir uns ebenfalls erkundigen wollen. Wir hofften, von ihr mehr über Karen zu erfahren. Das setzte jedoch voraus, dass wir erfuhren, wo sie wohnte und wie sie mit Nachnamen hieß. Im Telefonbuch hatte Viktoria unter dem Namen ›Wurm‹ keine Miriam gefunden

»Karen hat nie viel von sich erzählt«, fuhr Alina Heuer fort. »Ihre Hauptgesprächsthemen waren klassische Konzerte und ihr Kater. Und jetzt ist der Kater weg. Er kann in ihrer Todesnacht nicht hier gewesen sein, sonst hätte er das ganze Haus zusammengemaunzt. Das hätte ich gehört. Manchmal, wenn Karen arbeiten musste und er sich tagsüber einsam fühlte, hat er das gemacht. Dann bin ich rüber gegangen und habe ihn hierher geholt. Aber seit dem Abend war alles still, totenstill«, betonte sie nachdrücklich.

»Vielleicht ist der Kater weggelaufen, weil Karen ein Fenster geöffnet hatte.«

»Die Fenster waren alle zu. Das habe ich gesehen. Und der Korb ist weg. Die Polizei hat ihn nirgendwo gefunden.«

»Sie glauben, der Mörder könnte den Kater im Katzenkorb mitgenommen haben, damit er nicht maunzt?«, folgerte ich.

»Keine Ahnung. Ich find's sonderbar.«

Sie wollte sich nicht festlegen.

»Trägt der Kater ein Halsband mit Namensschild?«

»Nein, das war ein Stubenkater. Der brauchte das nicht.«

»Tata?«, brabbelte das Kind und wollte sie zur Tür von Karen Dehnerts Wohnung ziehen.

»Kater ist weg. Komm, wir spielen mit deiner Stoffkatze. – Tut mir leid, das mit Karen. Sie war wirklich nett. Wer weiß, wer jetzt einzieht.«
Sie nickte uns mitfühlend zu, wir verabschiedeten uns von ihr.
»Langsam kommen wir Karens Leben auf die Spur. Offenbar hatte sie Freunde, mit denen sie sich getroffen hat. Wenn wir nur wüssten, wie wir an die herankommen?«
»Und was ist mit Bachner?«
»Du immer mit Bachner. Ich weiß nicht, was du gegen ihn hast, Sam. Alina Heuer hat seinen Porsche jedenfalls nicht gesehen«, bemerkte Viktoria, als wir zu ihrem Motorrad zurückgingen. »Ich sage dir, Dehnert hat sich geirrt.«
»Bloß weil Alina Heuer keinen Porsche gesehen hat, heißt das nicht, es hätte kein Porsche in der Straße geparkt. Er könnte auf einem Platz gestanden haben, den sie von ihrem Fenster nicht einsehen konnte. Außerdem muss Karen den Mörder gekannt haben. Da die Tür nicht beschädigt ist und Alina Heuer kein geöffnetes oder beschädigtes Fenster gesehen hat, kann der Mörder nur von Karen eingelassen worden sein oder einen Schlüssel gehabt haben.«
»Das sehe ich genauso. Es könnte einer ihrer Freunde gewesen sein. Wir müssen versuchen, an diese Leute heranzukommen. Und nach dem Kater sollten wir Ausschau halten. Nur der Mörder kann ihn im Katzenkorb mitgenommen haben. Haben wir den Kater, haben wir den Mörder.«
Für Viktoria schien das selbstverständlich zu sein.
»Machst du Witze? Es gibt Millionen grau getigerter Hauskatzen auf der Welt. Wie willst du einen bestimmten Kater herausfinden?«
»Du scheinst Helene Meier nicht zugehört zu haben,

Sam«, meinte sie missbilligend.
»Karens Kater frisst am liebsten frische Erdbeeren mit Sahne. Das dürfte ziemlich einmalig sein. Katzen sind Fleischfresser. Erdbeeren stehen normalerweise nicht auf ihrer Speisekarte.«
»Und wenn der Mörder ihn im Katzenkorb aus dem Haus transportiert hat, damit der Kater nicht das Haus mit seinem Maunzen aufweckt und ihn hinterher frei gelassen hat? Dann hilft uns der eigentümliche Geschmack des Tieres gar nichts.«
»Das ist richtig. Aber der Mörder könnte ein Katzenfreund sein. Wie du selbst bemerkt hast, Sam, gibt es Millionen dieser Katzen. Vielleicht weiß der Mörder nichts von der Vorliebe des Katers oder denkt, niemand anders wüsste es. Das wäre unsere Chance, ihn überführen zu können.«

10

Die nächste Station, die Viktoria ansteuerte, lag in der Altstadt. Sie meinte, das wäre der Höhepunkt unserer Tour. Sie parkte vor einem der mittelalterlichen Fachwerkhäuser in der Burgstraße, in denen sich im Erdgeschoss teilweise Geschäfte und urige Kneipen befanden. Ich war froh anhalten zu können. Das Kopfsteinpflaster war bei Viktorias Fahrweise für Motorräder wenig geeignet.
»Was sollen wir hier? Willst du ins Museum?«
Ich deutete auf das Historische Museum, das an Überreste der alten Stadtmauer gebaut war. Feste und wechselnde Ausstellungen gaben dort über die hannoversche Geschichte Auskunft.
»Dafür ist keine Zeit. Ich weiß, warum der Wurm in Hannover war. Olli hat es heute Morgen herausgefunden. – Komm.«
Zielstrebig marschierte sie auf den Ballhofplatz zu, der im Sommer Straßenkünstlern eine passende Kulisse vor dem Ballhof bot und in der Adventszeit Teile des Weihnachtsmarktes beherbergte. Den Platz überquerend deutete sie auf eine Galerie, die vis-à-vis des Ballhofes lag.
»Dort stellt Anton Wurm alias Antonio Gusano Bilder aus. Olli hat einen Kollegen aus dem Kulturressort gefragt. Und weißt du, wann die Ausstellungseröffnung war?«
»Wahrscheinlich nicht am Donnerstag als Karen ermordet wurde«, mutmaßte ich.
»Richtig. Ausstellungseröffnung war am Freitag. Angekommen ist er am Wochenende davor. Sonntag ist er zurückgeflogen. Olli hat sich in der Galerie erkundigt.«
»Das würde bedeuten, dass er an jenem Freitag, als

wir Vanessa gefunden haben, nicht in Hannover war.«

»Nicht unbedingt. Er könnte privat zu diesem Zeitpunkt hier gewesen sein und es niemanden erzählt haben. Olli hat nur die Aussage des Galeristen. Der kann nicht wissen, wo sich der Wurm privat herumtreibt. – Aber jetzt das Interessanteste, Sam. Wenn du es herausfindest, spendiere ich dir einen Wochenendtrip nach Ibiza.«

»Du willst mir einen Wochenendtrip nach Ibiza spendieren? Wieso das?«

»Einfach so, um südliche Atmosphäre zu schnuppern und das pieselige Novemberwetter abzuschütteln.«

Ich schaute in den Himmel. Heute hatte zum ersten Mal seit Tagen die Sonne geschienen, die den Himmel vor Anbruch der Dunkelheit in ein Farbenmeer von Blau-, Gelb- und Rottönen tauchte.

»Was hast du vor?«

Misstrauen schien mir angebracht.

»Lass uns unseren künstlerischen Horizont erweitern«, grinste sie vor sich hin.

Wir traten an das Schaufenster der Galerie, durch das wir einige Bilder betrachten konnten, die dem Stil des Gemäldes in Dehnerts Wohnung entsprachen. Einige Bilder zeigten nackte Schönheiten, die Helene Meier sicher mit Abscheu betrachtet hätte.

»Lass uns reingehen. Ich war heute Vormittag hier. – Ach, ehe ich es vergesse, egal was für Lobreden ich loslasse, dir gefällt es nicht.«

Beim Betreten der Galerie, ertönte ein Pingpong. Ein rundlicher Mann Ende Vierzig erschien, der ein weites, weißes Leinenhemd über einer schwarzen Hose trug. Zum Ausgleich seiner Glatze trug er die hinteren Haare zu einem dünnen Pferdeschwanz gebunden.

»Ah, Sie sind es Frau von Langen. Ich nehme an, das ist Ihre Tochter?«, fragte er mit Blick auf mich.
Viktoria nickte. »Wir möchten uns gleich das Bild ansehen. Meine Tochter ist sehr in Eile.«
Der Mann lächelte zuvorkommend. Ich vermutete, Viktoria hatte ihm erzählt, sie wolle ein Bild kaufen. Sollte ich sie ärgern und entgegen ihrer Bitte alles hervorragend finden? Das hätte mir Spaß machen können. Ich war nahe daran, es zu tun, als sie mich zu einem Bild führten, das einen pinkfarbenen Hintergrund hatte, der die Augen blendete.
Auf diesem Bild waren im Mittelpunkt mehrere realistische Gesichter zu einem Haufen zusammengemalt. Arme mit Fäusten, bittenden oder gespreizten Händen waberten in Pastelltönen wie surrealistische Sonnenstrahlen um die Gesichter. Auf einem ausgestreckten Zeigefinger saß ein knallbunter Schmetterling mit hässlicher Fratze. Das Bild, das ›Aussichtslos‹ hieß, wie ein Schild darunter verkündete, strahlte eine eigenartige Hoffnungslosigkeit aus, die Beklemmungen in mir hervorrief. Ich wollte den Kopf abwenden, als Viktoria mir zuraunte: »Sieh dir die Gesichter an.«
Widerwillig tat ich es. Die meisten Gesichter sagten mir nichts. Erst als mein Blick auf eine junge Frau mit dunklen Augen fiel, die gehetzt aus der Ansammlung der anderen Gesichter heraus starrte, wusste ich, warum mich Viktoria abgeholt hatte. Sie nickte mir kaum merklich zu.
»Was glaubst du? Würde es in den Salon passen?«
Ich schüttelte den Kopf und sah demonstrativ auf meine Uhr.
»Es ist grässlich, Mutter. Wenn du das aufhängen solltest, werde ich den Salon nicht mehr betreten. Tut mir leid. – Können wir jetzt gehen?«

Der rundliche Mann runzelte bedauernd die Augenbrauen, sagte aber nichts. Einer so deutlichen Ablehnung meinerseits konnte er nichts entgegensetzen.
»Er hat Vanessa Fink gemalt.«
Meine Überraschung ließ sich kaum in Worte fassen, als wir draußen waren.
»Genau. Die Fotografie, die ich in ihrer Wohnung gesehen hatte, zeigt genau dies Gemälde. Da die Gesichter zu klein abgebildet waren, hatte ich Vanessa nicht erkannt. – Und was für Schlüsse ziehst du daraus? Das ist die Master-Frage, die dich von der Reise trennt«, witzelte Viktoria.
»Vanessa muss ihm Modell gestanden haben. Das heißt, er hat sie gekannt.«
»Bravo, du hast soeben eine Reise gewonnen.«
Viktoria klatschte in die Hände.
»Lass deine Witze. Hast du noch mehr herausgefunden?«
»Ja, Gusano lebt auf Ibiza.«

Die Entscheidung zu treffen, ob ich mit Viktoria nach Ibiza flog, fiel mir schwer. Einerseits war die Vorstellung von einem gesponserten Wochenendtrip verlockend. Nur zu gern wollte ich unser kaltes Novemberwetter gegen sonnenbeschienene Strände, rauschendes Meer und Palmen eintauschen. Andererseits war da Björn. Er hätte kaum Verständnis für diese Reise aufgebracht. Während ich fieberhaft über glaubwürdige Ausreden nachdachte, rief Björn am Abend an. Er musste am Wochenende in Frankfurt bleiben, da sich neue Aspekte in seinem Fall ergeben hatten. Sein Anruf beendete auf erfreuliche Weise meinen Gewissenskonflikt.
»Bist du wegen des Fluges aufgeregt?«, erkundigte ich mich bei Viktoria, die ständig auf ihre goldene

Armbanduhr blickte, nachdem wir die Formalitäten am Abflugschalter erledigt hatten.
»Quatsch. Ich frage mich, warum der Bengel es selten schafft, pünktlich zu sein. Wenn er nicht bald kommt, geht der Flieger ohne ihn.«
»Redest du von Olli?«
»Klar, von wem sonst.«
Die Aussicht mit Olli zu verreisen, gefiel mir. Ich hatte ihn seit unserem letzten Fall nicht gesehen. Es würde Spaß machen, mit beiden zusammen die spanische Baleareninsel zu erkunden und gleichzeitig mit dem Wurm zusammenzutreffen. Dessen Bilder und das, was ich über ihn gehört hatte, hatten mich neugierig auf ihn gemacht. Seine Adresse hatte Olli in der Galerie erfragt.
Mit seinem Presseausweis und der Aussicht auf eine Reportage hatte er sie sofort vom Galeristen bekommen. Anschließend hatte er den Wurm angerufen und gefragt, ob sie sich an diesem Wochenende treffen könnten. Er habe zufällig auf Ibiza zu tun und wolle die Gelegenheit nutzen, einen Artikel über ihn zu schreiben. Auch der Wurm war über die verlockende Gelegenheit erfreut gewesen, von einer Zeitung gewürdigt zu werden. Prompt hatte er sich für Samstagvormittag mit Olli in Ibizas Hauptstadt Eivissa verabredet.
Zum x-ten Mal blickte Viktoria zur Uhr. Unser Flug wurde aufgerufen und Viktoria fluchte über Ollis Nichterscheinen. Schade, Olli hätte unserem Kurztrip die richtige Würze gegeben. Wir saßen bereits auf unseren Plätzen im Flugzeug, als ein schlaksiger, junger Mann mit Fototasche ins Flugzeug gestürmt kam. Seine blonden Haare standen in alle Richtungen, als hätte er sie mit einem Handtuch trocken gerubbelt. Eine graue, offen stehende Outdoor-Jacke

gab den Blick auf einen blauen Kuschelpulli frei. Ein Lächeln lag auf seinem Gesicht und seine blauen Augen strahlten alle Menschen an.
Er entschuldigte sich bei der Stewardess, die augenblicklich die Tür schloss. Angetan von ihm lächelte sie zurück. Sie schaute kurz auf seine Platzkarte und wies ihn an, sich drei Reihen vor uns hinzusetzen. Während er sich rasch die Jacke auszog, ließ er den Blick über die Sitzreihen gleiten. Als Olli seine Mutter sah, hob er kurz die Hand zum Gruß. Viktoria drohte mit dem Finger. Sie war wegen seiner Verspätung eindeutig sauer auf ihn.
Dann trafen seine klaren, blauen Augen mich. Ich hob ebenfalls grüßend meine Hand. Irgendwie irritierte der Junge mich heute. Junge? Durch seine unbefangene Art hatte ich bislang mehr ein Kind in ihm gesehen, zumal er viereinhalb Jahre jünger war als ich. Doch seltsamerweise wollte mir das im Moment nicht gelingen. Etwas war anders an Olli. Er war unrasiert und seine Bartstoppeln gaben ihm einen Anstrich von verwegener Männlichkeit.
Viktoria schaute mich grinsend von der Seite an.
»Na, isser nicht schnuckelig, der Bengel? Du solltest es dir überlegen, ob du dich weiterhin mit diesem Brüllaffen herumärgern willst, oder ob du dich nicht für Olli erwärmen könntest. Wie ich schon einmal feststellte, du würdest mir als Schwiegertochter gut gefallen. Und irgendwann wird er sowieso einsehen, wie wenig seine Verlobte zu ihm passt.«
Ich schüttelte entschieden den Kopf.
»Niemals! Eine Schwiegermutter wie du, wäre der reinste Alptraum.«

Mit den wenigen Sachen, die wir fürs Wochenende im Handgepäck bei uns trugen, konnten wir gleich

durch die Flughafenkontrolle gehen und brauchten nicht am Gepäckband warten. Mit einem Taxi fuhren wir zum Hotel und konnten erste Eindrücke der Insel sammeln. Nicht weit vom Flughafen entfernt lagen die Salzfelder ›Ses Salines‹, die bereits zu Zeiten der Karthager, Römer und Araber zur Salzgewinnung genutzt und 1995 zum Naturpark erklärt wurden. In der einbrechenden Dunkelheit hoben sie sich hell vom Himmel ab.
Weit war es nicht bis zur Inselhauptstadt Eivissa, deren katalanischer Name eigentlich für die gesamte Insel stand, der aber international wenig bekannt war. Als erste Ausläufer der Stadt, die Deutsche auch als Ibiza Stadt kennen, zeigten sich einige Fabriken und mehrstöckige Wohnhäuser. Erst als wir über die Umgehungsstraße unser Hotel am Jachthafen erreichten, konnten wir einen Blick auf die gegenüberliegende beleuchtete Altstadt werfen. Das Herz der Oberstadt, die gotische Kathedrale und die von Arabern erbauten alten Stadtmauern, die vom zehnten bis dreizehnten Jahrhundert die Stadt beherrschten, wurden von Scheinwerfern in strahlendes Licht getaucht. Wie verzaubert blieb ich stehen.
»Von dieser Seite zeigt sich Eivissas abendliche Schönheit richtig.«
Olli trat an mich heran und legte brüderlich den Arm um meine Schulter und ließ den Augenblick auf sich wirken. Zufrieden kuschelte ich mich in einem Gefühl geschwisterlicher Zuneigung an seinen Pullover. So hätte ich stundenlang stehen können.
»Ja, wie finde ich denn das? Lasst mich einfach beim Taxi stehen. Soll ich mich allein um alles kümmern?« Viktoria trat mit unseren Jacken zu uns, die wir im Taxi vergessen hatten, und betrachtete ebenfalls die abendliche Stadtsilhouette.

»Wollt ihr hier Wurzeln schlagen? Ich habe Hunger.«
»Erst mache ich ein paar Fotos«, entschied Olli.
Den restlichen Abend verbrachten wir bei einem ausgiebigen Abendessen in einem Restaurant auf der gegenüberliegenden Hafenpromenade und machten anschließend einen kurzen Bummel durch die Gassen der Altstadt.
»Ihr solltet im Sommer hierher kommen. Da herrscht um diese Zeit ein Menschengewimmel, wie man es bei uns gar nicht kennt.«
Viktoria, die mit ihrem verstorbenen Mann viel gereist war, hatte Eivissa mehrfach besucht.
»Schade, dass wir nicht viel Zeit haben. Es gibt allerhand auf der Insel zu sehen. Die Tropfsteinhöhle Cova de Can Marça im Norden hat mich am meisten auf dieser Insel beeindruckt. Ich liebe Höhlen.«
»Bestimmt haben wir morgen nach dem Treffen mit Gusano in der Galerie in der Carrer Major noch Zeit für einen Abstecher zur Höhle«, meinte Olli zuversichtlich.

Bevor wir uns mit dem Wurm in einer Galerie in der Oberstadt Eivissas, der Dalt Vila treffen wollten, machten wir am nächsten Vormittag einen Bummel durch die Markthalle und den Fischmarkt, die unterhalb der Stadtmauern im Stadtviertel Sa Penya angesiedelt waren. Als wir pünktlich um elf in der Galerie in der Dalt Vila ankamen, war nur eine hübsche Spanierin anwesend. Sie sprach zwar hervorragend deutsch, doch Gusano konnte sie nicht ersetzen.
»Wieso kommt er nicht?«, fragte Olli ärgerlich, nachdem sie uns erklärt hatte, er müsse das Treffen absagen. »Ich bin nur dieses Wochenende hier.«
»Antonio 'at eine schwere Schicksal getroffen«,

informierte sie uns mit einem unverbindlichen Lächeln, das ihre weißen Zähne zwischen den rot bemalten Lippen aufleuchten ließ.
»Seine Frau ist gestorben. Es tut ihm sehr leid. Er nicht kommen kann.«
»Seine Ex-Frau ...«, Viktoria hob das ›Ex‹ hervor, »... ist bereits vor über einer Woche gestorben.«
Die Spanierin starrte uns aus ihren fast schwarzen Augen, die dieselbe Farbe wie ihre hochgesteckten, glänzenden Haare hatten, erstaunt an.
»Sie wissen davon? Seine Schwiegervater, der ihn nicht verstehen, hat Antonio nicht gesagt. Erst gestern Nachmittag, er hat es erfahren, als die Policia kam.«
Viktoria schüttelte den Kopf.
»Ich sag's ja, die Jungens von der Kripo sind zu lahm. Wenn ...«
Sie unterbrach sich sofort, als sie meinen warnenden Blick sah. Auch Olli schaute seine Mutter tadelnd an, bevor er sich an die Spanierin wandte.
»Senorita, mir ist klar, dass diese Nachricht Senor Gusano getroffen hat, aber ein kurzes Gespräch und einige Fotos seiner Bilder sollten möglich sein. Ich stehe bei meinem Redakteur im Wort.«
»Si, er sagt, sie können seine Bilder hier fotografieren und später telefonisch mit ihm sprechen. Hier ich habe ein Künstlerfoto von ihm. Das können Sie für ihre Zeitung verwenden.«
Sie holte ein Foto mit Autogramm aus einer Mappe, die sie auf einem Tisch liegen hatte, unter dem diverse Verpackungsmaterialien lagerten, und gab es Olli. Es zeigte einen vollschlanken Mann im Halbprofil vor einer Staffelei, wie er an einem Bild zu malen schien. Dann wies sie mit der Hand auf eine schmale Kellertreppe, an deren steinernen Wänden zu beiden

Seiten kleinere Bilder hingen, die südliche Landschaften zeigten.
»Folgen Sie mir.«
Sie ging vor. Nach wenigen Stufen standen wir in einem weiß gekalkten Kellergewölbe, das jede Menge Bilder unterschiedlicher Stilrichtungen beherbergte. Vier mittelgroße Bilder, die aus einem Mix aus grellen Farben und Pastellmalerei bestanden, schienen von Gusano zu stammen. Wir bewunderten sie pflichtschuldig, bevor Olli das Wort ergriff.
»Ich unterhalte mich immer mit den betreffenden Personen selbst. Das macht die Story authentischer. Ist er zu Hause?«
»Ich weiß nicht. Er will niemanden sehen.«
Das war für unsere Ermittlungen ein schöner Reinfall. Viktorias Miene verfinsterte sich. Ich nahm es weniger tragisch. Einen fremden, trauernden Mann in einer Sache zu befragen, die uns eigentlich nichts anging, wäre sowieso nicht richtig gewesen.
»Wir können uns ein Auto mieten und zu deiner Höhle fahren«, schlug ich Viktoria tröstend vor, als wir die Galerie verlassen hatten. »Das Schicksal hat es offenbar so gewollt.«
Ihr abgrundtiefer Blick traf mich. »Manchmal muss man dem Schicksal auf die Sprünge helfen.«
Olli nickte. »Jetzt sind wir hier. Dann besuchen wir ihn eben in seiner Finca. Zwar hatte er sich in der Galerie mit mir verabredet, weil er meinte, ein Ortsfremder würde sie nicht finden. Aber wir sollten es versuchen.«
Wie Viktoria fand ich Höhlen ebenfalls sehr interessant. »Tropfstein ...«
»Werd' jetzt nicht wankelmütig, Sam«, unterbrach mich Viktoria unwirsch. »Wir wollen einen Mordfall aufklären und deswegen müssen wir mit dem Wurm

reden. Du siehst ja, wie schlampig die Polizei arbeitet. Gestern, ich wiederhole, gestern sind sie endlich auf die Idee gekommen, einen wichtigen Mordverdächtigen aufzusuchen. Es ist nicht zu fassen.«

»Ja, das finde ich verwunderlich«, stimmte Olli ihr zu. »Normalerweise wird sofort in alle Richtungen ermittelt. Aber vielleicht haben sie erst jetzt von seinem Aufenthalt in Hannover erfahren. Vielleicht hatten sie Probleme, seine Adresse ausfindig zu machen. Sagte Helene Meier nicht, er sei eines Tages verschwunden?«

»Ja, ja, nimm die Kripo ruhig in Schutz. Beinah hättest du ja selbst zu diesem Verein gehört, wenn du es dir nicht anders überlegt hättest.«

»Willst du mir bis ans Ende aller Tage nachtragen, dass ich meine Ausbildung bei der Polizei hingeworfen habe, um Fotograf zu werden?«

»Allerdings. Ich hätte von deinen Fällen profitieren können und du hättest einen besseren Kommissar abgegeben, als dieser lahme Schnösel Fischer. Den muss man wahrscheinlich erst mit der Nase auf Verdächtige stoßen, ehe er es bemerkt. Für mich ist der Wurm der Hauptverdächtige. Und seht euch seine Bilder an. Sie sind ausdrucksvoll, aber sie verstören. Ein Mord wäre ihm also durchaus zuzutrauen.«

»Bisher ist aber kein Motiv in Sicht, warum er Karen hätte töten sollen«, gab ich zu bedenken.

»Och, Sam, deshalb sind wir hier«, stöhnte Viktoria. »Also vergiss die Höhle.«

11

Drei Stunden später wussten wir, warum der Wurm Olli vorgeschlagen hatte, sich mit ihm in Eivissa zu treffen. Trotz der Adresse war es uns nicht gelungen, sein ibizenkisches Bauernhaus in der Nähe von Santa Gertrudis de Fruitera zu finden. Wir hatten verschiedene Häuser angefahren und Einheimische nach ihm gefragt. Doch entweder hatten sie uns nicht verstanden oder wir sie nicht. Zwei von ihnen hatten freundlich genickt.
»Si, Gusano.«
Mit schönstem Spanisch hatten sie uns offenbar den Weg beschrieben, untermalt von schlangenartigen Armbewegungen, die uns bis zum Nordpol hätten führen können.
»Ich glaube, ich sollte einen Spanisch-Sprachkurs belegen«, stellte Olli frustriert fest. »So kommen wir nie an. Mittlerweile sind wir fast in Sant Mateu d'Aubarca. So weit außerhalb kann er nicht wohnen.«
»Fahren wir in die Stadt zurück und essen eine Kleinigkeit. Irgendeine Bar wird offen haben. Vielleicht versteht uns dort jemand«, meinte Viktoria
Santa Gertrudis de Fruitera wirkte auf mich wie ein kleiner verschlafener Ort, mit traditionell weiß gekalkten Häusern, einem kleinen Einkaufszentrum und einem Platz mit Bänken und Büschen. Olli hielt mit unserem Leihwagen vor einer Bar, deren Tür einladend offen stand. Ein paar Unerschrockene saßen draußen und ließen sich den Wind um die Nase wehen, während sie sich ihrem Essen und einer Karaffe Wein widmeten. Es war erheblich wärmer als in Hannover, doch südliche Wärme und Sonnenbaden unter Palmen, wie ich es mir in meinen Träu-

men ausgemalt hatte, gab es um diese Jahreszeit nicht mehr. Trotzdem genoss ich die milden Temperaturen.

Als wir die Bar betraten, fiel mein Blick als erstes auf jede Menge Schinken, die an Fleischerhaken über der Theke von der Decke baumelten. Jeder der mächtigen Schinken, die zum Trocknen dort aufgehängt waren, war mit einem trichterförmigen Auffangbehälter gespickt. Wir suchten uns einen Platz an einem der zahlreichen Tische, die auf mehreren Etagen verteilt waren. Schwarz gebeizte Balken schienen die verwinkelte Hauskonstruktion zu tragen. Die weiß gekalkten Wände boten den perfekten Untergrund für Unmengen von Gemälden verschiedener Künstler.

»Hier war ich übrigens vor Jahren mit deinem Vater, Olli. Ich hatte ganz vergessen, dass die Bar, die die besten Bocadillos mit Schinken verkauft, in Santa Gertrudis war. Der Besitzer hat jahrelang von mittellosen Künstlern Bilder als Bezahlung angenommen. Es heißt, die Werke im Restaurant zeigten einen Teil der größten privaten Gemäldesammlung Ibizas. Einige der Maler, die mit ihren Bildern gezahlt haben, sind weltberühmt geworden. – Meine Güte, warum fällt mir das erst jetzt ein. Hier kennt man Gusano bestimmt.«

Eine Kellnerin brachte uns unsere bestellten Schinkenbrötchen, die zu den Besten gehörten, die ich je gegessen hatte. Sie malte uns schließlich den Weg zu Gusanos Bauernhaus auf einer Serviette auf. Wie sich herausstellte, waren wir bereits daran vorbeigefahren, ohne es zu bemerken.

Es lag hinter einer Buschgruppe versteckt am Ende eines steinigen Sandweges, für den wir besser einen Jeep hätten mieten sollen. Das Weiß des Flachdach-

hauses, das hinter einer niedrigen, teilweise eingestürzten Steinmauer stand, war verblasst. Farbe blätterte von grün eingefassten Fensterumrandungen. Das Holz der obligatorischen Fensterläden zeigten deutlich Spuren der Verwitterung. Ein Anbau am Haus war halb eingefallen und bot einigen verdorrten Pflanzen Platz. Hinter dem Anbau standen ein Motorroller und ein alter, angerosteter Pritschenwagen mit drei Rädern.
»Richtig idyllisch«, bemerkte Viktoria. »So hat es vor fünfzig Jahren wahrscheinlich auch ausgesehen.«
»Das bezweifele ich.«
Olli wies auf eine Satellitenschüssel, die auf dem Flachdach stand.
»Na schön, die Zivilisation ist nicht an dem großen Künstler vorübergegangen. Dann wollen wir sehen, was er sagt.«
Er sagte zunächst gar nichts. Der große, übergewichtige Mann, der uns nach mehrmaligem Klingeln und Klopfen die Tür öffnete, hatte nicht viel mit dem Foto gemeinsam, das wir bekommen hatten und ihn als jüngeren, gepflegten Mann zeigte. Er stierte uns sprachlos an. Mit seinen zotteligen, dunklen Haaren, einem weiten farbbekleckste Hemd und der ebenfalls beschmierten Jogginghose, bediente er problemlos das Klischee eines mittellosen, schlampigen Künstlers.
»Antonio Gusano?«
Ollis Frage fand ich überflüssig.
»Was wollen Sie?«
Seine Stimme war rau und schwerfällig.
»Ich bin Oliver von Langen aus Deutschland. Wir hatten wegen der Reportage miteinander telefoniert.«
Er brauchte einen Moment bis ihm einfiel, worum es ging.

»Isabel sollte das regeln.«
»Ich wollte gern einige Aufnahmen mit ihnen und ihren Bildern machen. Dürfen wir hereinkommen? Das sind meine Kollegin und meine Lebensgefährtin.«
Olli machte keinen Hehl daraus, wer seine Lebensgefährtin sein sollte. Ich! Bloß gut, dass Björn nicht hier war. Er wäre Olli vor Empörung an die Gurgel gegangen.
Gusano fixierte uns unschlüssig an. Er schien erhebliche Probleme mit seinem Denkvermögen und dem Halten seines Gleichgewichtes zu haben. Als er keine Anstalten machte, uns hereinzubitten, drängte Viktoria forsch an ihm vorbei ins Haus. Wir im Schlepptau hinterher. Der Flur war schummerig, bis auf einen Lichtstrahl, der durch eine offene Tür am Ende des Ganges hereinfiel. Er bestimmte unsere Richtung. Wir landeten in seinem Atelier, in dem ein Oberlicht und eine breite Fensterfront für Helligkeit sorgten. Dahinter lag Landschaft pur: eine felsige Wiese, Obstbäume und ein paar windgebeugte Pinien.
»Hier lässt es sich gut aushalten«, ergriff Viktoria das Wort.
Der Wurm, der von seiner Körperstatur eher wie ein Bulle wirkte, nahm Zuflucht zu einer großen, bauchigen Weinflasche, die zu einem Sechstel gefüllt war. Wenn er den Rest bereits getrunken hatte, war sein Verhalten erklärlich. Viktorias Augen funkelten angetan. Betrunkene konnten gesprächiger sein, als nüchtern denkende Menschen.
»Die Dame in der Galerie sagte uns, Ihre Frau sei gestorben. Das tut uns leid.«
Gusano ließ sich mit einem Ächzen auf eine alte Couch mitten im Raum sinken. Dem zerknautschten

Kissen nach zu urteilen, hatte sie ihm vor unserem Auftauchen wahrscheinlich ebenfalls als Aufenthaltsort gedient.
Neben zwei Tischen und zwei wackeligen Stühlen war die Couch das einzige Möbelstück in diesem Raum. Farbtuben, Paletten, Kreiden und Tücher bedeckten Tische und Stühle. Drei Staffeleien mit halb fertigen Bildern beherrschten den Raum. An den Wänden hingen vier fertige Bilder. Darunter lehnten Dutzende von leinenbespannten Holzrahmen.
»Jemand hat sie ermordet«, murmelte er und machte mit der freien Hand eine Bewegung, als würde er sich die Kehle durchschneiden wollen.
»Einfach abgeschlachtet. Ich verstehe es nicht. Wer hat das getan?«
Das klang nicht so, als wäre er für Karens Tod verantwortlich. Oder lieferte er uns ein perfektes Schauspiel?
»Hab sie gesehen, am Mittwoch letzte Woche. Wollte sie zu meiner Ausstellungseröffnung einladen. Sie sah hübsch aus, wunderhübsch. Hätte sie gern gemalt. Sie wollte nicht. Wollte nichts mehr mit mir zu tun haben. Wollte nicht mal das Geld, das ich für sie gespart hatte. Wollte ihr alles zurückzahlen, was ich von ihr genommen hatte. Sie wollte es nicht. Ich hab sie geliebt, meine kleine Karen, aber das hat sie nicht verstanden. Ihr blöder Alter hat sie aufgehetzt. Ich hab sie geliebt.«
»Haben Sie einen Verdacht, wer sie ermordet haben könnte?«, unterbrach Viktoria seine Liebesbekundungen.
Ein weiterer Schluck aus der Flasche, die er krampfhaft mit einer Hand umklammert hielt, half ihm zu antworten.

»Nein. Die Polizei wollte wissen, wo ich war. – Ha, als ob ich Karen töten könnte.«
»Wo waren Sie denn?«
»Mit zwei Schönen in deren Wohnung. Die eine hat mich gerade vorhin aufgeregt angerufen, weil die Bullen bei ihr waren. War ihr peinlich die Wahrheit zu sagen. 'Ne Nummer zu dritt ist nicht üblich. Hab mit den Schönen gevögelt, bis ich nicht mehr konnte. – Wie immer, wenn Karen mich nicht wollte, wie immer, wie immer.«
Wie bei einer alten, gesprungenen Schallplatte wiederholte er sich, bis ihm Tränen über die aufgedunsenen Wangen liefen.
»Karen hat mich deswegen gehasst. Aber was sollte ich tun? Sie hatte keinen Spaß beim Ficken.«
»Verstehe, deshalb hatten sie Ihre Affären und haben sie vergewaltigt, wenn es Sie überkam?«
Der Wurm sah aus, als wollte er sich vor Empörung auf Viktoria stürzen. Doch der Alkohol hatte ihn träge werden lassen und so hob er nur eine Faust.
»Nie habe ich ihr Gewalt angetan. Ich habe sie geliebt. Sie konnte nichts empfinden. Hab alles versucht. Die arme Kleine, konnte nichts empfinden.«
Immer mehr Tränen liefen über seine Wangen.
»Komm, lass uns gehen, Viktoria.«
Ich konnte das nicht länger mit ansehen. Der Mann trauerte wirklich. Doch Viktoria winkte unwirsch ab und ließ ihn reden.
»Ich wollte sie nie betrügen, aber ich brauche Sex. Sonst werden meine Bilder leer. Karen hat das nicht verstanden. Wie sie mich deswegen angesehen hat, so traurig. Es war unerträglich. Ich bin ein empfindsamer Mensch. Ich habe sie geliebt. Wir konnten nicht zusammen leben. Unmöglich. Und jetzt ist sie tot, tot, tot.«

Er klatschte sich mit der flachen Hand gegen die Stirn, als wolle er sich diese Tatsache in seinen Schädel einhämmern.
»Haben Sie Karen auch mit Vanessa Fink betrogen?«
Er glotzte Viktoria verständnislos an.
»Sie haben Vanessa Fink zusammen mit anderen Personen in einem Bild verewigt, das in der Galerie in Hannover hängt. Es heißt ›Aussichtslos‹ und soll von Ihnen vor Ihrem Umzug nach Spanien gemalt worden sein. Vanessa war Ihre Geliebte, nicht?«
Um seinem Gedächtnis nachzuhelfen, holte sie ein Foto von Vanessa aus ihrer Handtasche. Mit seiner freien Hand nahm er zitternd das Foto, kniff seine Augen zusammen und hielt es ins Licht.
»Das ist eine von den Süchtigen vom hannoverschen Bahnhof. Keine Ahnung wie die hieß. Mit solchen ficke ich nicht. Wer weiß, was die für Krankheiten mit sich herumschleppen.«
»Aber sie hat es mir erzählt«, versuchte Viktoria es mit einem Bluff.
»Dann lügt sie«, schrie er gequält auf. »Die erzählen alles für 'nen Trip. Die Scheißschlampe kann was erleben, wenn ich sie sehe.«
Die Wahl seiner Worte störte mein Empfinden erheblich. Überhaupt war mir der ganze Mann zuwider, wie er da mit der Flasche in der Hand hingefläzt und vor Selbstmitleid triefend auf der Couch hing. Am liebsten wäre ich sofort gegangen.
»Wahrscheinlich werden Sie Vanessa nie wieder sehen. Sie liegt im Koma.«
»Pech. Habe ihr gesagt, sie soll 'ne Entziehungskur machen. Hab ihr sogar die Adresse von 'nem Doc gegeben. Das ganze Leben ist scheiße, Scheißleben.«
Erneut liefen ihm Tränen herunter. Mühsam zerrte er

aus seiner Hosentasche ein Taschentuch und verschüttete bei der Aktion ein Teil des Weines, der sein Hemd rot einfärbte.
»Was für eine Arzt-Adresse haben Sie ihr gegeben?« Viktoria wollte es genau wissen.
»Von dem Doc, für den mein Schwager arbeitet. Hab vergessen, wie der Typ heißt. Hatte es mir aufgeschrieben. Wollte denen helfen.«
»Ist Ihr Schwager auch Arzt?«
»Der? Nie im Leben. Frank ist Arzthelfer. Das ist das Einzige, womit er die Norm gebrochen hat. Welcher Mann ist Arzthelfer? Sonst ist er beschränkt.«
Wieder schlug er sich die Hand vor die Stirn.
»Frank?« Viktoria wurde hellhörig. »Frank Hoffmann?«
»Ja. Keine Ahnung, warum meine Schwester diesen Idioten geheiratet hat.«
Ich konnte mich gut an den Arzthelfer erinnern. Zwar hielt ich ihn nicht für beschränkt, aber ein wenig merkwürdig war er mir durchaus erschienen. Dass er der angeheiratete Schwager von Karen war, ließ den Fall in einem völlig neuen Licht erscheinen. Nach den Beschreibungen, die Alina Heuer von Karens Konzertbekanntschaften gegeben hatte, hätte er einer von ihnen sein können. Viktoria schien ähnliche Gedanken anzustellen und eilte mir einen Schritt voraus.
»Könnte Ihr Schwager ein Verhältnis mit Karen gehabt haben?«
»Niemals.« Gusano schüttelte den Kopf und begann krächzend zu lachen.
»Aber Karen hat nach ihrer Trennung eine Beziehung gehabt. Könnte Ihre Schwester uns ...«
»Niemals«, brüllte er erneut. »Lassen sie meine Schwester in Ruhe. Das hat sie Miriam nicht erzählt.

Sie hätte sich geschämt. Die arme Kleine. Keiner weiß, mit wem es Karen nach mir getrieben hat. Keiner.«
Der Wurm lachte resignierend auf, hob die Flasche an seine vom Rotwein verfärbten Lippen und trank den Rest der Flasche glucksend leer. Ein großer Teil lief daneben. Es störte ihn nicht. Er rülpste, schüttelte den Kopf und sank nach hinten auf die Kissen, wo er mit leeren Augen an die Decke stierte. Die Flasche fiel aus seiner Hand und kullerte über den Holzfußboden. Olli hob sie angewidert auf und stellte sie neben der Couch ab.
»Das war's. Der ist hinüber. Ein paar Fotos konnte ich unbemerkt machen, während ihr euch mit ihm unterhalten habt. Man weiß ja nie. Lasst uns fahren.«
»Aber ...«
Viktoria rüttelte erfolglos an ihm, erntete aber nur ein Grunzen. Olli zog sie energisch weg.
»Mutter, wir haben genug erfahren.«
»Meinst du, wir können ihn hier liegen lassen?«
»Er sieht aus, als sei er das Trinken gewöhnt. Der wird nicht an einer Alkoholvergiftung eingehen.«
Als wir draußen standen, holte ich tief Luft, um den Weingeruch und die Farbausdünstungen loszuwerden, die in meiner Nase kribbelten. Gerade, als wir das Auto besteigen wollten, bog eine grau getigerte Katze um die Ecke des verfallenen Anbaus. Sie sah aus wie Karens Amadeus auf dem Foto. Olli hatte es abfotografiert, bevor wir es zu Dehnerts Sachen gelegt hatten. Zielstrebig setzte sie sich vor die Tür und miaute.
»Ein grau getigerter Kater«, murmelte Viktoria verblüfft.
»Woran siehst du das, Mutter? Es könnte auch eine Katze sein.«

»Ist doch egal, ob Kater oder Katze. Es gibt hier garantiert jede Menge Viecher dieser Sorte. Ihr glaubt doch nicht ernsthaft, es könnte Karens Kater sein? Selbst wenn der Wurm Karen umgebracht hätte, wieso sollte er ihren Kater mitnehmen?«
»Weil er Karen geliebt hat und einen Teil von ihr behalten wollte. Er wäre nicht der erste Mann, der aus Liebe zum Mörder geworden wäre.«
»Das halte ich für Unsinn."
Doch Viktoria ließ sich von ihrer Idee nicht abbringen. Sie näherte sich dem Katzentier und sprach es beruhigend an. Neugierig kam es auf sie zu. Als es nah genug war, schnappte Viktoria zu. Sie drehte das fauchende und sich windende Tier mit dem Rücken an ihren Oberkörper und fasste ungeniert zwischen seine Hinterbeine.
»Es ist ein Kater«, verkündete sie triumphierend und setzte ihn ab.
Beleidigt fauchte er sie an und schlug mit ausgefahrenen Krallen gegen ihre Hose, bevor er mit langen Sätzen davon spurtete.
»Tja«, seufzte sie.
»Jetzt müssen wir sehen, wo wir frische Erdbeeren mit Sahne herbekommen. Ich erinnere mich, in der Markthalle welche gesehen zu haben. Ich hätte sie kaufen sollen. Aber vielleicht haben wir morgen in einem Supermercado Glück.«

Das Glück stand auf unserer Seite. Beim Abendessen im Hotel, entdeckten wir am Büfett Obstsalat, in dem vereinzelt frische Erdbeeren verarbeitet waren. Viktoria pickte sich zum Missfallen der anderen Gäste die Erdbeeren heraus und klaute von Ollis Tortenstück die Sahne. Ohne auf die üblichen Gepflogenheiten in Restaurants Rücksicht zu nehmen, schmug-

gelte sie das Glasschälchen samt Inhalt in ihrer Handtasche heraus.
Das ersparte uns am Sonntagmorgen eine langwierige Suche nach einem geöffneten Supermarkt. Gleich nach dem Frühstück fuhren wir los. Da wir das Hotel bis Mittag geräumt haben mussten, nahmen wir unser Gepäck mit. Olli verfügte über einen ausgeprägten Orientierungssinn und dank der Zeichnung der Kellnerin fand er Gusanos Haus jetzt auf Anhieb. An diesem Morgen stand auf seinem Grundstück ein grüner Kleinwagen, den wir nicht weiter beachteten.
Viktoria entdeckte den Kater sofort. Er lag zusammengerollt in der Morgensonne auf einem Mauerstück am Haus und schien zu dösen. Doch seine Ohren drehten sich wie ein Radargerät in unsere Richtung.
»Bestimmt erinnert er sich an mich. Vielleicht solltest du ihm die Erdbeeren kredenzen, Sam.«
Viktoria holte das Schälchen mit Erdbeeren, das sie mit einer Plastiktüte verschlossen hatte, aus ihrer Handtasche und reichte es mir.
Vorsichtig auf den Kater einredend, ging ich auf ihn zu. Aus einem Auge blinzelte er mich schläfrig an. Da ich seine edelsten Katerteile nicht berührt hatte, rechnete ich nicht damit, dass er mich mit seinen Krallen attackieren würde. Ich stellte das Schälchen auf die Mauer. Er streckte sich gähnend und schnupperte gelangweilt daran. Mit einem Satz sprang er herunter. Schnurrend strich er mir um die Beine, als hoffte er, von mir gestreichelt zu werden. Ich tat ihm den Gefallen und hielt ihm das Schälchen noch einmal vor die Schnauze. Er drehte den Kopf weg. Offensichtlich gehörten Erdbeeren mit Sahne nicht zu seinen bevorzugten Speisen. Damit war die Sache geklärt.

In diesem Moment wurde die Tür des Hauses aufgerissen und Gusano polterte: »Was machen Sie da? Lassen Sie die Katze in Frieden.«
»Ich mag Katzen und wollte ihr etwas Sahne geben«, entschuldigte ich mich.
Der Kater flitzte maulend weg. Im Hintergrund hörte ich das tiefe Knurren eines offenbar großen Hundes. Ich mochte alle Tiere, doch vor Hunden einer gewissen Größenordnung hatte ich Respekt, seit mich ein Schäferhund in Kindertagen mit seinem Knochen verwechselt und zugebissen hatte. Erschrocken blickte ich auf. Vom Wurm am Halsband festgehalten, stand neben ihm ein kalbgroßer Hund mit sandfarbenem Fell.
»Wenn Sie Katzen mögen würden, wären sie mit Katzenfutter gekommen. Was wollten Sie hier? Eine Story wegen Karens Tod? Verschwindet, ihr Scheißer. – Los, Arturo, zeig's dem neugierigen Pack.«
Er ließ das Halsband des Hundes los und gab ihm einen Klaps aufs Hinterteil. Ehe ich mich aus der Hocke erheben konnte, raste das Riesenvieh laut bellend auf mich zu. Im nächsten Moment warf er mich mit seinem Gewicht um. Ich landete auf der Seite und rollte mich hastig auf den Bauch. So brauchte ich sein riesiges Maul mit den schrecklichen Zähnen nicht mehr zu sehen und konnte meine Kehle schützen.
Stocksteif vor Angst blieb ich liegen und hoffte, er würde sein Interesse an mir verlieren. Heißer Hundeatem blies mir in den Nacken. Dem Atem folgte eine feuchte Schnauze, dann eine raue Zunge. Fehlten nur noch die Zähne, mit denen er problemlos meinen Nacken in einzelnen Halswirbel hätte zerlegen können. Turnschuhe traten eilig in mein eingeschränktes Blickfeld.

»Schluss jetzt.«
Neben mir entstand Bewegung. Die Zunge samt Schnauze verschwand. Der Hund röchelte.
»Kannst aufstehen, Sam. Alles in Ordnung.«
Vorsichtig schaute ich hoch und sah ein baumlanges Wesen über mir stehen, das mit einer Hand den Hund kraftvoll am Halsband festhielt und sich an ihm ziehend von mir entfernte.
»Wie können Sie es wagen, diesen Hund auf meine Freundin zu hetzen, Gusano?!«
Wow! In dieser männlichen Stimme lag derart viel Stärke, dass ich einen Moment überlegte, ob statt Olli plötzlich ein heroischer Cowboy aus den Weiten der Pampa angetreten war, um mich vor dem Monster zu retten.
»Ich sagte, verschwinden Sie«, brüllte Gusano zurück.
»¡Vamos, Arturo!«
Eine kleine Spanierin mit grauen Strähnchen im Haar, drängte sich hinter Gusano mit offener Bluse aus der Tür und lief auf Olli mit dem Hund zu. Währenddessen ergoss sie über Gusano einen wütenden, spanischen Redeschwall, der seinen Höhepunkt in einer erhobenen Faust fand. Offenbar war sie mit Gusanos Handeln nicht einverstanden. Der winkte desinteressiert mit der Hand ab und schlurfte zurück ins Haus.
Mit einem strahlenden Lächeln nahm sie von Olli den Hund entgegen, wobei sie ihm ihre, von einem roten Spitzen-BH bedeckte, Brustpartie entgegen reckte. Olli lächelte amüsiert zurück. Als sie ihn jedoch mit einem Fingerwinken in ihr Auto locken wollte, legte Olli den Arm um mich. Sie zuckte bedauernd lächelnd die Schultern, öffnete die Wagentür des grünen Autos und schubste den Hund hinein.

Laut hupend fuhr sie davon.
»Alles klar mit dir, Sam?«
»Ich glaube ja«, wisperte ich noch verschreckt und suchte an seinem Kuschelpulli Schutz, der so beruhigend nach Olli roch.
»Danke, Olli. Beinah hätte er mich umgebracht, wenn du mir nicht geholfen hättest.«
»Blödsinn«, schnarrte Viktoria. »Dieser Hund hätte dir kein Haar gekrümmt. Der wollte mit dir spielen. Hat die ganze Zeit mit dem Schwanz gewedelt.«
»Wie sollte ich seinen Schwanz sehen, nachdem er mich umgeworfen hatte und das einzig Sichtbare der Sand vor meiner Nase war?«
»Du bist einfach zu empfindlich, Sam. – Hach, ich liebe dieses abenteuerliche Leben mit seinen unvorhergesehenen Überraschungen«, stellte Viktoria beglückt fest.
Ich nicht. Ich fand, es gab angenehmere Dinge als im Staub zu liegen und einem rindviehgroßen Fifi als Spielzeug oder als Appetithäppchen zu dienen.

12

Nachdem wir Gusano verlassen hatten, waren wir ans Mittelmeer gefahren, um meinen erlittenen Schrecken zu neutralisieren. Mit seinen vom Wind gepeitschten Wellenbergen hatte es zwar nicht zum Baden eingeladen, doch die frische Meeresluft hatte gut getan. Stunden später saßen wir im Flugzeug.
»Wir sind ein gutes Stück weitergekommen. Wie es aussieht, müssen wir den Wurm von unserer Liste streichen. Er klang glaubhaft. Und die Polizei scheint sein Alibi überprüft zu haben. Auch der Kater gehörte nicht Karen.«
Bisher hatte Viktoria es vermieden, über unsere neu erworbenen Kenntnisse zu reden, nachdem Olli ihr angesichts meiner Leidensmiene Redeverbot in dieser Angelegenheit erteilt hatte. Nun hielt sie es nicht mehr aus.
Olli, der zwischen uns beiden saß, nickte und kramte aus seiner Fototasche zu seinen Füßen einen Notizblock samt Kuli. Mit schwungvollen Schriftzügen schrieb er die Namen von Karen und Vanessa auf eine Seite. Über Karen setzte er den Namen ihres Vaters, ihres Ex-Mannes und Miriam Hoffmann und verband alle miteinander. In die Mitte des Blattes malte er einen Kreis, in den er ›Praxis‹ notierte und die Namen aller Beschäftigten eintrug. Von diesem Kreis ausgehend, zeichnete er eine Gerade zu Karen. Von Vanessa Fink zog er eine durchgehende Linie zur Praxis und eine Gestrichelte zu Gusano. An den Rand schrieb er: ›Unbekannte/r Frau/Mann aus Bachners Wohnung‹ und versah sie mit einem Strich zu Bachner und Karen.
»Willst du Gusano mit deinem Gemälde Konkurrenz machen?«

Viktoria betrachtete kritisch sein Werk.
»Das ist ein Soziogramm, Mutter. Sam kennt das sicher aus dem Kindergarten, wenn sie die Beziehungen der einzelnen Kinder untereinander in der Gruppe verdeutlichen möchte.«
Klar, das war eine meiner liebsten Übungen. Aber wenn er glaubte, mich auf diese Weise für weitere Ermittlungen begeistern zu können, irrte er. Am Strand hatte ich laut und deutlich verkündet, nicht mehr die Amateurdetektivin spielen zu wollen. Weitere Attacken gegen mein friedliebendes, empfindsames ›Inneres Ich‹, das Schrecksekunden aller Art zutiefst verabscheute, wollte ich vermeiden. Mein Verstand hatte mir dazu geraten.
»Macht, was ihr wollt. Ich bin draußen.«
Olli überhörte meine Äußerung.
»Was fällt euch auf?«
Als er nur Schweigen von uns erntete, versenkte er bei seinem Kugelschreiber die Mine und verwendet ihn als Zeigestock. Er umkreiste Karen und alle Personen, die mit ihr bekannt waren.
»Hier haben wir eindeutig ein Übergewicht an Beziehungen untereinander. Bei Vanessa Fink dagegen besteht nur eine intensive Verbindung zwischen ihr und der Praxis inklusive Bachner. Gusano dagegen kannte sie nur flüchtig. Ob sie Karen oder Gusanos Schwester kannte, wissen wir nicht. Falls sie einem Mordanschlag zum Opfer gefallen sein sollte, was ich angesichts ihrer Lebensgeschichte und unseren bisherigen Erkenntnissen nicht glaube, wäre der Mörder meiner Meinung nach in der Praxis zu suchen. Wenn Vanessa einen Selbstmordversuch unternommen hat, wovon die Polizei und die Streetworkerin überzeugt sind, könnte der Mörder diesen in gewisser Weise als Vorlage für den Mord an Ka-

ren genutzt haben. Vielleicht dachte er, er könnte durch die Inszenierung eines Selbstmordes mit Heroin eine Morduntersuchung verhindern. Er wäre nicht der erste Verbrecher, der die Möglichkeiten der modernen Kriminalwissenschaften unterschätzen würde. Summa summarum: Alle Striche laufen in der Praxis zusammen.«
»Also müssten wir dort den Mörder suchen«, schlussfolgerte ich. »Und wenn wir nach dem Soziogramm gingen, wäre Bachner der Hauptverdächtige.«
Viktoria starrte finster auf seine Zeichnung.
»Das ist Unsinn. Genauso gut könnte es jemand anders aus der Praxis gewesen sein. Oder diese beiden Unbekannten. Immerhin hat Bachner ein Alibi.«
»Hat er das wirklich? Dehnert sagt etwas anderes. Und Ehefrauen und Familienangehörige sind nicht die zuverlässigsten Alibizeugen«, warf Olli ein. »Wahrscheinlich kann ihm die Kripo nur nicht das Gegenteil beweisen.«
Viktoria ignorierte ihn. »Ich tippe auf Frank Hoffmann. Denkt an die Beschreibung, die uns Karens Nachbarin gegeben hat. Er könnte einer der Männer gewesen sein, mit denen Karen regelmäßig Konzerte besuchte und möglicherweise ein Verhältnis gehabt haben könnte. Vielleicht wollte sie nicht mit Bachner über ihn reden, weil er in der Praxis gearbeitet hat.«
»Und was für ein Motiv sollte er gehabt haben, Mutter?«
»Verschmähte Liebe? Eifersucht? Vielleicht wollte er sie zum Schweigen bringen, damit seine Frau Miriam nichts erfährt. Ich denke, wir sollten uns auf ihn konzentrieren und seine Frau befragen. Die Adresse kann ich herausbekommen. Ich muss morgen Vormittag sowieso arbeiten.«

»Ja, das sollten wir klären. Trotzdem dürfen wir Bachner nicht außer Acht lassen, egal wie nett du ihn findest. Wir müssen unbedingt herausfinden, ob sein Alibi stimmt. Und dann ist da noch dieses Pärchen, das euch in Bachners Wohnung überrascht hat. Wer sind sie? Wie stehen sie zu Bachner? Und warum wollten sie Karens Adresse haben? Auch sie sind hochgradig verdächtig.«
»Ja, wenn wir das wüssten, wären wir einen Schritt weiter. Aber ich habe keine Ahnung, wie wir das herausfinden sollen«, meinte Viktoria nachdenklich. »Hast du eine Idee, Sam?«
»Nein. Wie ich bereits vorhin sagte, werde ich mich nicht weiter um den Fall kümmern.«
Mein Verstand gewann wieder die Oberhand.
»Jetzt geht das wieder los.« Viktoria rollte mit den Augen. »Gib doch einmal zu, dass dich diese Ermittlungen genauso interessieren wie uns.«
»Da gibt es nichts zuzugeben. Ich fand es nicht im Mindesten interessant, beinah von diesem Riesentier zerfleischt zu werden. Und alles wegen deiner dusseligen Ermittlungen, in die du mich in gemeinster Weise hineingezogen hast. Ich habe einfach keine Lust die Leidtragende zu sein.«
Ich warf Viktoria den abfälligsten Blick zu, den ich zustande bringen konnte. Besonders überzeugend schien ich nicht zu wirken, denn Viktoria meinte nur:
»Mir kommen gleich die Tränen. Leidtragende! Ha! Sieh das Ganze positiv und freu dich über die Adrenalinstöße, die deinen Körper durchströmen. Das ist Leben.«
»Dann lebe du und bade in Adrenalin. Aber ohne mich. Björn hat recht, du bist übergeschnappt.«
Ich blitzte sie an. Sie drehte sich beleidigt zum Gang und beobachtete die Getränke ausschenkende Ste-

wardess als wäre sie eins der Sieben Weltwunder. Ich drehte mich abweisend zum Fenster. Die tiefschwarze Dunkelheit draußen, die von grauen Wolkenbänken durchzogen war, bildete zwar keinen sehenswerten Ausblick, war aber besser, als Viktoria ansehen zu müssen.
»Möchtet ihr euch nebeneinander setzen, damit ihr euch besser die Augen auskratzen könnt?«, fragte Olli amüsiert, erhielt aber keine Antwort.
Das schien ihm nicht recht zu sein, denn er pikste mich spielerisch in die Seite. Typisch, jetzt kam der kleine Junge in ihm zum Vorschein. Leider war ich kitzelig. Um nicht über seine Albernheiten lachen zu müssen, biss ich die Zähne zusammen.
»Lass sie bloß in Ruhe, sonst wird sie bei der Laune handgreiflich.«
»Wirklich?«
Olli grinste mich frech an.
»Klar jederzeit.«
Olli gab mir vergnügt einen Kuss auf die Wange.
»Du bist süß, Sam. Wollen wir wetten, dass du weiter machst?«
»Klar macht sie weiter. Sie muss nur ständig angeschoben werden wie ein lahmes Auto mit feuchten Zündkerzen«, grantelte seine Mutter.
»Der Vergleich hinkt, Mutter. Sam ist bedeutend hübscher.«
Na, prima, bei einem Vergleich mit einem Auto besser abzuschneiden, konnte mein Selbstbewusstsein als Frau nicht überzeugen. Derartig absurde Komplimente konnten natürlich nur von einem unreifen Jungen kommen, der keine Ahnung von Frauen hatte. Björn hätte das nie gesagt und Lars Bachner ebenfalls nicht. Das waren Männer mit Erfahrung.

»Haben sich deine Anwandlungen gelegt?«, fragte Viktoria, als sie mich am nächsten Morgen im Kindergarten anrief.
»Wieso?«
»Weil ich Franks Frau heute Nachmittag einen Besuch abstatten wollte. Sie wohnt nicht weit von deinem Kindergarten entfernt und hat eine Vormittagsstelle in einer HNO-Praxis in der Innenstadt, damit sie sich nachmittags nach der Schule um ihre Zwillinge kümmern kann.«
»In was für einer Praxis?«
»Hals-, Nasen-, und Ohrenarztpraxis. – Also, was ist?«
»Okay«, sagte das Teufelchen in mir schnell und legte den Hörer auf, ehe mein vorsichtiger Verstand es rückgängig machen konnte.

Die Hoffmanns wohnten in einer Mehrfamilienhaussiedlung in der Geibelstraße, die von der langen Hildesheimer Straße in Richtung Maschsee abzweigte. Der See, einer der Lieblingstreffpunkte der Hannoveraner war in den Dreißiger Jahren des Zwanzigsten Jahrhunderts zur Erholung der Hannoveraner angelegt worden war.
»Frau Hoffmann? Mein Name ist Anna Lang. Ich bin Privatdetektivin. Das ist meine Kollegin. Wir hätten gern mit Ihnen gesprochen.«
Mein Verstand bekam innerliche Anfälle. Privatdetektivin!? Auch das noch. Wie oft würde sich Viktoria noch als etwas ausgeben, was sie nicht war?
»Worum geht es denn?«
Miriam Hoffmann war sichtlich neugierig. Wahrscheinlich kannte sie genau wie wir Privatdetektive nur aus dem Fernsehen. Sie war ein ähnlicher Typ wie Karen. Kurze dunkle Haare, schlanke, knaben-

hafte Figur, allerdings war sie älter, trug keine Brille und wirkte insgesamt weicher und nicht so ernst.
»Es geht um den Tod von Karen Dehnert.«
»Hat Walter Dehnert Sie beauftragt?«
Ihre neugierige Miene wurde von einer Zornesfalte abgelöst.
»Sagen Sie ihm, er soll das der Polizei überlassen. Ich habe jetzt keine Zeit.«
»Glauben Sie ernsthaft, er könnte uns bezahlen?«
»Sie sind nicht von ihm beauftragt wurden? Von wem dann?«
»Wie Mediziner unterliegen Detektive der Schweigepflicht, Frau Hoffmann. Mein Auftraggeber ist jemand, der ein Interesse daran hat, die Wahrheit herauszufinden und nicht Menschen zu beschuldigen, die nichts damit zu tun haben.«
»Oh, dann kann sie nur Dr. Bachner beauftragt haben. Nachdem Walter Dehnert ihn zu Unrecht beschuldigt hat, will er sicher eigenständig nach dem Mörder suchen. – Kommen Sie herein. Viel Zeit habe ich nicht, ich muss gleich meine sechsjährigen Zwillinge vom Sport abholen.«
Sie führte uns in ein kleines Wohnzimmer, das von wuchtigen Zimmerpflanzen dominiert wurde und an eine Urwaldlandschaft erinnerte. Eine grünliche Sitzgarnitur mit Steintisch und eine schwarze Glasvitrine gingen fast völlig im Gestrüpp unter. Ein Vogelkäfig mit einem Kanarienvogel hing zwischen zwei üppigen Gummibäumen und verstärkte das Urwaldfeeling.
»Setzen Sie sich. Möchten Sie einen Tee? Karen war wie ich eine leidenschaftliche Teetrinkerin. Ich habe verschiedene Sorten. Earl Grey, Darjeeling, Mandeltee, Vanilletee …«
»Danke, nein. Wir bleiben nicht lange«, unterbrach

Viktoria sie und blieb stehen, um ihre Worte zu unterstreichen, während ich mich schweigend auf die Couch setzte.
»Sie scheinen Walter Dehnert nicht zu mögen.«
»Der Mann ist nicht ganz dicht. Hat so getan, als wäre Karen ein kleines Kind und nicht fähig, für sich allein zu sorgen. Dauernd hat er ihr hinterher spioniert. Und Lars als Mörder hinzustellen, ist der Gipfel der Unverschämtheit. Lars könnte keiner Frau etwas zuleide tun. Er liebt Frauen und …«, sie brach ab und ihr Blick schweifte träumerisch in die Ferne.
Viktoria und ich sahen uns an. Schwärmte sie nur für ihn oder kannte sie ihn gar intimer? Bei diesem Charmeur von Mann war alles denkbar.
»Walter ist kurz nach Karens Tod bei uns gewesen und hat behauptet, Karen hätte angeblich ein Verhältnis mit Lars und hätte von ihm die Ehe erpressen wollen. Das hätte sie nie getan. Dazu ist sie viel zu schüchtern und verklemmt gewesen. Sie war so …«
Ihr Stimme versagte, während einige Tränen über ihre Wangen kullerten. »Tschuldigung, aber das alles ist so tragisch. Ich mochte Karen.«
Viktoria griff in ihre Lederjacke und holte aus einer ihrer Taschen eine Packung mit Papiertaschentüchern und hielt sie Miriam Hoffmann hin. Diese griff zu und trocknete ihre Tränen.
»Haben Sie viel Kontakt zu Karen gehabt?«
»Wir haben uns manchmal getroffen, zum Klönen und zum Mühle spielen. Karen liebte dieses Spiel, wahrscheinlich, weil sie mich meistens ausgetrickst hat.«
»Sind Sie manchmal mit ihr in die Oper gegangen. Wir haben gehört, sie war ein Klassikfan.«
»Ja, das war sie. Ich mag die Musik nicht, aber mein Mann kann sie den ganzen Tag hören. Sie haben sich

öfter mit zwei Arbeitskollegen von Frank verabredet, um Konzerte oder Opern zu besuchen. Ich bin nur mitgegangen, wenn sie Musicals besucht haben.«
»Welche Arbeitskollegen ihres Mannes?«, harkte ich neugierig nach. »Kennen Sie sie?«
»Ja, ich kenne Dr. Strehlitz und Silke Kern von den Weihnachtsfeiern in der Praxis. Karen konnte an die besten Karten herangekommen. Für sie war das ideal. Sie besaß keinen Führerschein und fuhr abends nicht gern allein mit Bus und Bahn. Einer von ihnen hat sie abgeholt. Wenigstens ist Karen auf diese Weise raus gekommen. Sonst ist sie ist nie weggegangen. Ich meine, sie ist nie ins Kino gegangen oder in eine Disco, zu Feten oder so. Ich glaube, sie war sehr einsam.«
Viktoria warf mir einen triumphierenden Blick zu. Jetzt wussten wir endlich, wer die anderen gewesen waren, von denen Karens Nachbarin Alina Heuer erzählt hatte. Und alle gehörten zur Praxis. Wenn das kein Volltreffer war.
»Karen soll nach der Scheidung von Ihrem Bruder eine Beziehung gehabt haben. Hat Sie Ihnen oder Ihrem Mann gegenüber Andeutungen gemacht, mit wem sie zusammen gewesen sein könnte?«
»Sie war mit niemandem liiert, weder mit Lars noch mit Dr. Strehlitz, falls sie auf dieses Gerücht anspielen.«
»Dr. Strehlitz?«, fragte ich verblüfft.
»Das war ein Missverständnis. Mit so einem alten Knacker hätte sie sich bestimmt nicht eingelassen. Die Auszubildende Marietta Huberty hatte zufällig gesehen, wie Dr. Strehlitz sie in den Arm genommen hatte. Das hat ihre Fantasie angestachelt. Wissen Sie, sie liest in jeder freien Minute Liebesromane. Karen ging es an diesem Tag schlecht. Ihr Kater Amadeus,

den sie von Dr. Strehlitz einige Monate zuvor geschenkt bekommen hatte, war krank. Er hat sie auf seine väterliche Art getröstet und ihr einen guten Tierarzt genannt. Ihr eigener Vater war ja unfähig, ihr Trost zu spenden.«

Viktoria und ich sahen uns an. War es wirklich ein Missverständnis gewesen oder hatte sie ihren Kater als Ausrede gebraucht, um niemandem ihr Verhältnis zu einem älteren Mann eingestehen zu müssen? So abfällig, wie Miriam sich äußerte, schien diese für derartige Beziehungen wenig Verständnis zu haben. Ein Grund, weshalb sie ihr gegenüber geschwiegen haben könnte.

»Wenn sie mit niemandem eine Beziehung hatte, glauben Sie, sie sei gefühlskalt gewesen? Ihr Bruder hat so etwas angedeutet«, fuhr Viktoria fort.

»Sie haben mit meinem Bruder gesprochen?« fragte Miriam perplex.

»So gut das möglich war. Er hatte erst vor kurzem durch die spanische Polizei von ihrem Tod erfahren und versucht seine Trauer in Alkohol zu ertränken. Er sagt, er hätte sie geliebt, sie habe ihn aber nicht verstanden.«

»Das kann nur von meinem Bruder kommen. Wie ein Tier ist er über sie hergefallen. Wie den letzten Dreck hat er sie behandelt. Wer weiß, ob er sie nicht getötet hat.«

Wie tief musste ihre geschwisterliche Beziehung zerrüttet sein, wenn sie ihm sogar einen Mord zutraute. Dabei hatte der Wurm eher versucht, seine Schwester vor uns zu verteidigen.

»Ihr Bruder sagt, er sei bei einer Freundin gewesen und hätte ein Alibi, an dem die Kripo keine Zweifel zu haben scheint«, verharmloste Viktoria seine Orgie mit den ›zwei Schönen‹.

»Es wäre ein Wunder gewesen, wenn er ein anderes Alibi gehabt hätte. Ich möchte nicht wissen, wie oft er Karen betrogen hat. Und zu sagen, sie sei gefühlskalt, ist eine gemeine Lüge, um von seiner Sexsucht und seinem Egoismus abzulenken. Sie war unheimlich liebevoll und zärtlich und ...« Sie schien nach Worten zu suchen, während ein trauriges Lächeln über ihr Gesicht huschte. »Sie hätten sie sehen sollen, wie warmherzig sie mit unseren Zwillingen und ihrem Kater umgegangen ist. Mein Bruder hatte keine Ahnung von ihr.«
Ihr Blick schien in Erinnerungen abzuschweifen. Es war offensichtlich, wie sehr Miriam Karen gemocht hatte. Umso verwunderlicher erschien es mir, wieso Miriam angeblich nichts über Karens Liebesleben wusste. Oder wollte sie es uns nicht sagen?
»Haben Sie einen Verdacht, wer Karen getötet haben könnte?«
»Nein. Meinem Bruder würde ich's zutrauen, aber wenn der es nicht gewesen sein kann, weiß ich es nicht. Vielleicht war es ein Rauschgiftsüchtiger, der sich Geld beschaffen wollte und irgendwie dachte, es sei bei ihr etwas zu holen. In der Gegend, in der sie wohnte, habe ich hin und wieder Süchtige gesehen. Aber vielleicht war es gar kein Mord. Vielleicht hat sie einen von den Süchtigen gekannt, sich das Heroin besorgt und sich selbst umgebracht. Die Polizei kann sich irren. Karen war ein sehr trauriger Mensch. Nachdem ihre Mutter sie verlassen hat, war ihr Leben mit diesem herrischen Vater nicht einfach. Erst nachdem sie bei Lars in Behandlung gewesen war, ihr Dr. Strehlitz den Kater geschenkt und sie eine eigene Wohnung bezogen hatte, war sie fröhlicher.«
Der Kater war für Viktoria das Stichwort.
»Was ist aus dem Kater geworden? Haben Sie das

Tier aufgenommen? Oder hat Dr. Strehlitz es zurückgenommen?«

»Nein, wie ich hörte, ist der Kater verschwunden. Und wir hätten ihn nicht nehmen können. Mein Mann hat eine Katzenallergie. Er hat meistens vor der Tür gewartet, wenn er Karen zum Konzert abgeholt hat. Der Ärmste kommt aus dem Niesen nicht heraus, wenn eine Katze in der Nähe ist.«

Viktoria nickte zustimmend.

»Ja, eine Allergie kann übel sein. Eine wichtige Routinefrage müsste ich Ihnen noch kurz stellen: Wo waren Sie und Ihr Mann am vorletzten Donnerstag zwischen zwanzig und dreiundzwanzig Uhr?«

»Wir? Sie denken doch nicht, wir hätten etwas mit Karens Tod zu tun?«

»Natürlich nicht. Es ist wie gesagt nur eine Routinefrage. Die Kripo hatte sicher die gleiche Frage gestellt, nicht wahr?«

»Ja. Donnerstags ist Franks Kneipentag. Er war in seiner Stammkneipe ›Bei Walter‹ nicht weit von hier und ist erst gegen Mitternacht zurückgekommen. Ich habe zu Hause ferngesehen und dann gegen halb zehn Uhr meine Zwillinge von meiner Schwägerin in Letter abgeholt. Deren Sohn hatte meine Beiden zu seiner Geburtstagsfeier eingeladen. – Waren das alle Fragen?«

Sie schaute auf ihre Uhr.

»Ich muss jetzt los.«

Wir verabschiedeten uns. Als wir draußen auf dem Bürgersteig standen, meinte Viktoria zufrieden: »Das war ein aufschlussreiches Gespräch. Wir sollten Strehlitz auf unserer Verdächtigen-Liste weiter oben ansiedeln. Wer weiß, ob Marietta die Situation nicht richtig eingeschätzt hat. Liebe und Sex sind nicht vom Alter abhängig.«

»Klar, das weißt du ja am besten«, spielte ich auf ihre diversen, meist jüngeren Liebhaber an.
»Eben, was ist dabei. Und wenn Strehlitz ihr Liebhaber vor Bachner gewesen wäre, würde das erklären, warum sie nichts erzählen wollte.«
»Das könnte ebenso auf Frank zutreffen. Wer weiß, ob die Geschichte mit der Allergie und dem Alibi in der Kneipe überhaupt stimmt.«
»Ja, darum soll sich Olli kümmern.«

13

»Hast du Lust in die Kneipe mitzukommen?«
Einige Stunden später stand Olli vor meiner Tür.
»Zu zweit macht es mehr Spaß. Oder ist Björn im Anmarsch?«
Mit Björn, der am Wochenende mehrmals mit steigender Unmutstendenz auf meinen Anrufbeantworter gesprochen hatte, hatte ich gerade telefoniert. Wahrheitsgemäß hatte ich ihm berichtet, ich sei mit Viktoria überraschend nach Ibiza geflogen. Obwohl ich kein Wort von Olli erwähnt hatte, hatte er sich aufgeregt.
»Wie kannst du, ohne mir Bescheid zu sagen, nach Ibiza fliegen, noch dazu mit Viktoria? Ich habe mir Sorgen gemacht. Wir sind ein Team, Sam. Da entscheiden wir zusammen, was getan wird.«
»Soll das heißen, ohne deine Einwilligung darf ich nichts alleine unternehmen?«, hatte ich ihn aufgebracht angefahren.
Nein, er wolle informiert werden, weil er mich liebe, hatte er abgeschwächt. Mir kamen mehr und mehr Zweifel, ob ich seine Art von einengender Liebe auf längere Sicht ertragen wollte. Lügen zu müssen, um seinen Vorhaltungen zu entgehen, entsprach nicht meiner Vorstellung von Partnerschaft. Sobald er zurück war, würde ich mit ihm reden müssen. Entweder er hörte auf, mich mit seinen übertriebenen Sorgen, seiner Eifersucht und seiner Abneigung Viktoria gegenüber zu belasten oder ...
Die Aussicht mit Olli etwas unternehmen zu können, statt über dieses ›oder‹ nachgrübeln zu müssen, hob meine Laune beträchtlich.
»Warum hast du nicht deine Mutter gefragt, ob sie dich begleiten will?«, fragte ich ihn, als ich meine

Schlabberhausklamotten gegen ein peppiges Outfit mit enger schwarzer Hose, weißer Bluse und schwarzer Lederweste eingetauscht hatte.
»Das hätte sie gern getan. Aber sie hatte Angst, sie könnte Frank Hoffmann zufällig in die Arme laufen.«

Als wir wenig später die Kneipe ›Bei Walter‹ betraten, in der Frank Hoffmann angeblich seine Donnerstagabende verbrachte, schlug uns abgestandene Kneipenluft aus Rauchschwaden und Bierdünsten entgegen. Wenigstens war es im Gegensatz zu draußen schön warm. Wir suchten uns in der Mitte der Theke einen freien Platz. Etwas entfernt von uns saßen zwei Männer vor großen Biergläsern und qualmten Zigaretten. An einem anderen Tisch saßen drei Männer und spielten Skat. Der Besuch von Fremden schien eine willkommene Abwechslung zu den üblichen Kneipenereignissen zu bilden, denn alle starrten uns unverblümt an.
»Was darf's denn sein, Meister?«, fragte der Wirt hinter der Theke, während er Bier zapfte.
Bei seinem kugelrunden Bauch musste er aufpassen, keins der Gläser umzuwerfen, die darauf warteten, aufgefüllt zu werden.
»Nicht viel los heute«, meinte Olli zu ihm, nachdem er zwei Biere bestellt hatte.
»Nee, heute ist das Nachholspiel von ›Hannover 96‹. Da sind viele ins Stadion gegangen. Nach dem Spiel wird es voller werden«, begann der hemdsärmelige Wirt ein Gespräch. »Hoffentlich kriegen die Jungens nicht wieder die Hucke voll.«
Nicht nur das Gespräch auch die Dekoration der Kneipe mit grün-weißen und roten Fußballtrikots, Fahnen und handsignierten Mannschaftspostern ver-

schiedener Jahrgänge, entlarvten den Wirt als Fußballfan. Von Fußball hatte ich nicht die geringste Ahnung, also hüllte ich mich in Schweigen. Olli fachsimpelte mit dem Wirt über Abwehrfehler, Sturmspitzen und voreingenommenen Schiedsrichtern, während der Wirt unsere Biere zapfte.
Einer der beiden Thekenbesucher, die mir gleich beim Eintreten aufgefallen waren, rückte mit seinem Glas Bier samt Bierdeckel näher an mich heran. Einen Hocker ließ er zwischen uns Platz. Einfältig vor sich hin grienend säuselte mir zu: »Schnuckelige Torten wie du verirren sich nicht oft hierher.«
»Wenn die Sechsundneunziger spielen, wird Frank heute kaum kommen, was?«, hörte ich Olli endlich den Grund unseres Besuches ansprechend.
»Richtig, heute isser bei den Roten. Kommt sonst meist nur donnerstags«, antwortete der Wirt und betrachtete Olli prüfend.
»Bei was für ›Roten‹?«, fragte ich neugierig und rückte näher an Olli heran, um der Alkoholwolke zu entrinnen, die vom Tortenfreund herüberwehte.
Der Wirt lachte schallend los.
»Habt ihr das gehört, Männer. Das Lockenpüppchen fragt, was die Roten sind?«
Alle Männer fielen in sein dröhnendes Gelächter ein, sogar Olli. Ich hatte nichts gegen lachende Menschen, nur hätte ich gern gewusst, wieso ich zur allgemeinen Heiterkeit beigetragen hatte.
»Meine Freundin geht nie zum Fußball«, erklärte Olli und wandte sich grinsend an mich. »Die Spieler vom Fußballverein ›Hannover 96‹ werden ›die Roten‹ genannt, weil sie meist in roten Trikots kicken.«
Der Wirt schob uns zwei Gläser Bier rüber.
»Macht nichts, Lockenpüppchen, Hauptsache du weißt, worauf es bei 'ner Puppe ankommt.«

Die Stoßbewegung, die seinen Bauch zum Wabbeln brachte, machte deutlich, an was er dachte. Lautes Männergelächter hallte erneut durch die Kneipe. Der Verehrer schnuckeliger Torten rückte stillschweigend auf den leeren Hocker und hüllte mich vollständig in seine Bierdünste ein, die mit einer Prise Korn versetzt waren. Als wolle er etwas Riesiges zurechtrücken, das keinen Platz in seiner Hose fand, griff er sich in den Schritt, und feixte herausfordernd. Olli schwenkte grinsend sein Bier, klopfte demonstrativ auf einen meiner Schenkel: »Das klappt immer. Stimmt's, Baby? – Prost, Allerseits.«
Jetzt trank er dem Tortenfreund neben mir sogar zu. Ich konnte es kaum glauben. Björn hätte sofort mit mir den Platz getauscht oder ihm zumindest ein paar klare Worte gesagt. Aber Olli war das egal. Ich war ja nicht seine Verlobte. Meine Laune sank rapide wie die Fieberkurve eines Thermometers, das in kaltes Wasser getaucht wurde. Ich musste schnellstens herausfinden, ob Frank Hoffmanns Alibi stimmte, bevor es sich der Typ neben mir auf meinem Schoss bequem machen konnte.
»Was ist denn jetzt mit Frank? Kuddel hat gesagt, er käme heute, weil er ihn letzten Donnerstag nicht hier gesehen hat.«
Ich bemühte mich um einen naiv-blöden Tonfall, den die Männer von mir zu erwarten schienen.
»Das kann nicht sein. Frank war letzten Donnerstag wie immer hier und hat gezockt. Wer soll denn dieser Kuddel sein?«, wollte der Wirt wissen.
»Na, Kuddel, den kennen sie bestimmt. Hat 'ne Glatze und 'ne Brille und macht öfter seine Touren durch die Kneipen. Oder hat er gesagt, Frank sei vorletzten Donnerstag nicht hier gewesen?«
Ich steckte wie ein kleines Kind überlegend meinen

Finger in den Mund, was der Tortenfreund mit hingerissener Miene verfolgte und mit seinem Oberkörper gegen meinen Arm stieß.
»Da war Frank auch hier. Der war in den letzten Wochen immer donnerstags hier.«
»Das versteh ich nicht. Was hat denn Kuddel erzählt? Sind Sie sicher, dass er vor zwei Wochen den ganzen Abend hier war?«
»Klar, der kam früh um siebene. Da ...«, der Wirt deutete auf einen Thekenhocker hinter seinem Zapfhahn, »... hat er bis halbezwölefe gehockt und sich volllaufen lassen, weil ihm seine Ex-Schwägerin erzählt hat, seine Alte tät ihn betrügen. Und tatsächlich ist seine Alte erst gegen elefe ans Telefon gegangen, nachdem Frank mehrmals versucht hat, sie zu erreichen. Hat ihm gesagt, sie wäre vor der Glotze eingepennt, und hätte dann die Kinder abgeholt.«
»Seine Schwägerin Karen hat ihm erzählt, Miriam hätte ein Verhältnis? Mit wem und woher weiß die das?«
Der Wirt zuckte die Schultern. Dafür meldete sich der Typ neben mir zu Wort.
»Die Schwägerin is' total scharf auf ihn, Torte. Ein Kumpel hat die beiden in der Oper gesehen. Die Brillenschlange hing an seinem Arm und hat ihn angeschmachtet. Is' doch klar, was da abgegangen is'. Frank is' doch nich' umsonst mit ihr dahin gegangen. Is' doch dämlich, jedes Mal erst dieses Geklimper anhören zu müssen, bis sie die Beine auseinander kriegt. Aber schließlich hat's ihm gereicht und er hat Schluss gemacht. Da hat sie sich rächen wollen und hat dem seine Frau Miriam schlecht gemacht, damit er zurückkommt und es ihr weiter ordentlich besorgt. – Ich besorg's den Weibern auch ordentlich«, fügte er leise an mich gewandt hinzu.

Seine rechte Hand landete auffordernd auf meinem Knie. Meine Rechte landete reflexartig in seinem Gesicht.

»Was soll das, Schlampe«, brüllte er auf.

Ich hüpfte eilig vom Hocker, um aus seiner Reichweite zu fliehen.

»Das könnte ich Sie fragen, Sie mieser Grapscher«, blaffte ich zurück.

»So redet keine Torte mit mir.«

Er rutschte ebenfalls von seinem Hocker und schwang seine Faust. Ich hob blitzartig den vor mir stehenden Barhocker und stieß ihn ihm entgegen. Die Wucht meines Stoßes ließ ihn taumeln. Er fiel wie ein Mehlsack zu Boden. Wie ein auf dem Rücken zappelnder Käfer, versuchte er sich aufzurichten. Doch der Alkohol hatte seine Kräfte aufgezehrt und er blieb lallend sitzen.

Der Wirt kam um die Theke herum und meinte zu Olli: »Besser Sie nehmen das Lockenpüppchen und verschwinden. Das Bier geht auf mich. Und sollten Sie je wiederkommen, lassen Sie Ihre Freundin zu Hause. Das ist eine Männerkneipe. Frauen stiften nur Unruhe. Das sehen Sie ja.«

»Das ist die Höhe. Jetzt soll ich schuld sein? Ich habe überhaupt nichts gemacht und mich lediglich gewehrt. Sie sind wohl mit ihren Ansichten im Mittelalter stehen geblieben, Sie wandelndes Bierfass«, machte ich meiner Angst und Empörung Luft.

Olli schnappte eilig unsere Jacken und zog mich aus der Kneipe.

»Danke fürs Bier, Chef«, rief er dem Wirt zu, bevor sich die Kneipentür hinter uns schloss und Olli mir meine Jacke reichte.

»Wie kannst du dich bedanken? Hast du nicht gehört, was der Bierbauch gesagt hat? Ich wäre schuld,

weil ich 'ne Frau bin. Soll ich mich etwa kampflos von einem Säufer angrabbeln lassen?«
Ich konnte mich nicht beruhigen über diese Ungerechtigkeit, die mir widerfahren war. Während ich den Reißverschluss an meiner Jacke zuzog, um mich gegen die nasse Kälte zu schützen, fuhr ich wütend fort: »Warum hast du nicht eingegriffen? Björn hätte dem Kerl sofort seine Meinung gesagt. Aber von einem kleinen Jungen wie dir konnte ich das nicht erwarten.«
Das war unfair. Aber die Tatsache, von einem Betrunkenen begrapscht und beinah verprügelt worden zu sein, hatte meinen Verstand vorübergehend ausgelöscht.
»Ich bin nicht Björn«, erklärte Olli ruhig, obwohl es in seine Augen gefährlich funkelte. »Ich finde, jeder sollte sich so weit wie möglich selbst verteidigen. Das stärkt das Bewusstsein für die eigene Stärke. Dir ist das bestens gelungen. Warum sollte ich mich einmischen?«
»Weil richtige Männer das tun. Björn hätte ihm sofort zu verstehen gegeben, er solle mich in Ruhe lassen. Aber wahrscheinlich hattest du Angst vor einem Kinnhacken, weil schwächliche Jungs sich nicht verteidigen können.«
Meine Wut kannte keine Grenzen. Ollis Augen, die sonst innere Zufriedenheit verströmten, schienen auf einmal ein Feuerwerk zorniger Funken zu entzünden. Er sagte kein Wort, atmete einmal tief durch, trat auf mich zu, setzte blitzschnell einen Fuß zwischen meine Füße, packte mich an meiner Jacke und wirbelte mich herum. Ehe ich überhaupt begriff, was geschah, landete ich mit den Füßen und meinem Hinterteil auf dem Fußweg. Meinen Oberkörper hielt er fest. Ganz nah war sein Gesicht über meinem, als er mir zu-

raunte: »Ich bin kein kleiner Junge. Wann kapierst du das endlich? Nur zu deiner Information, ich betreibe seit über zehn Jahren Karate und hätte den Kerl jederzeit außer Gefecht setzen können, wenn ich das Gefühl gehabt hätte, du seiest ihm nicht gewachsen.«
Er half mir wieder hoch. Erst als ich unter meinen Füßen den Boden spürte, wagte ich es, Luft zu holen und mein Gehirn langsam einzuschalten. Der Junge war eine einzige Wundertüte.
Als hätte er meinen Gedanken aufgefangen, erklärte er eindringlich: »Auch wenn ich vier Jahre, vier Monate und drei Tage jünger bin als du, bin ich trotz allem ein Mann. Also vergiss endlich den Jungen!«
»Warum sollte ich? Glaubst du, Männer müssen ihre Stärke mit Karategriffen demonstrieren? Das sieht mir mehr nach unverstandenem Jungen aus.«
Mein Ärger keinesfalls verraucht. Als er erneut an mich herantrat und meine Schultern griff, wollte ich zurückweichen. Einmal durch die Luft gewirbelt zu werden, reichte. Er lächelte.
»Kein Angst, Sam, ich werde keine weitere Karateübung an dir ausprobieren. Aber deine herablassende Art, mich wie ein Kind zu behandeln, ärgert mich einfach.«
Mit jedem Wort war er näher an mich herangerückt. Sein Gesicht war nur Zentimeter von meinem entfernt. Er roch nach Zigarettenrauch, Bier und ... irgendwie nach Mann. Wie von starken Magneten angezogen, landeten plötzlich unsere Lippen sekundenlang aufeinander.
Es war der widersprüchlichste Kuss, den ich je erhalten hatte: kindlich verschämt und zugleich erfahren, brüderlich und zugleich sinnlich, wütend und zugleich voller Zuneigung. Ebenso so unvermittelt, als

wäre die Wirkung der Magneten umgekehrt worden, ruckten wir wieder auseinander.

»Hm«, murmelte Olli erstaunt, ehe seine Miene sich zu einem Grinsen verzog. »Da müssen wir versehentlich unser Gleichgewicht verloren haben. Ältere Frauen küsse ich grundsätzlich nicht.«

»Das klingt, als wäre ich eine Uroma.«

»Ach ja?« Ollis Grinsen vertiefte sich.

»Das musst du wohl sein, wenn du mich als Kind betrachtest.«

Eine Sekunde fühlte ich den starken Drang altertümliche, autoritäre Erziehungsmethoden an ihm auszuprobieren, doch schließlich konnte ich nur noch lachen.

»Schon gut, ich habe verstanden und werde mich bemühen, dich nicht mehr wie einen kleinen Jungen zu behandeln.«

»Na, dann sind wir uns ja einig und können uns wieder unserem Fall widmen. – Frank Hoffmanns Alibi stimmt also. Damit scheidet er als Mörder aus, egal ob er mit Karen ein Verhältnis hatte oder nicht.«

»Ja, aber falls Frank Hoffmann doch ein Verhältnis mit Karen Dehnert gehabt haben sollte, wäre auch seine Frau Miriam verdächtig. Sie hätte Karen aus Eifersucht umbringen können. Und ihr Alibi ist vielleicht keines. Uns hat sie erzählt, sie hätte ferngesehen und ihre Kinder gegen einundzwanzig Uhr dreißig abgeholt. Aber Frank konnte sie erst gegen dreiundzwanzig Uhr telefonisch erreichen. Bis Letter braucht man vom Maschsee abends höchstens eine halbe Stunde Fahrzeit. Wieso war sie solange weg? Oder stimmt ihre Abfahrtzeit nicht? Und was hat sie vorher gemacht? Geschlafen oder ferngesehen oder ganz etwas anderes? Wenn die Kripo bei der Frage nach den Alibis die Zeit von zwanzig bis dreiundzwanzig Uhr eingrenzt, könnte Miriam genug Zeit für den Mord gehabt haben.«

»Ja, das müssen wir klären. Vielleicht stimmte es, was Karen Frank angeblich erzählt haben soll und Miriam hat tatsächlich einen Liebhaber. Falls dies so ist, würde ich auf Bachner tippen. Nach euerm Bericht zu urteilen, schien Miriam ihn recht sympathisch zu finden.«

»Ja, eindeutig. Aber wenn Bachner ihr Liebhaber wäre und sich beide am Mordabend getroffen hätten, wäre Bachners bisheriges Alibi in jedem Fall eine Lüge und Dehnert könnte seinen Wagen durchaus zur fraglichen Zeit gesehen haben. Möglicherweise könnten sogar Miriam und Bachner zusammen den Mord begangen haben. Außerdem ich fand es verdächtig, wieso Miriam als Karens Freundin von keinem Liebhaber etwas wissen sollte.«

»Ja, mit Miriam Hoffmann sollten wir uns mehr beschäftigen. Aber noch etwas sollten wir nicht übersehen. Wenn Bachner mit Miriam zusammen gewesen wäre, hätten auch Bachners Frau und sein Schwager gelogen. Das würde bedeuten, sie hätten ebenfalls kein Alibi. Hatte Bachner dir gegenüber nicht geäußert, seine Frau würde alles tun, um ihre finanzielle Sicherheit nicht zu verlieren? – Ich denke, es ist höchste Zeit, Bachners Frau näher unter die Lupe zu nehmen.«

14

»Habe gehört, du hast Hoffmanns Kneipe gestern Abend aufgemischt?«
Viktoria grinste am nächsten Abend vor sich hin, als ich mich hinters Lenkrad meines alten Autos setzte.
»Hat Olli dir das erzählt?«
Hoffentlich hatte er nicht erzählt, wie unfair ich mich ihm gegenüber benommen hatte. Olli hatte es richtig gesehen. Meine eigene Stärke zu erfahren, hatte mir gut getan. Und wenn es wirklich ernst geworden wäre, hätte er garantiert sein Leben für mich riskiert. Das wusste ich.
Der wahre Grund für meinen Aussetzer war nicht allein mein Ärger über den Tortenfreund gewesen, sondern die Wut auf Björns autoritäres Verhalten in der letzten Zeit. Erst gestern hatte er nochmals eine entsprechende Nachricht auf dem Anrufbeantworter hinterlassen, weil ich nicht da gewesen war.
Ich startete meinen Wagen und hätte fast einen Radfahrer gerammt, als ich mit Schwung aus der Garage fuhr. Viktoria atmete hörbar aus, als ich in die Bremse stieg.
»Es wäre nett, wenn du etwas konzentrierter fahren würdest, damit wir unversehrt in Isernhagen ankommen.«
Ich hasste Autofahren. Aber es war bequemer ein Auto als Beobachtungsposten zu nutzen. Und Olli hatte keine Zeit. Eigentlich wäre es für mich am sinnvollsten gewesen, mein Auto abzuschaffen. Es stand meist in der Garage und ich hätte viel Geld für die Unterhaltskosten sparen können. Doch irgendwie brachte ich es nicht fertig, mein Autochen, das mich seit Jahren ohne zu murren begleitet hatte, einfach auf den Schrottplatz zu bringen. Es war von meiner

Hand liebevoll verschönert worden, wenn es Blessuren abbekommen hatte, und stellte fast so etwas wie ein einzigartiges, abstraktes Kunstwerk dar.
»Halt, wo willst du hin«, rief Viktoria. »Wenn wir nach Isernhagen wollen, müssen wir rechts abbiegen. Du musst dich hier einordnen.«
Beinah hätte es gekracht, als ich auf Viktorias Anweisung von der linken auf die rechte Spur herüberzog. Aber die Autofahrer hinter mir hatten glücklicherweise aufgepasst und hupten.
»Verflucht, Sam. Ich frage mich jedes Mal, wo du deinen Führerschein gemacht hast. Dein Fahrstil ist lebensgefährlich«, klagte Viktoria und hielt sich am Haltebügel oberhalb des Beifahrersitzes fest.
»Du solltest dich wegen meines Fahrstils lieber in Schweigen hüllen. Wenn du wie eine Geisteskranke auf dem Motorrad durch die Gegend rast, ist das weitaus schlimmer.«
»Also, das verbitte ich mir. Ich fahre zügig, um den Verkehr nicht aufzuhalten. Im Gegensatz zu mir, blockierst du alles mit deiner lahmen Fahrerei. – Rechts! Rechts geht es ab.«
Sie fuchtelte wild mit dem Armen herum.
»Oh, nein!« Viktoria schlug die Hände vors Gesicht, als ich mich nach links in die Auffahrt zum Südschnellweg eingeordnet hatte und an der Ampel in die falsche Richtung zum Landwehrkreisel fuhr. Es hieß nicht umsonst Kreisel. Auch dort konnte ich über den Kreisverkehr auf die richtige Fahrbahn gelangen.
»Ich kann es nicht mit ansehen.«
Na schön, ich war falsch gefahren, aber musste sie sich wegen dieses kleinen Umweges derart anstellen? Ich hielt mir nie die Hände vors Gesicht, wenn ich an Viktoria geklammert hinten auf dem Sozius

ihres Motorrades mitfuhr. Mir musste es reichen, die Augen zu schließen.

»Wie müssen wir jetzt fahren?«, lenkte ich sie ab.

»Geradeaus bis zum Autobahnkreuz, dann auf die Autobahn in Richtung Hamburg und dann in Großburgwedel abfahren. Dann sag ich dir, wie's weiter geht.«

Wenigstens Viktoria wusste den Weg, und so passierten wir schließlich das Isernhagener Ortsschild. In einer Nebenstraße, die von Villen flankiert wurde, wohnte Bachner mit seiner Frau. Einige Villen lagen direkt an der kleinen Straße, andere waren zurückgesetzt gebaut worden und versteckten sich hinter niedrigen Zäunen, Hecken oder hohen Mauern vor den Blicken Neugieriger.

»Da, achtundvierzig. Das ist seine Hausnummer.«

Sie deutete auf eine halbhohe, weiße Mauer mit schwarzen Metallzahlen, die neben einem schmiedeeisernen, breiten Tor angebracht waren, das sowohl Garageneinfahrt als auch Eingang zum Haus war.

»Fahr vorbei und drehe. Da ist ein freier Parkplatz. Von dort haben wir einen guten Blick auf das Haus und können bestens Fotos machen.«

Sie deutete auf die Gegenseite, auf der am Fahrbahnrand zwischen zwei teuer aussehenden Autos eine kleine Lücke frei war. Im nächsten Moment zauberte sie ihr Smartphone aus ihrer Handtasche.

Für einen versierten Einparker mit Servolenkung im Auto hätte die Lücke ein kleines Problem dargestellt. Für mich und mein Auto mit Oldie-Lenkung war sie eine Herausforderung, die ich ungern annahm. Leider gab es keine andere Parkmöglichkeit, wenn wir Bachners Haus im Auge behalten wollten.

Also drehte ich und nahm Anlauf zum Einparken. Beim ersten Versuch ragte mein Auto mit der

Schnauze zu weit auf die Fahrbahn. Zwar hätten andere Autos um mein Auto herumfahren können, aber dann wären wir als Verkehrshindernis aufgefallen. Der zweite Versuch endete mit dem Hinterrad am Bordstein und hatte das Vorderteil meines Autos ähnlich ungünstig in die Lücke manövriert. Die nächsten Versuche endeten ebenso deprimierend. Erst im vierten Anlauf schaffte ich es, mit dem vorderen Teil meines Autos in die Lücke zu kommen. Ich legte den Rückwärtsgang ein, um nicht zu nah am vorderen Auto zu stehen und trat vorsichtig aufs Gas. Vielleicht hatte ich zu viel Schwung, vielleicht stand die dunkelblaue Nobelkarosse hinter mir zu nah. Das Ergebnis war ein lauter Knall, der in der Stille der vorabendlichen, ländlichen Idylle bestens zu hören war.
Viktoria zuckte zusammen, schwieg unheilvoll und starrte mit zusammengekniffenen Lippen aus dem Fenster, als könne sie es nicht glauben.
Aus der Villa, vor der wir standen, stürzte ein junger Mann heraus, der sich im Gehen einen Mantel überzog. Dank eines offenen weiß gestrichenen Zaunes, der an eine Pferdekoppel erinnerte, konnten wir ihn gut den weißen Plattenweg auf uns zu laufen sehen.
»Was haben Sie mit meinem Auto gemacht?«, fragte er entsetzt und klopfte gegen die Scheibe.
Die Frage war berechtigt, ein bisschen Mitgefühl für mein Auto hätte er aber aufbringen können. Während ich mich umständlich bemühte, meinen Sicherheitsgurt abzulegen, presste Viktoria mit äußerster Beherrschung zwischen ihren Lippen hervor: »Ich dachte, wir wollten das Haus unbemerkt observieren und dann entscheiden, wie wir vorgehen.«
»Ich habe dir gesagt, Ermittlungen sind etwas für die Polizei«, flüsterte ich gleichmütig.

Mich schockte der kleine Bums nur geringfügig. An jener Stelle meines hinteren Kotflügels, mit dem ich die Stoßstange des blauen Wagens erwischt hatte, prangten bereits zwei ineinander gehende, aufgemalte Dreiecke in rot und blau, die frühere Spuren von Zusammenstößen verdeckten.
»Tut mir leid«, entschuldigte ich mich bei dem jungen Mann, der interessanterweise um den weißen PKW vor mir herumschwänzelte.
»Ich fahre nicht so oft.«
Der Mann, dessen Alter ich auf Anfang Zwanzig schätzte, fing erleichtert an zu grienen.
»Bei mir brauchen Sie sich nicht entschuldigen. Mir gehört der Benz. Ich dachte, den hätten sie gerammt. Ich konnte von meinem Fenster aus ...«, er deutete auf ein Fenster im ersten Stock, »... nur sehen, wie sie dauernd hin und her fuhren. Und als ich den Krach hörte, dachte ich, es hätte meinen Wagen getroffen. – Glück gehabt.«
»Und wem gehört der Blaue?«, fragte ich.
»Herrn Weiland. Ich hole ihn«, erklärte er hilfsbereit.
Er verschwand durch das Tor in Bachners Haus und kam mit einem wohlgenährten Mann in einem grauen Wollmantel zurück. Mir stockte der Atem, als ich ihn erkannte. Es war jener Rupert, der mit der blonden Frau zusammen in Bachners Wohnung nach Karens Adresse gesucht hatte. Hoffentlich erkannte er mich nicht.
»Es scheint nicht schlimm zu sein«, erklärte der junge Mann dem Mops.
Rupert Weilands kleine Schweinsäuglein wurden schlagartig zu schmalen Schlitzen, als er sich über sein Vorderheck beugte, auf dem lediglich ein kleiner Kratzer vom Kontakt mit meinem Auto zeugte.
»Nicht schlimm? Mein Auto ist völlig demoliert.

Frauen wie Ihnen sollte man den Führerschein abnehmen.«

Zärtlich strich er über die Vorderseite seines Wagens als sei er eine Geliebte.

»Das kommt Sie teuer zu stehen, Sie dumme Gans.«

Dumme Gans? Ich hörte wohl nicht richtig. Und dick abkassieren wollte er bei mir? Bei mir, einer armen Erzieherin, die alle Gehälter ihres bisherigen Lebens zusammengezählt, weit davon entfernt war, sich jemals eine solche Prunkkarosse wie seine leisten zu können? Das konnte ich mir nicht gefallen lassen.

»Ich schenke Ihnen gern einen Lackstift, mit dem Sie ihren lächerlichen Kratzer wegbekommen«, platzte ich wütend heraus.

Der junge Mann feixte hinter vorgehaltener Hand, Viktoria auf dem Beifahrersitz war so weit auf ihrem Sitz heruntergerutscht, als wäre sie nicht mehr vorhanden und Rupert Mopsgesicht bekam einen hochroten Kopf. Er schien kurz davor zu stehen, mir eine Tracht Prügel verabreichen zu wollen.

»Ist es schlimm?«

Eine blonde Frau im roten Jogginganzug kam aus Bachners Haus. Nun war das Duo, das uns seinerzeit in Bachners Wohnung überrascht hatte, komplett.

»Sieh dir das an, Hilla. Der Wagen ist völlig ruiniert.«

Hilla? Dann war dies also Bachners Frau. Damit war das Alibi von den Dreien soeben geplatzt. Nur gut, dass keiner von ihnen dies wusste.

Hilla Bachner blickte gelangweilt von ihrem Bruder zu seinem Auto und zuckte kurz mit den Schultern.

»Wenn's weiter nichts ist ... Bring den Wagen zu Ralf in die Werkstatt. Der bringt ihn in Ordnung.«

Dann wandte sie sich mir zu.

»Geben Sie uns Ihre Adresse, dann schicken wir

Ihnen die Rechnung. Kommen Sie, drinnen habe ich etwas zu schreiben.«

Bereitwillig folgte ich ihr. Sie war um Längen freundlicher als ihr Bruder. Doch sie konnte mich nicht täuschen. Hinter einer Maske der Verbindlichkeit verborgen, lauerte etwas Unergründliches.

»Rupert, geh nach oben. Ich kümmere mich um alles.«

Rupert brummelte ärgerlich vor sich hin, wagte aber nicht etwas gegen sie zu sagen. Offensichtlich führte Hilla in dieser Geschwisterbeziehung das Kommando.

»Kommen Sie.«

Sie winkte mich durch den großzügigen Flur in ein riesiges Wohnzimmer und von dort in einen kleineren Raum, in dem ein antiker Mahagonischreibtisch stand. Die Wände des Zimmers bestanden aus Mahagoniregalen, die bis unter die Decke mit Büchern gefüllt waren.

»Setzen Sie sich. Ich komme gleich wieder.«

Ihr Ton duldete keinen Widerspruch. Sie zeigte auf einen grünlich gepolsterten Mahagonistuhl, der wie in einer Arztpraxis vor dem Schreibtisch stand. Ich setzte mich artig, denn ich wollte es mir nicht mit ihr verscherzen. Schließlich stand mein Geldbeutel auf dem Spiel.

»Danke.«

Auf dem Schreibtisch lag ein Stapel Briefe, die meine Neugier weckten. Es wäre interessant zu wissen, was die Bachners für Post bekamen. Ich wollte nach einem der Briefe greifen. Doch ein Gefühl, als würde ich beobachtet, ließ mich zögern.

Unsicher drehte ich mich um. Kein Mensch war zu sehen. Erst als ich meine Augen etwas senkte, blickte ich geradewegs in die grünen Augenschlitze einer

grau getigerten Katze, die mich missbilligend fixierte. Mein Nervenkostüm begann zu streiken. Statt der Katze hätten mich womöglich Hilla Bachner oder Rupert Weiland ertappen können.
Eine Katze? Oder ein Kater? Ich blinzelte das Vieh an. Es saß wie eine ägyptische Tierstatur da und ließ mich nicht aus den Augen. Während ich überlegte, ob ich es wie Viktoria machen und es hochheben sollte, kam Hilla zurück. Sie hatte sich eine Zigarette angezündet und setzte sich hinter den Schreibtisch.
»Hübsche Katze, sie hat so ein ausdrucksvolles Gesicht«, stellte ich fest. »Oder ist es ein Kater?«
Hilla musterte mich schweigend durch eine Rauchwolke, dann entnahm sie einer Schublade Papier und Kugelschreiber.
»Mein Bruder regt sich schnell auf. Ich hoffe, Sie nehmen es ihm nicht übel. – Was wollten Sie hier? Jemanden aus der Nachbarschaft besuchen?«, fragte sie beiläufig.
»Äh, nein, meine Mutter und ich haben uns verfahren. Ich wollte auf der Landkarte nachsehen. Es tut mir wirklich leid.«
»Wo wollten Sie hin?«
»Nach Großburgwedel ins Möbelhaus.«
»Aha.«
Es war ihr deutlich anzuhören, wie wenig die skandinavischen Mitnahme-Möbel ihrem Geschmack entsprachen. Sie hielt mir das Blatt Papier und den Kugelschreiber hin.
»Von mir aus brauchten Sie Ihren Namen nicht zu hinterlassen. Aber mein Bruder ... Wären Sie so lieb?«
Ihr Ton war geschäftsmäßig freundlich, aber kalt.
Ich schrieb ihr Ollis Adresse in der Nähe der hannoverschen Universität auf. Er würde mir dies nicht

übel nehmen. Als Namen gab ich Olivia Laugen an. Ich war sicher, die Post, die sich tagtäglich mit schwer leserlichen Handschriften herumplagen musste, würde so findig sein, die Rechnung Oliver von Langen zuzustellen. Auf keinen Fall sollte Björn die Rechnung zufällig in die Hände fallen. Das hätte bloß zu weiteren unnötigen Fragen geführt.
»Gut, damit ist alles geklärt.«
Sie legte ihre Zigarette in einem Kristall-Aschenbecher auf dem Schreibtisch ab, erhob sich und führte mich zurück zur Haustür.
»Übrigens bieten Fahrschulen auch Führerscheininhabern Übungsstunden fürs Einparken an.«
Es klang überheblich und zickig. Der arme Bachner! Bei der Frau hatte er nichts zu lachen. Kein Wunder, dass es ihn in die Arme anderer Damen trieb. Nur war seine erste Frau bei einem mysteriösen Unfall ums Leben gekommen, eine weitere Frau aus seinem speziellen Adressbuch war tot, eine andere lag im Koma und sein Alibi stimmte eindeutig nicht.

15

»Schön, Sie wiederzusehen«, begrüßte mich Dr. Lars Bachner vor einem Steakhaus vor der hannoverschen Oper.
»Nach allem, was passiert war, befürchtete ich, Sie würden nichts mehr mit mir zu tun haben wollen.«
Seine Befürchtungen hätten sich garantiert bewahrheitet, wenn es nicht so viele offene Fragen gegeben hätte. Also hatte ich ihn widerwillig angerufen und gefragt, ob er Lust hätte, sich mit mir zum Essen zu treffen. Ein großes Restaurant in der Innenstadt erschien mir als Treffpunkt am ungefährlichsten. Selbst wenn er Karens Mörder wäre, würde er mir dort nichts tun. Aber war er überhaupt schuldig?
Zwar war sein Alibi falsch, doch das von seiner Frau ebenfalls. Genauso gut hätte sie den Mord an Karen begangen haben können. Eifersucht wäre ihrerseits ebenfalls ein starkes Motiv gewesen. Ich hoffte, an diesem Abend ein wenig Licht ins Dunkel zu bringen.
»Eigentlich wollte ich Sie nur etwas fragen, bevor wir ...«
Stopp, Sam! Denk leise, ›... bevor wir mit unserem Wissen zur Polizei gehen.‹
Ich merkte, wie mir das Blut in den Kopf schoss.
»Bevor wir was?«, fragte Lars Bachner lächelnd und ließ seine Samtaugen über meine tief ausgeschnittene Bluse gleiten, die unter meiner geöffneten Jacke zu sehen war.
Es war eindeutig, woran er dachte.
»Äh, wir sollten hineingehen«, wich ich verwirrt aus.
Dieser Mann machte mich nervös. Lag es daran, weil er ein Hauptverdächtiger war? Oder drohte ich wie alle anderen Frauen seinem Charme zu erliegen?

Wir betraten das Restaurant, ließen uns an einen Tisch führen und studierten die Karte. Zwei Männer, die kurz nach uns hereinkamen, setzten sich nicht weit von uns entfernt an einen kleinen Zweiertisch. Der Jüngere der beiden, den ich auf Mitte Zwanzig schätzte, trug eine Bomberjacke, kurz geschorene Haare und hatte einen breiten Nacken, als würde er Bodybuilding betreiben. Der andere mochte zehn Jahre älter sein. Er trug eine schwarze Lederjacke, hatte dauerwellgekräuselte Haare und wirkte im Gegensatz zu seinem Bekannten wie ein seriöser Geschäftsmann. Beide ließen ihre Jacken trotz wohliger Wärme im Lokal an, obwohl der Garderobenständer gleich hinter ihnen stand.

Allein bei dem Gedanken, in Jacke im warmen Lokal essen zu müssen, begann ich zu schwitzen. Als die Bedienung an ihrem Tisch vorbei kam, entstand ein kurzes Palaver. Offenbar hatten die beiden das ›Reserviert‹-Schild außer Acht gelassen, das auf dem Tisch stand. Irgendetwas mussten die Männer ihr präsentiert haben, was die Bedienung überzeugte, sie nicht umzusetzen. Vermutlich hatte ein kleines Scheinchen den Besitzer gewechselt.

Ich widmete meine Aufmerksamkeit meinem männlichen Gegenüber. Lars Bachner entpuppte sich als angenehmer Plauderer. Wir unterhielten uns vor und während des Essens zwanglos und flirteten miteinander. Nachdem wir das Dessert bestellt hatten, endete seine Schonzeit.

»Erzählen Sie mir von Ihrer Frau. Wie ist sie? Warum haben Sie sie geheiratet?«

»Das Thema hatten wir schon. Sie war damals ganz anders als heute, eine tüchtige Krankenschwester, die meiner ersten Frau ähnlich sah.«

Er legte eine Gedankenpause ein, bevor er fortfuhr.

»Manchmal frage ich mich, ob ich Hilla geheiratet habe, weil ich über den Tod meiner ersten Frau nie hinweggekommen bin.«

»Das tut mir leid. Woran ist Ihre erste Frau gestorben?«

»Es war ein Unfall. Ich hatte kurzfristig den Nachtdienst für einen erkrankten Kollegen in der Klinik übernehmen müssen. Meine Frau ist allein auf die Geburtstagsfeier einer Freundin gegangen. Sie hatte bloß gut hundert Meter zu laufen. Ein Betrunkener hat sie auf dem Nachhauseweg überfahren und Fahrerflucht begangen. Hätte er gleich einen Krankenwagen gerufen, hätte sie gerettet werden können.«

Er schaute an mir vorbei und sein Gesicht nahm einen schmerzvollen Zug an. Er musste seine erste Frau sehr geliebt haben. Oder spielte er das nur?

»Wurde der Unfallfahrer gefasst?«

Ich war gespannt, was er antworten würde.

»Ja. Eine alte Frau, die nicht schlafen konnte und in der Nebenstraße am Fenster gesessen hatte, erinnerte sich an ein Auto, das in Schlangenlinien in die Straße eingebogen war. Die Polizei konnte den Wagen ermitteln und der Fahrer wurde verurteilt.«

Also war der Unfalltod seiner ersten Frau keineswegs so mysteriös gewesen, wie Viktoria befürchtet hatte. Das war beruhigend zu wissen.

»Ich habe mich in Arbeit vergraben und erst als Hilla als Krankenschwester in der Klinik eingestellt wurde, fasste ich neuen Lebensmut. Wir haben geheiratet. Da ihr Bruder hier wohnte und sie in seine Nähe ziehen wollte, habe ich mich nach einer geeigneten Praxis umgesehen. Anfangs hat sie in der Praxis als Sprechstundenhilfe ausgeholfen. Als mein Schwager aber vor vier Jahren geschieden wurde und wir zu ihm in die Villa nach Isernhagen gezogen sind, hat

sie sich verändert. Sie hat aufgehört zu arbeiten und tut das, von dem sie meint, es als reiche Frau tun zu müssen. Sie spielt Tennis, hat regelmäßig Termine bei Friseuren und Kosmetikerinnen, kauft ständig ein, leistet sich zwei Rennpferde, obwohl sie nicht reiten kann, und liebt es, Partys zu organisieren oder zu besuchen. Sie geht ihre Wege und ich meine.«
Es klang resignierend.
»Das hört sich nach kostspieligen Hobbys an.«
»Allerdings, aber glücklicherweise verdiene ich gut. Geld ist kein Thema. Auch nicht für Ihren Bruder, der als Vermögensberater ebenfalls gut verdient.«
»Warum lassen Sie sich nicht scheiden, wenn Sie mit ihrer Ehe nicht zufrieden sind?«
»Vielleicht werde ich das irgendwann tun.«
Er lächelte mich an und achtete nicht auf die Kellnerin, die an unseren Tisch kam, um das Dessert, Eis mit Früchten, zu servieren. Als er wie selbstverständlich meine Hand ergriff, wurde es Zeit zur Sache zu kommen.
»Dr. Bachner, ich ...«
»Lass den Doktor und den Nachnamen weg. Das hatten wir zur Genüge. – Bitte, nenn mich Lars.«
›Bitte-nenn-mich-Lars‹ führte meine Hand an seine Lippen und küsste jeden meiner fünf Finger einzeln. Ein wohliger Schauer durchlief meinen Körper. Das war unfair. Ich wollte einen Mord aufklären und nicht in eine Versuchung geraten, der ich nur mit Mühe widerstehen konnte. Wäre ich eine echte Detektivin gewesen, hätte ich eine Gefahrenzulage beantragt. Ich zog meine Hand weg und deutete auf unser Dessert.
»Das Eis schmilzt.«
»Das hoffe ich, Sandra. Du bist nicht der Eisblock, für den du dich ausgibst, sondern eine derart bezau-

bernde, starke und mutige Frau, wie ich sie selten getroffen habe.«
Mein Selbstbewusstsein schwoll rapide an. Wann hatte je ein Mann so etwas zu mir gesagt? Ich konnte mich im Moment nicht erinnern. Trotzdem ...
»Das sagen Sie sicher zu jeder der vielen Frauen mit denen Sie ein Verhältnis angefangen haben. Also, sparen Sie sich das bei mir.«
In diesem Fall beließ ich es beim ›Sie‹. Diese Distanz erschien mir angebracht. Er ließ sich nicht aus der Ruhe bringen und lächelte mich siegessicher an.
»Ich sage die Wahrheit. Und was die anderen Frauen betrifft, habe ich das nie gesagt. Bisher war keine mutig genug, mir das Leben zu retten.«
So sehr ich Süßholz in Form von Lakritze schätzte, sein schmeichlerisches Geraspele konnte er sich für andere Damen aufheben. Ich war dagegen fast immun. Es galt Wichtigeres zu klären.
»Ich habe Herrn Dehnert im Krankenhaus besucht.«
»Wie bitte?«
Sein eben selbstbewusstes Lächeln wich einem erstaunten Ausdruck.
»Ich wollte wissen, warum ein Vater so weit gehen wollte, den Geliebten seiner Tochter umzubringen. Er hat mir gesagt, dass du ...«, nun duzte ich ihn bewusst, um eine vertraute Stimmung zu schaffen, »... seine Tochter umgebracht hast, weil du sie loswerden wolltest. Sie soll dir gedroht haben, sie wolle eine Zeitung über deine Affären mit Patientinnen informieren, wenn du sie nicht heiratest.«
Genüsslich leckte ich mein Eis vom Löffel und beobachtete ihn. Mal sehen, was er dazu zu sagen hatte. Vorerst nichts. Als der Herzensbrecher nach längerem Schweigen unsicher aufblickte, hatte er seine Charme-Fassade verloren.

»Und? Glaubst du ihm?«
»Sollte ich?«
Einer unangenehmen Frage ließ sich bestens mit einer Gegenfrage aus dem Weg gehen. Das hatte ich inzwischen gelernt.
»Ich habe sie nicht getötet. Das wäre unnötig gewesen. Ich hätte sie dazu gebracht, mich nicht mehr zu mögen. Ich habe Psychologie studiert, da wäre mir etwas eingefallen. – Warum hätte ich sie umbringen sollen?«
Bildete er sich tatsächlich ein, Menschen nach seinen Wünschen manipulieren zu können, bloß weil er als Psychologe mehr über die menschlichen Verhaltensweisen wusste, als andere? Das war ein neuer Aspekt. Hatte Karen sich nicht manipulieren lassen und hatte er sie deshalb umgebracht?
»Dehnert glaubt, du seiest es gewesen. Er behauptet, deinen Porsche gegen zweiundzwanzig Uhr vor ihrem Haus gesehen zu haben. Was hattest du dort zu suchen?«
Lars Bachner stocherte mit seinem Löffel im Eis herum. Ihn beobachtend, nahm ich eine große Portion Eis auf den Löffel und leckte sie mit der Zunge langsam ab, als hätte ich ein Stiel-Eis. Lars Bachner schaute mir fasziniert zu.
»Weißt du, was für eine erotische Anziehungskraft von dir ausgeht, wenn du ein Eis isst?«
»Lenk nicht ab. Ich erwarte eine Antwort. Was hattest du am Abend ihres Todes vor ihrem Haus zu suchen?«
Um seine erotische Fantasie nicht weiter anzustacheln, schob ich mir den Eisrest vom Löffel in den Mund. Verflixt, war das kalt.
Ich schnappte nach Luft und wirkte wahrscheinlich wie ein Breitmaulfrosch, der Fliegen fing. Ein

Froschweibchen dürfte ihn jegliche Erotik vergessen lassen.

Wieder musste sein Eis dran glauben. Er zerhackte die Kugeln in viele kleine Stückchen, ohne ein einziges in seinen Mund zu führen.

»Entweder hat er einen anderen Wagen gesehen oder er hat gelogen. Ich habe ein Alibi für die Tatzeit und war meilenweit vom Tatort entfernt.«

Das war die falsche Antwort. Er hatte eben kein Alibi. Sollte ich ihn darauf hinweisen? Nein, das wäre zu riskant gewesen.

»Er sagt, er sei sich sicher, deinen Wagen gesehen zu haben.«

»So, sagt er das.«

Er schien die Antwort erneut im Eis zu suchen, das sich unter seinem Gerühre zunehmend in Brei verwandelte.

»Warum willst du das so genau wissen? Bist du ein Polizeispitzel?«

Mist, er hatte den Spieß umgedreht. Jetzt wollte er mich rösten.

»Nett, dass du mich für eine derart gewiefte und abgebrühte Frau hältst. Das steigert mein zartes Selbstbewusstsein außerordentlich«, versuchte ich ihn anzulächeln, während ich fieberhaft überlegte, wie ich mein Interesse an dem Mordfall glaubhaft erklären sollte.

»Zartes Selbstbewusstsein? Sandra, das ist nicht dein Ernst. Du weißt genau, was du willst. – Warum warst du bei Dehnert im Krankenhaus und stellst mir all diese Fragen?«

»Tja, wie soll ich dir das erklären ... äh ...«

›Sam, lass dir schnell etwas einfallen, sonst kriegst du nichts mehr aus ihm heraus.‹ Verflixt, warum ließ ich mich fortgesetzt von dem kleinen Teufelchen und

von Viktoria dazu verleiten, in Mordfällen zu ermitteln?
»Du kannst mir alles erklären.«
Lars Bachner schaute mich durchdringend und zugleich auffordernd an.
»Es ist mir peinlich, äh ..., ich weiß nicht, wie das kommt, aber ich bin unheimlich neugierig und total verrückt nach Krimis.«
»Du bist verrückt nach Krimis?«
Die Ungläubigkeit in seinem Blick war nicht zu übersehen.
»Ja. Du als Psychologe kennst bestimmt eine Menge Verrücktheiten. Das ist eben meine Macke. Ich weiß nicht, wie oft ich davon geträumt habe, einen Mordfall zu lösen«, schob ich Viktorias Motive vor. »Und dann lerne ich dich kennen und erfahre von dem Mord an deiner Freundin und ..., na ja, da musste ich einfach tätig werden.«
Erst starrte er mich verwirrt an, dann starrte er auf sein Eis und schob es weg. Das wunderte mich nicht. Sein Gemansche hätte ich auch nicht mehr essen wollen.
»Deshalb triffst du dich mit mir? Du stehst unter dem Zwang einen Mord lösen zu wollen? – Das klingt danach, als brauchtest du dringend psychologische Hilfe.«
Er schaute mich nachdenklich an. Auch das noch, jetzt hielt er mich für geisteskrank. Dabei traf das höchstens auf Viktoria zu. Warte, Viktoria, irgendwann werde ich dich massakrieren.
»Wieso Zwang? Es interessiert mich. Das ist alles«, schwächte ich ab. »Interessiert es dich nicht, wer deine Freundin umgebracht hat?«
»Sicher würde ich das gern erfahren, aber was geht dich das an? Du kanntest sie nicht einmal.«

Seine Einwände nervten. Wieso musste ich ausgerechnet an einen Psychologen geraten, der alles genau wissen wollte?
»Nein, aber dich kenne ich. Und du ..., ach, ich weiß nicht ...« Ich versuchte eine unsichere Frau zu mimen, die sich ihre Gefühle für ihn nicht eingestehen wollte. »Vielleicht suche ich einen Grund mit dir zusammen sein zu können, ohne wegen meines Freundes ein schlechtes Gewissen haben zu müssen.«
Gut gemacht, Sam! Das schien dem Herzensbrecher zu gefallen. Es war also förderlich gewesen, den Psychologieunterricht während meiner Ausbildung zur Erzieherin nicht zu schwänzen.
»Du gibst mir Rätsel auf, Sandra. Aber ich liebe Frauen, die ich nicht sofort durchschaue. Außerdem ...«, seine Augen landeten zur Abwechslung statt auf dem Eis auf meiner Brustpartie, »... gefällst du mir. – Willst du meine Theorie über den Mord hören?«
»Ja.«
Nun war ich sehr gespannt.
»Es könnte Karens Vater gewesen sein.«
»Karens Vater? Wieso das?«
Jetzt war es ihm gelungen, mich zu verblüffen.
»Vor ein paar Tagen hast du so getan, als hätte er den Tod seiner Tochter nicht verkraftet.«
»Ich wollte dich nicht beunruhigen. – Wenn er behauptet, angeblich meinen Porsche zur Tatzeit dort gesehen zu haben, muss er ebenfalls dort gewesen sein. Das leuchtet dir ein, oder?«
»Ja, aber warum sollte er seine Tochter umbringen? Sie war sein Ein und Alles.«
»Genau darum. Er wollte sie mit niemandem teilen. Er hat eine zwanghafte Persönlichkeitsstruktur mit paranoiden Zügen, in der krankhaft übertriebene

Moralvorstellungen dominieren. Bei solchen Menschen ist alles denkbar. Du warst selbst dabei, wie er versucht hat, mich umzubringen. Dieser Mann ist gefährlich. Er muss in psychiatrischer Behandlung bleiben. Die Allgemeinheit muss vor ihm geschützt werden. Das habe ich auch der Polizei gesagt.«
Jetzt wusste ich, warum Hauptkommissar Fischer Karens Vater gegenüber abweisend gewesen war. Bachner hatte es verstanden, ihn zu überzeugen, Dehnert sei ein gefährlicher Psychopath.
»Ich kann nicht glauben, dass Dehnert seine eigene Tochter getötet haben soll. Warum hätte er dich beschuldigen und umbringen wollen, wenn er es selbst getan hätte?«
»Um von sich abzulenken. Vor der Öffentlichkeit sollte ich als Mörder da stehen und er als leidender Vater. Das könnte seine Art von Rache gewesen sein, weil ich ihm aus seiner krankhaften Sicht seine Tochter weggenommen hatte.«
Einerseits klang das einleuchtend, andererseits unlogisch.
»Tut mir leid, Lars, aber wenn er dich getötet hätte, wäre er ins Gefängnis gewandert. Was hätte ihm das gebracht?«
»Psychisch kranke Menschen denken nicht logisch. Vielleicht wollte er den Mordanschlag auf mich nur fingieren.«
»Und woher sollte Karens Vater Heroin für den Mord bekommen?«
Konnte es womöglich zwischen Dehnert und Vanessa Fink eine Verbindung gegeben haben? War Viktorias erste Vermutung, sie sei einem Mord zum Opfer gefallen, am Ende doch richtig?
»Das weiß ich nicht. Genau genommen ist sie nicht an der Überdosis Heroin gestorben, sondern an einer

Luftembolie, die in einem Herzventrikel zu einem Ausfall der Pumpfunktion geführt hat.«
»Was heißt das im Klartext?«
»Jemand hat ihr mit der ohnehin tödlichen Dosis Heroin eine größere Menge Luft in den Blutkreislauf injiziert.«
»Dann könnte der Mörder keine Ahnung von Spritzen gehabt haben. – Oder es war jemand, der sich mit Injektionen auskannte und bei ihrem Tod auf Nummer sicher gehen wollte«, überlegte ich laut.
»Aber wieso hat sie sich nicht gewehrt? Sie hatte Angst vor Spritzen.«
Wieder lastete sein nachdenklicher Blick auf mir. Ganz offensichtlich arbeitete sein Verstand und versuchte mich in eins seiner zahlreichen Kästchen für Seelenzustände einzuordnen.
»Du denkst mit, Sandra. Der Kriminalbeamte hat mir erzählt, es hätte eine Tasse mit einem Mandeltee-Rest auf dem Tisch gestanden, in dem ein starkes Barbiturat gefunden wurde ...«, als er mein Stirnrunzeln sah, verbesserte er, »... im Klartext: ein Schlafmittel, das in ihrem Körper nachgewiesen werden konnte. Hätte sie nicht kleine Verletzungen am Körper gehabt, die auf eine schwache Gegenwehr hindeuteten, und wäre unter einem ihrer Fingernägel nicht ein winziges Stück Latex von einem Einmalhandschuh entdeckt worden, wäre ihr Tod als Selbstmord durchgegangen. Möglicherweise hat sie nicht fest genug geschlafen und ist aufgewacht, als er ihr die Spritze geben wollte. Da er sofort die Ader getroffen hat und die Spritzutensilien aus dem medizinischen Fachhandel stammen sollen, geht die Kripo von einem medizinisch gebildeten Mörder aus.«
»Und du glaubst, ihr Vater, der beruflich Arbeiter im Auto-Werk in Stöcken war, hätte sich einen solchen

Mordplan ausdenken und ihn durchführen können?«
»Das muss er wohl. Soweit ich mich erinnere, soll er früher als Sanitäter Krankenwagen gefahren sein.«
Ich hatte meine Zweifel.
»Ihr Vater hat der Polizei gegenüber gesagt, er halte es für Mord. Warum sollte er sich da die Mühe machen, einen Selbstmord vorzutäuschen?«
»Ich sagte doch, geistig gestörte Menschen denken nicht logisch. Wer außer Dehnert sollte es sonst gewesen sein? Karen hatte kaum Freunde, geschweige denn Feinde, die ihr das hätten antun können.«
»Mit deinem Arzthelfer Frank Hoffmann, Silke Kern und Dr. Strehlitz hat sie regelmäßig Konzerte besucht. Außerdem verstand sie sich mit Frank Hoffmanns Frau Miriam offenbar recht gut.«
»Na und? Ich kann mir keinen Grund vorstellen, warum einer von ihnen Karen getötet haben sollte.«
»Könnte einer der beiden Männer vor dir ihr Liebhaber gewesen sein?«
Er schüttelte lächelnd den Kopf.
»Nein, das ist ausgeschlossen.«
»Warum bist du da sicher?«
»Frank Hoffmann ist glücklicher Familienvater und Friedhelm Strehlitz trauert seiner Frau nach, die vor zweieinhalb Jahren an Krebs gestorben ist.«
»Aber Karen hat nach ihrer Scheidung eine Beziehung gehabt. Hat sie dir gesagt mit wem?«
»Nein. Sie wollte mir den Namen nicht nennen, weil sie meinte, ich würde diesen Menschen kennen und sie wolle ihn nicht in Misskredit bringen.«
»Das ist ja interessant. Wen kennst du aus ihrem Bekanntenkreis?«
»Ich sagte doch, sie hatte kaum Freunde. Einmal habe ich sie abgeholt und sie mit einigen ihrer Arbeitskollegen gesehen. Aber mit denen war sie nicht

befreundet und ich habe sie kurz gesehen, hallo gesagt, und das war's.«
»Kannst du dich an Namen erinnern?«
»Nein«, er schüttelte den Kopf. »Sie war eine Einzelgängerin.«
»Aber mit irgendjemandem muss sie vor dir zusammen gewesen sein. Hat dich das nie interessiert? Du hast sie doch geliebt.«
»Ich mochte sie und war gern mit ihr zusammen, geliebt habe ich sie nicht. Deshalb war es mir nicht wichtig, die Identität dieses Menschen zu kennen.«
»Vielleicht könnte es Frank Hoffmann gewesen sein. Freunde von ihm vermuten so etwas. Außerdem soll seine Frau Miriam einen Liebhaber haben. Das bist nicht zufällig du?«
»Was versuchst du zu konstruieren, Sandra? Als ob ich mit jeder Frau etwas anfangen würde. Kann sein, dass Miriam für mich schwärmt. Ich wirke auf Frauen. Aber mit der Frau eines Mitarbeiters würde ich mich nie einlassen. Das würde zu viel Ärger mit sich bringen.«
»Und was ist mit deiner Frau? Karen soll mit ihr über deine Scheidung gesprochen haben. Wenn sie ihre finanzielle Sicherheit nicht verlieren wollte, könnte sie ein Mordmotiv gehabt haben.«
»Das ist absurd.« Entrüstet schüttelte er den Kopf und fuhr sich mit der Hand durch seine vollen Haare. »Außerdem ist dies das Erste, was ich höre. Wer hat dir erzählt, Karen hätte mit meiner Frau gesprochen?«
»Du könntest selbst Karens Mörder sein, falls Dehnert sich nicht geirrt hätte«, wich ich seiner Frage aus.
»Herrgott, Sandra, was soll das? Ich habe ein Alibi und meine Frau ebenfalls.«

»Wirklich? Ich würde dir gern glauben.«
Zur Abwechslung schmachtete ich ihn an, um meine Fragen zu entschärfen. Meine Unschuldsaugen verfehlten ihre Wirkung nicht. Bachner lächelte unsicher.
»Du kannst mir glauben. Ich könnte keine Frau töten. – Und nun lass uns von etwas anderem reden, Sandra Sherlock Holmes. Habe ich dir bereits gesagt, dass ich dich liebe?«
Beinah hätte ich mich an meinem Eis verschluckt. Dieser Mann zog alle Register, um abzulenken und die Frau, die ihn gerade interessierte, für sich einzunehmen.
»Sicher, und in einem Monat wird es eine andere sein, die du zu lieben glaubst. Du hast auch Karen erzählt, du würdest sie lieben, sonst hätte sie dich kaum heiraten wollen.«
Einen Moment war er irritiert, dann versuchte er ein Lächeln. »Du bist zu misstrauisch und hast eine zu rege Fantasie. Das ist dein Problem, Sandra. – Ich sage einer Frau nie etwas, das ich nicht so meine. Wenn sie eine flüchtige Beziehung anders interpretiert, ist das ihr Problem. Ich spiele mit offenen Karten und möchte dich bitten, das ebenfalls zu tun. Wo hast du überall herumgeschnüffelt?«
»Das ist meine Sache.«
»Gut, ich kann dich nicht zwingen, es mir zu sagen. Aber falls ich mich irren würde, und es nicht Dehnert war, könnte das gefährlich für dich sein. Hast du darüber einmal nachgedacht? Ein Mensch, der einmal getötet hat, hat eine Hemmschwelle überschritten und könnte versucht sein, es ein weiteres Mal zu tun, wenn er sich in die Enge getrieben fühlt.«
Machte er sich Sorgen um mich? Oder sollte ich das als Warnung verstehen, weil er Karens Mörder war?

Ein mulmiges Gefühl stellte sich in mir ein.
»Soll das eine Warnung sein?«, fragte ich deshalb laut und beobachtete seine Reaktion.
Er schüttelte resignierend den Kopf.
»Du misstraust mir ständig. Erzähl mir von deinem Leben, Sandra.«
»Ich brauche keine Therapiestunde, Lars.«
»Gut, das musst du selber wissen. Sag mir eins. Hast du wirklich einen Freund, oder hast du mir das erzählt, um mich auf Abstand zu halten?«
»Ich habe wirklich einen Freund.«
»Dann war es richtig von mir, der Kriminalpolizei nicht zu erzählen, wer du bist und wo du arbeitest. Sie hätten dich gern verhört, nachdem Dehnert mich umbringen wollte. Ich habe gesagt, ich hätte dich zufällig auf der Straße getroffen und würde dich nicht kennen. Ich wollte dir keinen Ärger wegen deines Freundes machen.«
»Wie selbstlos von dir.«
Und ich hatte gedacht, Hauptkommissar Fischer hatte keine Notwenigkeit gesehen, mit mir darüber zu reden. Hatte Bachner mich wirklich schützen wollen? Oder hatte er Angst, ich könne Belastendes über ihn aussagen?
Die Kellnerin kam, um unsere Dessertschälchen abzuräumen.
»Ich hätte gern einen Espresso. Und du, Sandra? Was möchtest du?«, wandte er sich an mich.
»Danke, nichts. – Ich würde gern zahlen. Ich bin müde.«
Das war gelogen. Irgendwie hatte ich gehofft, Belastungsmaterial gegen seine Frau zusammentragen zu können, stattdessen hatte sich mein Verdacht verstärkt, er könne Karens Mörder sein. Der Gedanke gefiel mir nicht.

»Möchten Sie trotzdem einen Espresso«, fragte die Kellnerin Lars Bachner.
»Nein. Vergessen Sie den Espresso. Bringen Sie mir die Rechnung.«
Die Kellnerin verschwand und kam mit der Rechnung, die Lars gleich bezahlte.
»Soll ich dich nach Hause bringen?«
Der Gedanke in seinem schnittigen Porsche in kürzester Zeit bei mir zu Hause zu sein, war bestechend. Mein vorsichtiger Verstand riet mir davon ab. Dieses Mal hörte ich auf ihn. Ich würde die U-Bahn nehmen.
»Danke nein.«
»Schade, dich liebe ich wirklich. Aber ich respektiere deine Entscheidung. Wann sehen wir uns wieder?«
»Ich weiß nicht. Du bist ein charmanter Mann. Aber wie du weißt, bin ich in festen Händen.«
»Das zählt für mich nicht. Ich werde dich anrufen. Eine starke Frau wie du, will erobert werden. Genau das werde ich tun.«
Ich wollte nichts mehr hören und erhob mich. Er sprang sofort auf, holte meine Jacke, dann gingen wir hinaus in die kühle Luft.
»Soll ich dich bei dieser Kälte nicht doch nach Hause fahren?«
»Danke, es ist mir lieber so. – Tja, dann, bis irgendwann.«
Ich reichte ihm zum Abschied meine Hand. Er griff sie, zog mich zu sich heran und küsste leidenschaftlich meine Lippen. Das war der zweite Mann innerhalb von zwei Tagen, der mich küsste und der nicht Björn hieß. Das wurde langsam beängstigend.
»Wir sehen uns wieder, Sandra.«
Mit einem Lächeln ging er in Richtung Opern-

Tiefgarage. Ich wandte mich in Richtung Kröpke, einem Platz im Zentrum Hannovers, der nur wenige Schritte entfernt lag. Unterirdisch trafen sich an diesem Hauptverkehrsknotenpunkt die meisten hannoverschen Stadtbahnen. Dort fühlte ich mich sicherer als in Bachners Nähe.

16

Gedankenverloren fuhr ich die Rolltreppe zur U-Bahn-Station herunter, die mit ihren bunten Wandmosaiken einen freundlichen Eindruck vermitteln sollte. Um diese Zeit herrschte auf den einzelnen Bahnsteigen nicht so viel Trubel wie tagsüber. Doch gab es zu allen Zeiten Menschen, die mit der Stadtbahn irgendwohin wollten. Gelangweilt warf ich einen Blick auf den überdimensionalen Bildschirm, der den wartenden Fahrgästen mit den neuesten Nachrichten und der Werbung für hannoversche Betriebe die Zeit vertreiben sollte. Gerade warb eine Abschleppfirma für ihre Dienste. Desinteressiert ließ ich meinen Blick über die anderen Fahrgäste auf dem Bahnsteig schweifen. Nanu, da wartete ja der Kurzgeschorene mit der Bomberjacke, den ich im Restaurant gesehen hatte. Zufälle gab's.
Eine Bahn kam. Ich hatte nicht auf die Ansage geachtet und machte einen Schritt auf sie zu, um zu sehen, ob es eine der Bahnen war, mit denen ich fahren konnte. Als ich an der Bahn die hell leuchtende Aufschrift ›Medizinische Hochschule‹ entdeckte, trat ich zurück. Sie führte in die falsche Richtung.
Der Kurzgeschorene mit der Bomberjacke, der bereits auf die Trittstufe getreten war, bewegte sich rasch zurück, nachdem er einen Blick auf mich geworden hatte. Oder hatte er auf die Reklametafel in meiner Nähe geschaut? Die nächste Bahn kam. Mit der hätte ich fahren können. Ich wollte auf die Bahn zugehen, als ich sah, wie der Kurzgeschorene erneut in meine Richtung sah. Als ich nicht einstieg, widmete er sich dem Bildschirm.
Nun wurde ich unruhig. Warum sah er dauernd zu mir? Eine weitere Bahn, mit der ich fahren konnte,

kam an. Ich beschloss, den Kurzgeschorenen auf die Probe stellen, und stieg in der Mitte der Bahn ein, blieb jedoch mit einem Bein auf der hinteren der beiden Trittstufen stehen.
Als langjährige Benutzerin der öffentlichen Verkehrsmittel wusste ich, dass die Tür in diesem Falle automatisch blockierte und sich nicht schließen würde. Der Kurzgeschorene stieg im hinteren Türbereich ein und setzte sich unauffällig auf einen Platz neben der Tür. Ich trat auf die vordere Trittstufe und tat als wolle ich die Bahn wieder verlassen. Tatsächlich stand er von seinem Platz auf und strebte der nächsten Tür zu.
»Bitte verlassen Sie die Trittstufen«, sagte der Fahrer per Lautsprecher durch.
Genau das wollte ich liebend gern tun und zwar mit einem schnellen Satz nach draußen. Doch ausgerechnet in diesem Moment stürmte eine Gruppe Jugendlicher auf die Tür zu, die sich freuten, die Bahn erreicht zu haben. Sie drängelten mich ungestüm mit sich hinein und bevor ich mich zwischen ihnen durchgezwängt hatte, ging die Tür zu und die Bahn fuhr an.
Mit zufriedenem Lächeln saß der Kurzgeschorene auf seinem Platz und starrte ins Dunkel des Tunnels. Was wollte er von mir? Oder bildete ich mir alles ein? Vielleicht hatte er einen ähnlichen Weg wie ich und amüsierte sich im Stillen über mich. Warum hätte er mir folgen sollen?
Mein vorsichtiger Verstand zählte mir blitzschnell verschiedene Möglichkeiten auf: Mit seinen kurz geschorenen Haaren und der Bomberjacke konnte er einer der rechtsradikalen Skinheads sein, die zuweilen mit Freude Ausländer misshandelten. Vielleicht sah ich ihm mit meinen dunklen Haaren nicht

deutsch genug aus? Bei den Typen wusste man nie. Er konnte auch ein Vergewaltiger sein, dem ich im Restaurant aufgefallen war und der in mir ein leichtes Opfer sah, weil ich relativ klein war. Oder es war ein Dieb, der hoffte, mich ausrauben zu können. Oder ...!? – Lars Bachner fiel mir ein. Hatte er womöglich den Skinhead-Verschnitt engagiert? Befürchtete er, ich könne ihm gefährlich werden? War seine Äußerung, es könnte gefährlich für mich sein, Karens Mörder zu suchen, doch eine Drohung gewesen? Mir wurde abwechselnd heiß und kalt.
Ich holte mein Mobiltelefon aus der Tasche, um Olli anzurufen. Oder Kriminalhauptkommissar Gunter Melzner? Das hätte zwar Ärger mit Björn bedeutet, war aber besser, als einem Verbrechen zum Opfer zu fallen. Doch leider stellte es sich tot. So sehr ich es traktierte, es gab kein Blinken und keinen Mucks von sich. Mir fiel ein, dass es mir am Nachmittag beim Nachhause-Radeln aus der Tasche gefallen war. Ich hatte es eingesteckt und nicht weiter darauf geachtet. Mist! Es schien kaputt zu sein. Ausgerechnet jetzt, wenn ich es brauchte.
Was sollte ich jetzt tun? Bis zur Endhaltestelle nach Sarstedt mitfahren? Diese wäre um diese Zeit ziemlich verlassen, denn die wenigsten Fahrgäste fuhren bis zum Ende mit. Das wäre nur sinnvoll, wenn es mir gelänge, zum vorderen Wagen zu laufen. Dort saß ein Fahrer, den ich hätte um Hilfe bitten können. Aber was hätte ich gemacht, wenn mich mein Verfolger erwischt hätte, bevor ich den Fahrer hätte erreichen können?
Plötzlich fiel mir ein, dass der Kurzgeschorene im Steakhaus nicht allein gewesen war. Wo war sein Begleiter? War er mir auf dem Bahnsteig entgangen und fuhr im vorderen Wagen mit?

›Sam, hör auf, dich in Schauergeschichten hineinzusteigern.‹ Das kleine Teufelchen in mir wollte sich nicht vor lauter Angst irre machen lassen. ›Vielleicht ist der Skinhead-Verschnitt nur ein lustiger Typ, dem du gefällst.‹

Die Stadtbahn verließ den Untergrund und fuhr oberirdisch weiter. Mir fiel ein Taxenstand ein, der vor jener Haltestelle lag, an der ich normalerweise aussteigen musste. Das war die Lösung meines Problems. Ich würde aus der Bahn steigen und einfach mit dem Taxi nach Hause fahren. Egal, ob der Kurzgeschorene tatsächlich dunkle Absichten hegte oder nicht, ich wäre in jedem Fall in Sicherheit. Wachsenden Mutes stieg ich an der Haltestelle aus und wandte mich in Richtung Taxenstand. Es war kein Taxi da. – Das konnte nicht wahr sein!

Ich drehte mich zur Bahn um und sah den Kurzgeschorenen aussteigen. Eilig wollte ich in die Bahn zurück, doch die Türen schlossen sich. Wie wild drückte ich auf den automatischen Öffnungsknopf für die Tür. Vergeblich! Die Bahn fuhr ohne mich an. Niemand sonst war ausgestiegen. Ich war allein mit diesem Typen, der sich ins Stadtbahnhäuschen stellte und tat, als würde er den Fahrplan studieren. Dabei war es stockdunkel. Auch sonst war kein Mensch weit und breit auf der Hildesheimer Straße zu entdecken. Wenigstens konnte mir sein Begleiter nicht gefährlich werden. Ein schwacher Trost.

Ich spürte, wie mir vor Angst und Hilflosigkeit die Tränen in die Augen schossen. ›Fang jetzt bloß nicht an zu heulen‹, fuhr mich mein Verstand an. ›Beruhige dich und denke!‹

Ich suchte meine Jackentaschen nach einem Taschentuch ab, als ich neben einem Beruhigungs-Lolli, plötzlich Michis Wasserpistole in einer von

mir wenig benutzten Tasche spürte. Ich sollte sie Michi wiedergeben, falls ich den morgigen Tag erlebte. Er hatte lange genug darauf gewartet. Ich fand ein Taschentuch, putzte meine Nase, sah mich um. Es kam kein Taxi vorbei. Wie hieß es doch? Angriff ist die beste Verteidigung? Allen Mut zusammennehmend, ging ich auf den Skinhead-Verschnitt zu.
»Entschuldigen Sie, aber könnte es sein, dass Sie mir folgen?«, fragte ich ihn mit zittriger Stimme.
»Ich? Nein, wie kommen Sie darauf?«
Mit meinem Vorstoß hatte er offenbar nicht gerechnet.
»Gut, dann habe ich mich getäuscht. Sicher werden Sie jetzt einen anderen Weg haben als ich.«
»Sicher.«
»Gut.«
So schnell ich konnte, lief ich über die Hildesheimer Straße, bog in einen Seitenweg ein, lief um die nächste Ecke und versteckte mich blitzschnell hinter einem Müllcontainer, an dem ich oft vorbei gegangen war. Hier wollte ich abwarten, was passieren würde. Entweder der Kurzgeschorene war harmlos, dann würde ich ihn nicht mehr zu Gesicht bekommen. Oder ...? Ich wagte nicht daran zu denken, was dann passieren konnte.
Der Skinhead-Verschnitt hatte gelogen. Nach bangen Minuten des Wartens sah ich ihn die Straße entlang laufen. Wenige Meter vom Container entfernt blieb er stehen und sah sich suchend um, während sein schneller Atem kleine Wölkchen in den dunklen Himmel entließ. Vom Laufen war ihm warm geworden, denn er knöpfte seine Jacke auf. Voll Entsetzen sah ich, wie sich ein Pistolenhalfter von seinem weißen Shirt abhob. Deshalb hatte er also seine Jacke im Restaurant nicht ausgezogen. Mein Herz klopfte

heftig. Der Schweiß lief mir herunter. Dabei war es draußen alles andere als warm. Hoffentlich gab er auf, wenn er mich nicht sehen konnte.

Meine Hoffnungen erfüllten sich nicht. Er entdeckte den Container, ging darauf zu, wandte sich nach rechts, um ihn zu umrunden. Wenn ich an meinem Platz stehen bliebe, würde er mich in Kürze gefunden haben. Und dann? – Würde er mich erschießen? Mit wackeligen Beinen schlich ich hinter ihm her um den Container herum, bis ich seinen Rücken sah. Ich zog Michis Wasserpistole aus der Jackentasche, die im Dämmerschein der entfernten Straßenlaterne wie eine echte Waffe wirken musste.

»Hände hoch oder ich schieße.«

Der Kurzgeschorene riss seine Hände in die Höhe und drehte seinen Kopf in meine Richtung, um sich zu überzeugen, ob ich tatsächlich eine Waffe hatte.

»Legen Sie die Waffe weg. Ich tue Ihnen nichts.«

Seine Stimme zitterte leicht. Offenbar hielt er die Spielzeugpistole für echt. Michi sei Dank, dass er keine von den grellbunten, leicht als Kinderspielzeug erkennbaren, Pistolen ausgesucht hatte.

»Legen Sie die Hände an den Container und machen Sie die Beine breit.«

Ich beglückwünschte mich zu den vielen Kriminalfilmen, die ich gesehen hatte, in denen es die Polizisten ebenso machten. Fernsehen konnte folglich durchaus zur Bildung beitragen. Der Kurzgeschorene gehorchte. Leider besaß er noch seine Waffe. Würde ich sie ihm abnehmen, könnte er mich packen und überwältigen.

»Nehmen Sie mit der linken Hand Ihre Waffe aus dem Halfter und werfen Sie sie vorsichtig zu mir rüber.«

Ich trat rasch einen Schritt hinter den Container, um

notfalls in Deckung gehen zu können, falls er auf die Idee kommen sollte, auf mich zu schießen.
»Hören Sie, ich bin von der ...«
»Klappe! Die Waffe ..., sonst schieße ich«, brüllte ich ihn an, ohne ihn ausreden zu lassen.
Vielleicht hörte mich jemand und würde mir zu Hilfe eilen. Der Klang meiner Stimme – oder war es mehr meine Pistole? – musste dem Kurzgeschorenen Respekt eingeflößt haben. Wieder befolgte er meine Anweisungen, zog langsam seine Waffe aus dem Halfter und warf sie auf den Fußboden. Ich atmete auf. Er hatte nicht geschossen.
Schnell hob ich seine Waffe mit äußerster Vorsicht auf. Ich hatte noch nie eine echte Pistole in der Hand gehabt und war erstaunt, wie schwer sie war. Michis Wasserpistole wäre selbst mit einer vollen Wasserladung erheblich leichter gewesen. Ich ließ das Spielzeug in meiner Tasche verschwinden und tauschte sie gegen die Echte ein.
»Bitte stecken Sie die Pistole weg. Ich bin Polizist.«
Es klang fast so, als hätte er genauso viel Angst vor mir, wie ich vor ihm.
»Sie sind von der Polizei?«
Schön wär's, dachte ich, glaubte ihm aber kein Wort.
»Beweisen Sie es mir. Polizisten tragen Dienstmarken bei sich. Also, werfen Sie sie mit Ihrer linken Hand nach hinten. Die andere Hand lassen Sie wie eben am Container, und machen Sie keine falsche Bewegung, sonst knallt's.«
»Ausgerechnet heute habe ich meine Marke in der Hose vergessen, die meine Freundin waschen wollte«, meinte der Kurzgeschorene mit zittriger Stimme.
»Klar. Ausgerechnet heute haben Sie sie vergessen. Für wie blöd halten Sie mich eigentlich?«
Der Skinhead-Verschnitt versuchte es noch einmal.

»Es ist die Wahrheit. Ich bin Hauptkommissar Haarmann. Bitte glauben Sie mir und lassen Sie die Waffe fallen. Ich werde nicht melden, dass Sie eine Waffe besitzen, für die Sie wahrscheinlich keinen Waffenschein besitzen.«

»Natürlich werden Sie mich nicht melden, weil Sie nämlich kein Polizist sind. Polizisten verfolgen keine unbescholtenen Frauen.«

»Sie missverstehen das. Es geht nicht um Sie. Legen Sie bitte die Waffe weg.«

Ich ließ ihn reden, während ich fieberhaft überlegte, was ich mit ihm machen sollte? Ich konnte schlecht die ganze Nacht hier stehen bleiben und warten, bis zufällig jemand vorbei kam, der für mich die Polizei rief. Denn dass dieser Skinhead-Verschnitt selbst der Polizei angehörte, war ausgeschlossen. Erstens hätte ein Polizist sich nicht derart stümperhaft benommen. Zweitens hätte kein Polizist einen Grund gehabt, mich zu verfolgen. Und drittens störte mich sein Name. Es konnte unmöglich einen Polizisten geben, der den Nachnamen eines berüchtigten Killers trug, der in den Zwanziger Jahren mit einem Hackebeil mehrere junge Männer aus Hannover ins Jenseits befördert hatte. Das kam mir eher wie eine unterschwellige Drohung vor.

Warum hatte ich nicht einen Bindfaden bei mir, mit dem ich ihn fesseln konnte, oder irgendetwas anderes? Ich schaute mich suchend um. Vielleicht hatte irgendjemand beim Müll ausschütten etwas Bindfaden ähnliches verloren? – Nein, außer ein paar Kartoffelschalen, die meiner Meinung nach auf den Kompost und nicht in den Hausmüll gehörten, lag nichts herum. Plötzlich kam mir eine Idee.

»Machen Sie den Deckel vom Container auf.«
»Warum?«

»Sind Sie schwerhörig? Machen Sie den Deckel auf und klettern Sie hinein.«
»Nein, bitte, das können Sie nicht tun. Ich bin Polizeibeamter.«
»Möchten Sie lieber durchlöchert werden?«, herrschte ich ihn an.
»Nein, nein, ich klettere rein.«
Er öffnete leise quietschend den Deckel des Müllcontainers, stellte sich auf die Räder, stemmte sich sportlich an der Öffnung hoch und kletterte hinein. Der Müllcontainer schien halb gefüllt zu sein, denn sein Oberkörper lugte heraus.
»Ducken Sie sich und ziehen Sie den Deckel so weit herunter, wie es geht.«
»Wissen Sie wie das hier drinnen stinkt?«
»Wissen Sie wie Ihre Leiche stinkt, wenn ich abdrücke?«
Ich kannte kein Erbarmen.
Gehorsam zog er den Deckel herum, bis er ein fußbreiter Spalt offen blieb. Augenblicklich rannte ich davon, als wäre eine Horde bissiger Hunde hinter mir her.

Zu Hause angekommen, legte ich als erstes die Pistole in eine Schublade meiner Flurkommode. Ich wollte sie nicht mehr sehen. Das Ding machte mir Angst. Ein einziger Schuss konnte einen Menschen töten, und dieser Mensch wäre beinah ich gewesen. Die Vorstellung ließ mich frieren. Ich wärmte mich mit einem Kognak auf, kuschelte mich in meinen Sessel und stellte zur Entspannung den Fernseher an. Ein Seriendetektiv wurde von zwei Bösewichtern gejagt, die mit ihren Kanonen auf ihn schossen. Ich stellte den Fernseher aus und lauschte in die Stille, die mich plötzlich umgab.

Irgendwo draußen im Flur knackte etwas. War das meine Holzkommode, in der die Pistole lag? Oder schlich jemand durch den Flur? Vielleicht jemand mit einer Pistole? Ich hätte hinausgehen und nachsehen können, aber ich saß wie das Kaninchen vor der Schlange und konnte mich nicht bewegen. Ich lauschte angestrengt. Außer den üblichen Stadtgeräuschen, die leise von draußen an mein Ohr drangen und dem Rauschen der Klospülung über mir, hörte ich nichts. Es gab keinen Grund sich zu ängstigen. Warum tat ich es?
Ich griff mir das Mobilteil meines Telefons, das auf dem Wohnzimmertisch lag. Vielleicht hatte Viktoria Lust heute Nacht hier zu schlafen. Schließlich hatte ich letztendlich ihr den ganzen Schlamassel zu verdanken. Viktoria meldete sich nicht.
Ich goss mir einen weiteren Kognak ein, einen Doppelten. Vielleicht ging es mir dann besser. Es knackte abermals. Diesmal vom Fernseher her. Warum war Björn nicht hier? Mir fiel mein Anrufbeantworter ein. Er stand im Flur. Vielleicht hatte er dort eine Nachricht hinterlassen, nachdem er mich auf dem Mobiltelefon nicht erreicht hatte.
Oder war er womöglich erschossen worden? Er war schließlich Versicherungsdetektiv und die lebten zuweilen gefährlich. Mit der Kognakflasche in der Hand bewegte ich mich vorsichtig in den Flur. Niemand war dort. Mutig drückte ich den Wiedergabeknopf des Anrufbeantworters.
»Um neunzehn Uhr vierzehn«, leierte eine monotone Frauenstimme vom Band. Piep!
»Sam, es tut mir leid. Bitte nimm ab, wenn du da bist. Gut, ich versuche es später.«
Es war Björn. Er klang reumütig.
»Um zwanzig Uhr siebenundzwanzig«, weibliche

Stimme ... piep ... Björns Stimme ärgerlich: »Wo steckst du?! Ich kann dich auch auf deinem Handy nicht erreichen.«
Um zweiundzwanzig Uhr acht: »Sam, es reicht mir. Du weißt, dass ich abends anrufe. Wieso wartest du nie auf meine Anrufe?!«
Björn war also nicht erschossen worden. Das war einerseits beruhigend, andererseits klang sogar seine Leierstimme vom Anrufbeantworter diktatorisch. Die Liebe, die ich für ihn empfand, kam mir zunehmend vor wie ein Keks, der Bröckchen für Bröckchen zerkrümelt wurde. Die Angst, die mich heimsuchte, zog es sekundenlang in Erwägung ihn trotzdem anzurufen. Das Teufelchen und mein Verstand entschieden einträchtig, es nicht zu tun. Er hätte mir heute Nacht sowieso nicht helfen können. Frankfurt war weit weg.
Jetzt knackte es in meinem Schlafzimmer. Das Holz der Möbel arbeitet, beruhigte ich mich. Aber wenn jemand vom Flur ins Schlafzimmer geschlichen war und sich jetzt im Schrank versteckte? Ich nahm noch einen Beruhigungsschluck, und plötzlich wusste ich, wen ich anrufen konnte. – Olli! Hoffentlich war er wach. Ich musste einfach mit jemandem reden.
»Oliver von Langenfels«, meldete er sich putzmunter.
Ich atmete erleichtert auf.
»Olli? Ich bin's. Ich ...«
»Sam?! Was ist los?«
Er klang verwundert. Im Hintergrund hörte ich eine Frauenstimme, die fragte, wer um diese Zeit am Telefon sei.
Olli meinte laut zu mir: »Moment.«
Dann rief er der Frau zu: »Das ist Sam, ein alter Schulfreund von mir.«

So, so, ich war der alte Schulfreund. Also war seine Verlobte bei ihm, die nicht wissen sollte, wer ich war.
»Was gibt's, Sam? Du rufst nicht ohne Grund an, oder?«
»Warum nicht? Alte Schulfreunde machen das.«
»Du wirst um diese Zeit kaum über alte Lehrer quatschen wollen. Also sag' schon, Kumpel. Was hast du auf dem Herzen? Ist es wegen deines Hobbys?«
»Wegen meines Hobbys? Es ist Viktorias Hobby sich als Amateurdetektivin zu betätigen. Mich zieht sie dauernd mit hinein und ich bin diejenige, die um ihr Leben bangen muss. Das ist unfair.«
»Was ist passiert, Sam? Alles in Ordnung?«, fragte Olli besorgt.
»Irgend so'n Typ hat mich verfolgt und ... er hatte eine Pistole ..., und ...« Ende der Wortmeldung, unvermittelt heulte ich los.
»Sam? He, bist du bei dir?«
Ich schnüffelte ein ›ja‹ ins Telefon. Olli meinte, er mache sich auf den Weg. Jedenfalls verstand ich das, kurz bevor er den Hörer auflegte. Aber er würde seine Verlobte bestimmt nicht allein zu Hause sitzen lassen. Das hatte er nur gesagt, um meine Jaulerei nicht anhören zu müssen. Ein Schluck half mir über die Enttäuschung hinweg. Ich lehnte mich unschlüssig an die Wand neben dem Telefon, schloss kurz die Augen und ließ mich an der Wand herunterrutschen, bis ich auf dem Boden saß.
Wie lange ich so gesessen hatte, wusste ich nicht. Ich musste erschöpft eingenickt sein. Die Haustürklingel schreckte mich auf. Wer war das? Mein Verfolger? Wusste er, wo ich wohnte? Es klingelte Sturm. Warum gab es hier im Haus keine Sprechanlage? Dann wüsste ich wenigstens, wer dort unten stand und

brauchte den Klingler nicht ins Haus lassen, wenn ich nicht wollte. Oder war es Olli?
Unschlüssig drückte ich auf den Türsummer. Es war Olli. In seiner ganzen Länge stand er vor mir und schaute mich mit seinen strahlend blauen Augen an, die ihm Viktoria vererbt hatte. Unsicher strich er sich seine Haare aus dem Gesicht. Dankbar fiel ich ihm um den Hals. Tröstend legte er seine Arme um mich und schob mich in den Flur.
»Du bist ja völlig durcheinander«, stellte er fest.
»Ich freu mich«, stammelte ich, während sich ein Sturzbach von Tränen einen Weg aus meinen Augen bahnte.
»Heul dich aus«, tröstete er mich. »Das baut Stress ab.«
Ich heulte, er hielt mich fest und drückte mich an seinen Kuschelpulli. Das beruhigte besser als Beruhigungspillen. Nachdem ich Olli mit zunehmend schwerer werdender Zunge alles berichtet hatte, sah Olli sich die Pistole an.
»Die sieht aus wie eine Polizeiwaffe.«
»Polisei?«
Der Alkohol im Kognak führte zu Ausspracheschwierigkeiten.
»Ja. Falls es ein Kripobeamter war, könnte er zusammen mit einem Kollegen zunächst Bachner beschattet haben, weil er ihnen verdächtig erscheint. Als ihr euch getrennt habt, könnte der eine dir gefolgt sein, um herauszufinden, wer du bist, wo du wohnst und in welcher Verbindung du zu Bachner stehst. Der andere könnte Bachner weiter observiert haben.«
»Meinsdu?«
»Hm, ich weiß nicht. Es könnte auch sein, dass dich jemand aus dem Weg haben will«, bestätigte Olli

meine Ängste. »Oder es könnte ein Privatdetektiv gewesen sein.«
»Hilla«, platzte ich heraus.
Sie hatte einen Privatdetektiv einschalten wollen, um herauszufinden, wer in Bachners Wohnung eingebrochen hatte.
»Möglich. Am besten passt du in Zukunft gut auf, ob dir wieder jemand folgt. – Und nun wird geschlafen. Ich bringe ich dich ins Bett. Das war bestimmt mehr als ein Kognak, den du gepichelt hast.«
»Ich will nich' allein bleiben«, schluchzte ich auf.
»Sollst du nicht. Ich bleibe heute hier und übernachte auf deiner Couch. Oder erwartest du Björn zurück?«
Ich schüttelte den Kopf.
»Und deine Verlobte?«
»Der kaufe ich morgen einen dicken Blumenstrauß, weil ich meinem alten Schulfreund aus der Klemme helfen musste.«
Er lächelte, brachte mich ins Schlafzimmer. Damit ich einschlafen konnte, schaute er in meinen Schränken nach, in denen sich niemand versteckt hatte. Ich schlief in dem seligen Gedanken ein, einen Beschützer zu haben, der Karate konnte.

17

»Olli hat mir von deinem nächtlichen Abenteuer erzählt.«
Viktoria hatte dieses gewisse Glitzern in den Augen, als sie mich am nächsten Nachmittag vom Kindergarten abholte.
»Wenn du mir jetzt sagst, wie gut ich es hätte, solch herrliche Abenteuer zu erleben, kannst du gleich zurückfahren«, drohte ich ihr.
»Ach, wie einfallslos. Ich dachte, du würdest mich in einem Müllcontainer verschwinden lassen«, grinste sie mich vergnügt an.
»Kannst du gerne haben.«
»Nein, danke. Jetzt werden wir erst Bachners Überlegungen nachgehen und einen kurzen Abstecher nach Stöcken zu Helene Meier machen. Vielleicht erinnert sie sich an etwas Brauchbares über Karens Vater, das uns weiterhelfen könnte.«
»Meiner Meinung nach ist das Zeitverschwendung. Bachner hat nur versucht, Dehnert als Mörder seiner Tochter darzustellen, um von sich abzulenken.«
»Gute Detektive gehen allen Spuren nach. Wenn du mich fragst, könnte ich mir eher Dehnert als psychopathischen Mörder vorstellen als den gut aussehenden Doc.«
»Ich frage dich aber nicht. Tatsache ist: Sein Alibi ist erlogen und ich wurde gestern nach dem Treffen mit ihm von einem bewaffneten Typen verfolgt.«
»Ja, das müssen wir klären. Trotzdem fahren wir erst nach Stöcken. – Oder hast du nach gestern Abend eine von deinen Anwandlungen und suchst nach Ausreden, um nicht weiter ermitteln zu müssen?«
»Im Moment denke ich, nun erst recht. So witzig fand ich das nicht. Und wer immer dahinter steckt,

ich möchte es herausfinden und ihm einen Tritt in den Hintern verpassen.«

Kämpferisch hob ich mein Kinn. Nach den Ängsten, die ich am gestrigen Abend überstanden hatte, dachte ich allen Ernstes, es könne mir in dieser Angelegenheit kaum mehr Angst einflößendes geschehen.

»Gut so, Sam.«

»Ich hoffe, mich hat nicht tatsächlich ein Kripobeamter verfolgt. Dann könnte ich wegen der Pistole Ärger bekommen.«

»Wieso? Du hast dich bloß gewehrt. Außerdem vergisst kein Polizist seine Dienstmarke.«

»Trotzdem müsste ich den Vorfall bei der Polizei melden, die Waffe abgeben und Anzeige erstatten.«

»Ja, aber würden sie dir glauben? Wer weiß, was das für eine Waffe ist und in was für Schwierigkeiten du deswegen geraten könntest?«

»Ich könnte Gunter Melzner fragen.«

»Björns bestem Freund? Du kannst sicher sein, dieser Polterjochen von Kommissar würde ihm alles brühwarm weitererzählen. Willst du das?«

Nein, das fehlte mir gerade noch.

»Wir warten ab, Sam. Ich würde dieser Hilla-Hexe zutrauen, dass sie ihren Mann beschatten lässt.«

Das konnte ich mir ebenfalls vorstellen. Aber warum wollte sie das wissen? Um die Geliebten ihres Mannes reihenweise aus der Welt zu schaffen? Kein angenehmer Gedanke. Vielleicht sollte ich lieber eine meiner Anwandlungen bekommen, wie Viktoria es nannte.

Wenig später öffnete uns Helene Meier mit einer geblümten, kleidartigen Schürze ihre Wohnungstür. Aus der Wohnung strömte eine Wolke Kohlgeruch. Offenbar kochte sie ihr Abendessen.

»Guten Tag, Frau Meier. Erinnern Sie sich an uns?«,

begrüßte Viktoria sie.
»Ja, ja. Sie sind die Krankenschwester. Aber ich muss Ihren Namen falsch verstanden haben. Ich habe in der Klinik nach Ihnen gefragt. Dort sagten sie, es gäbe keine Schwester Anne.«
Na, klasse, etwas in der Art hatte passieren müssen. Wir konnten nicht ständig mit unseren Lügen durchkommen. Ich war gespannt, wie Viktoria sich aus der Affäre ziehen wollte. Zumindest hätten wir gute Chancen zu entkommen, denn bei Helene Meiers Körperfülle, wäre kaum mit einer Verfolgung ihrerseits zu rechnen.
»Konnten Sie inzwischen mit Herrn Dehnert sprechen, Frau Meier?«
»Nein, sie haben mich nicht zu ihm gelassen. Wer sind Sie wirklich?«
»Anna Lang, Privatdetektivin. Walter Dehnert hat uns beauftragt, den Mörder seiner Tochter zu finden, weil er die Polizei für unfähig hält«, erklärte Viktoria geheimnisvoll flüsternd.
»Dürfen wir hereinkommen?«
»Oh, Entschuldigung, selbstverständlich«, winkte sie uns unsicher herein.
Damit wir im engen Flur nicht mit ihren Pfunden kollidieren konnten, ging sie bis in ihre Küche vor.
»Tut mir leid, ich bin beim Kochen. Setzen Sie sich doch.«
Sie zeigte auf eine Sitzbank, die in einer Ecke ihrer kleinen, quadratischen Küche stand. Eifrig räumte sie den Rotkohlabfall, den sie auf dem Tisch vor der Sitzbank liegen hatte, in den Mülleimer und wischte mit einem bräunlich verfärbten, wenig appetitlich aussehendem Lappen den Tisch ab.
»Möchten Sie einen Tee? Schwarzen, Grünen oder vielleicht lieber Mandeltee?«

Es war mehr eine rhetorische Frage, denn ehe wir etwas antworten konnten, fuhr sie bereits fort: »Walter hat mir nicht gesagt, dass er eine Detektivin beauftragt hat.«

Lügen haben kurze Beine, hatte meine Großtante und Teilnamensgeberin Alwine stets gesagt. Aus Helene Meiers Küche entkommen zu wollen, wäre schwieriger gewesen. Hätte sie sich mit ihren Massen vor die Tür gestellt, wäre der einzige Fluchtweg versperrt gewesen.

»Wir ermitteln verdeckt, Frau Meier. Aber jetzt können wir Ihnen vertrauen. Wir sollen sie herzlich von Herrn Dehnert grüßen«, begann Viktoria.

Sie beobachtete Helene Meier aufmerksam, die ihre Pfunde auf einen Küchenstuhl platzierte, der im Gegensatz zu ihren Ausmaßen etwas mickrig wirkte. Es sah aus, als hätte sie die neuerliche Lüge geschluckt.

»Sie waren bei Walter? Wie haben Sie das geschafft? Ich war zweimal dort und nie durfte ich zu ihm«, klagte sie wiederholt, beäugte uns jedoch mit unverhohlener Bewunderung.

»Wir haben unsere Methoden, Frau Meier. Allerdings haben wir ein Problem. Herr Dehnert bekommt starke Beruhigungsmittel und ist nur bedingt ansprechbar. Deshalb sind wir zu Ihnen gekommen. Können Sie uns sagen, ob Herr Dehnert früher als Sanitäter Krankenwagen gefahren hat?«

»Jetzt fragen Sie das auch. Ich möchte wissen, wer diesen Unsinn in die Welt gesetzt hat. Nicht Walter hat als Sanitäter einen Krankenwagen gefahren. Das war seine Frau, die ihm abgehauen ist, als Karen zehn war. War so 'ne Emanze. Ist auf 'nen Sülzkopf reingefallen. Den hatte sie nach 'nem Unfall kennengelernt, als sie ihn im Krankenwagen mitgenommen hatte. Keine Ahnung, was aus ihr geworden ist.«

»Wer hat Sie das denn vor uns gefragt?«, wollte Viktoria wissen.
»Dieser unmögliche Kommissar. Walters Wohnung haben sie durchsucht. Und dauernd hat er gefragt, ob Walter Diabetes hat oder sich mit Spritzen auskennt. Natürlich nicht. Das wüsste ich. Walter und ich kennen uns schon ewig. Walter hat es mit dem Rücken, habe ich ihm gesagt. Vor Spritzen hat der genauso viel Angst wie Karen. Das hat sie von ihm geerbt. Keiner von beiden weiß mit Spritzen Bescheid. Und Schlafmittel nimmt er auch nicht.«
Also war Bachners Andeutung, die Kripo suche nach einem medizinisch gebildeten Mörder, richtig gewesen. Aber warum hatte Bachner die Lüge aufgetischt, Dehnert sei statt seiner Frau Sanitäter gewesen? Wollte er eine falsche Spur legen? Oder hatte er die Berufe von Karens Eltern versehentlich verwechselt? Auf jeden Fall schied Dehnert endgültig als Verdächtiger aus, wenn er keine Ahnung von Injektionen hatte.
»Die Polizei hat Walter Dehnerts Wohnung durchsucht?«, harkte Viktoria nach.
»Ja, sie haben gesagt, ein Richter hätte das erlaubt. Aber sie haben nichts gefunden. Keine Spritzen oder so was. Ich weiß gar nicht, was sie in der Wohnung wollten. Der Doktor hat Karen umgebracht, und sie durchsuchen Walters Wohnung. Verstehen Sie das?«
»Ja, sie scheinen Herrn Dehnert zu verdächtigen.«
»Aber Walter tät nich' seine Tochter umbringen. Er hat sie geliebt. Wie können die unsere Steuergelder so verschleudern? Warum kümmern die sich nicht um den Doktor?«
Helene Meier schüttelte verständnislos den Kopf.
»Ohne Beweise kann die Kriminalpolizei niemanden festnehmen. Aber vielleicht kommen wir weiter. –

Sie sagten neulich, Karen hätte nach der Trennung von ihrem Mann bei ihrem Vater gewohnt. Wie lange war das?«, fragte Viktoria weiter.
»Fast ein Jahr. Es ging ihr schlecht, als sie hier war. Sie hat kaum gegessen und geschlafen und als sie eines Morgens umgekippt ist, hat Walter sie ins Krankenhaus gebracht. Die haben gesagt, sie solle zu einem Spezialarzt gehen. Frank, der Schwager ihres geschiedenen Mannes, arbeitet bei so einem. Er hat gesagt, der wäre gut. Wäre sie bloß nicht dahin gegangen. Dann würde sie noch leben.«
»Sie kennen Frank Hoffmann?«
»Ja, er ist ein netter junger Mann mit einer netten Familie. Das sind nicht so Verrückte wie der Anton Wurm. Karen ist mit Frank manchmal in die Oper gegangen, als sie hier wohnte.«
»Könnten Sie sich vorstellen, dass mehr zwischen den beiden gewesen sein könnte?«
»Wie meinen Sie das?«
»Könnten Karen und Frank ein heimliches Liebespaar gewesen sein?«
»Niemals«, entrüstete sich Helene Meier.
»Karen und Frank sind anständige, junge Leute. Frank ist nicht so ein Hallodri wie sein Schwager. Seine Frau mag bloß keine Jammer-Musik. Deshalb ist sie nicht mitgegangen. Das kann ich verstehen. Ich mag am liebsten Volksmusik wie Walter. Manchmal, wenn Karen niemanden gefunden hat, der sie begleitet, ist Walter eingesprungen, nur weil er seiner Tochter einen Gefallen tun wollte. So ist Walter.«
»Ist Karen auch von anderen Personen in Konzerte abgeholt worden?«
»Ja, einmal ist Frank sein älterer Chef mitgekommen.«

»Sie meinen Dr. Strehlitz?«
»Ich weiß nicht, wie der heißt. Ist ein feiner Herr mit Brille, sah gebildet aus. Er fährt einen soliden Mercedes und nicht so eine Aufreißer-Karre wie der Mörderdoktor. An Autos kann man Menschen erkennen, sagt Walter. Er hat es bedauert, dass Karen nicht zu dem in Behandlung gehen konnte. Der hätte sie nicht umgebracht. Der war nett zu Karen. Der hatte Manieren, hat ihr in den Mantel geholfen und ihr bei der Begrüßung die Hand geküsst. – Ja, das war ein feiner Herr. Und er hat Karen glücklich gemacht, als er ihr den Kater geschenkt hat. Ich war dabei. Sie hat sich so gefreut über das Tier. So wie sie ihn dankbar angelächelt hat …, richtig hübsch sah sie in diesem Moment aus. Ach das arme Ding …«, sie schnüffelte und wischte sich mit einem Schürzenzipfel die Nase.
»Ja, es ist wirklich tragisch. Wissen Sie, ob er den Kater jetzt zurückgenommen hat?«, fragte Viktoria.
»Den Kater?«
Helene Meier schüttelte den Kopf.
»Nein, soweit ich weiß, ist das Tier weggelaufen. Nach Karens Tod soll ihn keiner mehr gesehen haben.«

»Die Verdachtsmomente gegen Strehlitz erhärten sich zunehmend«, stellte Viktoria fest, als wir uns nach dem Besuch bei Helene Meier motorradtauglich anzogen.
»Ich weiß nicht. Bloß weil er Karen den Kater geschenkt hatte und dieses Gerücht aufgekommen ist, heißt das nicht, die beiden hätten tatsächlich etwas miteinander gehabt.«
»Nein, aber ausgeschlossen ist es nicht. Immerhin konnte Helene Meier beobachten, wie gut sich Karen

und Strehlitz verstanden haben. Vielleicht kann uns Silke gleich weiterhelfen.«
»Gleich?«
»Ja, wir sind mit ihr verabredet. Ich habe es bisher nicht geschafft, in der Praxis ein paar Minuten mit ihr allein zu reden. Entweder war sie nicht da, oder ich nicht, oder es war zu stressig in der Praxis. Also treffen wir uns mit ihr zum Essen.«
»Wir?«
»Ja, ich denke, es ist unerlässlich, in der Praxis eine Verbündete zu haben. Ich bin in den nächsten Tagen nicht eingeteilt. Die Kollegin ist früher als geplant aus ihrem Urlaub zurückgekommen.«
Kurze Zeit später betraten Viktoria und ich ein griechisches Restaurant mit anheimelnder, südlicher Atmosphäre. Weiße Säulen und hellenistische Fresken gaben dem Restaurant das typisch griechische Flair, welches durch die anregenden Gerüche frisch zubereiteter, gewürzintensiver Speisen verstärkt wurde. Für einen kurzen Moment fühlte ich mich wie im Urlaub. Wir suchten uns einen Tisch in einer kleinen Holznische, von deren Balken künstliche Weinreben herunterhingen. Kaum hatten wir uns gesetzt, brachte uns ein dunkelhaariger, schlanker Kellner meines Alters dienstbeflissen die Speise- und Getränkekarte.
»Möchten Sie etwas zu trinken?«
Sein dialektfreies Deutsch passte nicht zu seiner südländischen Erscheinung. Viktoria bestellte eine Flasche Imiglikos zum Aufwärmen. Das sollte uns helfen, die winterlichen Temperaturen an diesem Abend abzuschütteln.
»Süß, der Knabe, was? Den würde ich zu gern in seinen knackigen Popo kneifen.«
Sie schaute dem Kellner hemmungslos auf die enge

Hosenrückfront, die in der Tat ein ansprechendes Hinterteil verriet, während er mit leichtem Hüftschwung davon tänzelte,
»Übrigens habe ich eine seltsame Entdeckung in Strehlitz Schreibtisch gemacht. Er hat einen ganzen Stapel von diesen Zetteln. Ich habe die Letzten kopiert.«
Viktoria zog aus ihrer Lederjacke mehrere zusammengerollte Kopien heraus, auf denen unter den Buchstaben, ›H‹ und ›BZ‹ unterschiedliche Datumsangaben und jede Menge Zahlenreihen zwischen null und sechsunddreißig standen.
»Ich habe die Daten mit dem Kalender verglichen. Es waren immer Wochenenden, entweder Freitag, Samstag oder Sonntag. Ein Datum auf einer H-Liste ist interessant. Hier ...«
Sie suchte eine Kopie mit einem ›H‹ aus dem Stapel und deutete auf das Datum. Es war der Freitag, an dem wir Vanessa gefunden hatten.
»Findest du das nicht verdächtig, Sam?«
»Ich weiß nicht. Das kann genauso gut Zufall sein. Außerdem wissen wir nicht, ob diese Zahlen für den Fall überhaupt wichtig sind. Wer weiß, warum er sie aufgeschrieben hat? Vielleicht sind es medizinische Unterlagen.«
Viktoria sah mich verächtlich an.
»Nie und nimmer. Mit medizinischen Daten kenne ich mich aus. Ich halte es mehr für einen Code, irgendeine Geheimschrift. Als Olli klein war, hat er gern Detektiv gespielt und mit seinen Freunden Geheimbotschaften ausgetauscht.«
»Ein Geheimcode?«
Ich runzelte die Stirn.
»Unsinn. Du guckst zu viele James-Bond-Filme. Ich kenne mich seit meiner Zeit im Hort ebenfalls mit

den gängigen Kinder-Geheimschriften aus. Aber mit solchen Zahlenreihen kann ich nichts anfangen. Ich würde ihnen keine Bedeutung zumessen.«
In diesem Moment betrat eine mittelgroße, leicht pummelige Frau mit halblangen, blonden Haaren das Restaurant und hängte ihren Mantel an die Garderobe neben der Tür. Statt ihres weißen Praxiskittels trug sie eine weiße, langärmelige Rüschenbluse. An ihren vollschlanken Formen hätte der niederländische Barockmaler Rubens seine Freude gehabt. Suchend sah sie sich um und kam unsicher lächelnd auf uns zu. Von meiner Anwesenheit war sie eindeutig überrascht.
»Das ist meine Freundin Sandra Alwine Martin.«
Viktoria klopfte mir grinsend auf die Schulter und amüsierte sich über mein schmerzhaft verzogenes Gesicht. Sie wusste, wie sehr ich meinen Alte-Tante-Vornamen Alwine hasste, den mir meine Eltern zu Ehren meiner Großtante ärgerlicherweise verpasst hatten.
»Aber nenn sie besser Sam und duze sie, sonst geht sie dir irgendwann an die Gurgel.«
»Ich glaube, wir kennen uns«, begrüßte Silke mich freundlich. »Sie, oder besser, du, warst die Erzieherin mit dem Hundebiss. Wieso kennt ihr euch?«
»Gutes Personengedächtnis«, lobte Viktoria.
Der Kellner brachte die Weinflasche und die Speisekarte. Wir gaben unsere Bestellungen auf und warteten, bis er verschwunden war. Wenigstens hielt sich Viktoria in Gegenwart von Silke mit ihren Äußerungen über den knackigen Popo des Kellners zurück. Ich glaube, sie hätte dies noch unpassender gefunden als ich.
»Du wunderst dich sicher, warum Sam hier ist und warum ich dich zum Essen eingeladen habe«, ergriff

Viktoria schließlich das Wort, als wir das Essen bestellt hatten.
»Ja«, gab Silke unumwunden zu.
»Wir ermitteln als Detektivinnen verdeckt in diesem Mordfall.«
Meinen kleinen Fußtritt, den ich Viktoria unter dem Tisch verabreichte, weil sie selbst Silke diese Geschichte auftischte, nahm sie ungerührt hin.
»Als Detektivinnen?«, fragte Silke misstrauisch. »Seit wann ermitteln Detektive, ehe ein Verbrechen verübt wird. Du hast bei uns angefangen, bevor Karen gestorben ist.«
Bravo, Silke. Endlich eine gewitzte Person, die sich nicht von Viktorias Lügen einwickeln ließ. Viktoria lächelte. Sie mochte Menschen, die nachdachten, und erzählte ihr, wie wir Vanessa Fink gefunden hatten.
»Bisher habe ich ihre Karteikarte nicht finden können. Du weißt nicht zufällig, wo sie ist? Möglicherweise könnte es einen Zusammenhang zwischen beiden Frauen geben«, beendete Viktoria ihren Bericht.
Silke trank einen Schluck Wein und schüttelte den Kopf.
»Nein, das halte ich für unwahrscheinlich. Vanessa Fink ist vor kurzem im Krankenhaus gestorben. Deshalb haben wir ihre Karte aussortiert und ihre Computerdaten in einer anderen Datei abgelegt.«
»Sie ist tot?«
Viktoria und ich sahen uns betroffen an.
Irgendwie hatte ich gehofft, Vanessa Fink würde aus ihrem Koma erwachen und eine neue Chance in ihrem Leben erhalten. Doch das Leben verlief tragischer Weise nicht immer, wie wir es uns wünschten.
»Ja, sie war HIV-positiv. Normalerweise behandeln

unsere Doktoren wenige Rauschgiftpatienten, aber Franks Schwager hatte ihr Bachners Adresse gegeben und so war sie nach einem Suizidversuch bei uns gelandet. Sie kam gut mit Bachner als Therapeuten klar. Er verhalf ihr zu einer Entziehungskur und sie hatte neue Hoffnung gewonnen. Bis Aids zum Ausbruch kommt, können Jahre vergehen. Doch vor einigen Wochen hat sie unerwartet hohes Fieber bekommen. Die verordneten Antibiotika schlugen nicht an, und deshalb wollte sie Dr. Bachner in eine Klinik überweisen. Das wollte sie auf keinen Fall. Sie hat erleben müssen, wie ihr Freund in einer Klinik an Aids dahingesiecht ist. Deshalb hat sie ihrem Leben selbst ein Ende gesetzt, solange sie dazu in der Lage war.«
»Hat sie wirklich Selbstmord begangen? Weißt du das sicher?«
»Ja. Nach ihrem Tod ist ein Abschiedsbrief von ihr bei Dr. Bachner eingetroffen. Es war ihre Handschrift. Das hatten die ermittelnden Beamten von der Polizei bestätigt, denen wir den Brief übergeben hatten. Sie hatte außer uns niemanden, dem sie vertraute.«
Silke trank einen Schluck Wein und schüttelte gedankenverloren den Kopf.
»Manchmal habe ich mich mit ihr unterhalten. Sie hat mir leidgetan. Was für eine Ironie des Schicksals, dass ausgerechnet ihr Vanessa findet und fälschlicherweise glaubt, sie könne Opfer eines Mordes geworden sein. Und dann stößt ihr auf den Mord an Karen und wollt stattdessen ihren Tod aufklären. Das ist verrückt, einfach unglaublich.«
»Bereits um dreihundert vor Christi hat der griechische Dichter und Philosoph Menander festgestellt: ›Die Göttin Zufall leitet alles‹. Ich finde diesen Aus-

spruch gerade in diesem Fall sehr passend. Zufälle geschehen nie ohne höheren Sinn, selbst wenn es undenkbar anmutet. Unser Schicksal ist es, in diesem Mordfall zu ermitteln, sonst hätten wir Vanessa nicht gefunden. Aber Sam hat Schwierigkeiten dies zu akzeptieren.«
Ich schwieg. Ich kannte Viktorias Ansichten. Trotzdem war es schwer zu begreifen, auf welchem Umweg wir in den Mordfall Karen Dehnert hineingeraten waren. Gab es wirklich eine höhere Macht, die alles lenkte? Nach allem, was ich bisher mit Viktoria erlebt hatte, wollte ich dies nicht völlig ausschließen.
»Du sagtest, Vanessa kam mit Bachner gut zurecht, Silke. Hatten die beiden ein Verhältnis miteinander?«, beendet Viktoria unsere Besinnungspause.
»Das weiß ich nicht. Es wird viel geredet. Bachner ist zu vielen Frauen nett. Ob und mit wem er nach einer Behandlung ein Verhältnis eingegangen ist, weiß niemand. Ich weiß nicht einmal, ob er mit Karen eins hatte, wie erzählt wird. Sie war sehr verschlossen. Vielleicht weiß ihre Schwägerin Miriam Hoffmann mehr. Die beiden waren eng befreundet.«
»Bei ihr waren wir bereits. Sie behauptet, Karen hätte keine Affären gehabt, weder mit Bachner noch mit Strehlitz. Das kann nach unseren Informationen nicht stimmen. Sie erwähnte allerdings, Marietta hätte Karen und Strehlitz in inniger Umarmung zusammen gesehen. Weißt du etwas darüber?«
Silke überlegte einen Moment. »Ach, das! Das ist eine Weile her. Karens Kater war krank. Das wusste Marietta nicht. Du kennst sie ja, Viktoria, sie ist eine kleine Klatschtante.«
»Dann stimmt es also?«
»Es war eine harmlose väterliche Umarmung wegen ihres Katers.«

»Wirklich? Karen soll ein Verhältnis mit jemandem gehabt haben, den Bachner kannte. Das könnte auf Strehlitz zutreffen.«
»Ich kann mir nicht vorstellen, dass zwischen Dr. Strehlitz und Karen etwas war. Er war ja fünfundzwanzig Jahre älter als sie. Obwohl …«, sie zögerte überlegend, »jetzt, wo ich darüber nachdenke, war da so ein Moment in einem Konzert. Wir waren an dem Tag zu dritt. Frank musste mit Miriam zu einer Geburtstagsfeier. Ich war in der Oper zur Toilette gegangen und als ich zurückkam, sah ich sie dicht zusammen stehen. Strehlitz hat kurz ihre Wange gestreichelt. Aber da war nichts dabei. Er ist ein vertrauenswürdiger Vater-Typ. Man kann mit ihm über alles reden. Ich weiß noch, wie meine Großmutter vor einigen Jahren gestorben war. Sie hatte mich nach dem Tod meiner Mutter allein großgezogen. Mein Großvater war in den letzten Kriegstagen gefallen und sie hatte nie wieder geheiratet. Den Namen meines Vaters hatte meine Mutter nie preisgegeben. Andere Verwandte hatte ich nicht. Dr. Strehlitz und seine Frau hatten mir damals sehr geholfen, über ihren Tod hinwegzukommen. Ihnen habe ich letztlich meine Liebe zur klassischen Musik zu verdanken. Sie haben mich zur Ablenkung oft in die Oper eingeladen. Für mich ist diese Musik sehr tröstlich. Ich war erschüttert, als Frau Strehlitz an Krebs gestorben ist. Es hat sehr lange gedauert, bis Dr. Strehlitz sich wieder gefangen hat. Ich weiß, wie er sich gefreut hat, als Karen zu uns stieß und sie uns die besten Konzertkarten vermitteln konnte.«
Viktoria tätschelte ihr mitfühlend die Hand.
»Ja, das Leben bringt schwere Stunden mit sich. Das ist nicht leicht zu annehmen. Aber wie heißt es in dem alten Sprichwort: ›Auf Regen folgt Sonnen-

schein.‹ Glaub mir, Silke, in diesen Worten liegt viel Wahres. – So, und nun spülen wir alle traurigen Gedanken mit einem großen Schluck Wein fort.«
Sie nahm ihr Glas, trank demonstrativ einen Schluck und strahlte Silke an. »Nun sind alle trüben Gedanken weg. Jetzt trink du, Silke.«
Diese schaute sie traurig an, nahm aber gehorsam ebenfalls einen Schluck.
»Na?«, fragte Viktoria erwartungsvoll. »Besser?«
»Ja.«
Silke nickte und versuchte ein Lächeln.
»Gut, dann sag mir, was fällt dir spontan dazu ein?«
Viktoria holte die Kopien mit den Zahlenreihen hervor und legte sie vor ihrer Kollegin auf den Tisch. Silke griff neugierig danach und schüttelte den Kopf, als sie sie durchgesehen hatte.
»Ich kann mir nicht erklären, wozu diese ganzen Zahlen sein sollen. Vielleicht sind es Positionen, die jemand aufgeschrieben und nicht zusammenaddiert hat. Was sind das für Papiere? Wo hast du sie her? Haben sie etwas mit Karen zu tun?«
»Ich habe sie bei Strehlitz gefunden. Leider wissen wir nicht, was sie bedeuten. Die Daten entsprechen stets Freitagen oder Wochenenden.«
»Was Dr. Strehlitz an seinen Wochenenden unternimmt, weiß keiner aus der Praxis genau. Er macht ein richtiges Geheimnis daraus. Vor einiger Zeit hat er sogar an einem Wochenende auf ein einmaliges Konzert verzichtet.«
»So? Das bedeutet, seine Aktivitäten müssen ihm wichtig sein.«
Viktoria schaute mich zufrieden an.
»Das ist sehr interessant, findest du nicht, Sam?«
Der Kellner balancierte drei Teller mit dampfenden Suflakis an unseren Tisch und enthob mich einer

Antwort. Was immer es sein mochte, das Strehlitz seine Wochenenden verschönte, war mir im Moment egal. Ich hatte Hunger und fand es amüsanter zum besseren Genießen des Essens das Thema zu wechseln. Schließlich gab es anderes im Leben, als Detektivin zu spielen.
So wurde es ein gemütlicher Frauenabend, an dem wir alle Spaß hatten. Erst als das Restaurant um Mitternacht geschlossen wurde, verabschiedeten wir uns voneinander und beschlossen, uns öfter zu treffen und gemeinsame Abende im Opernhaus einzuplanen. Silke nahm mich mit ihrem Wagen mit. Viktoria wollte dem Kellner ihre Harley zeigen. Verzückt ließ er seine Hände über ihre Maschine gleiten. Mit etwas Glück würde Viktorias Wunsch, in seinen Popo kneifen zu können, in Erfüllung gehen.

18

Als ich am nächsten Nachmittag mit den Spätdienst-Kindern auf dem Bau-Teppich gemütlich ein Bilderbuch von Astrid Lindgren anschaute, klopfte es an die Gruppenraumtür. Zu meinem größten Erstaunen kam Björn hereinspaziert. Er nickte mir zu, weiterzulesen und setzte sich wartend an mein Pult. Der Bauteppich, der normalerweise dem Erstellen von Bauwerken aller Art mit Bauklötzen als Unterlage diente, war ihm wohl zu hart.
Als liebende Freundin hätte ich mich freuen müssen, ihn zu sehen, stattdessen wallte tonnenweise Ärger in mir hoch. Erst gestern hatte er mir am Telefon gesagt, er müsse das Wochenende in Frankfurt bleiben. Wollte er mich kontrollieren? Oder bildete ich mir das ein, weil er mich mit seinen dauernden Vorwürfen nervte und ich mich gedanklich von ihm entfernte?
Außerdem hatte ich ein schlechtes Gewissen. Für den heutigen Abend hatten Viktoria, Olli und ich bereits einen Plan geschmiedet, wie wir Bachners Villa samt Katzentier näher in Augenschein nehmen konnten. Und nun brachte Björn alles durcheinander. Entweder würde ich ihn belügen müssen, oder Viktoria und Olli im Stich lassen.
Kaum war das letzte Kind abgeholt, kam er zu mir und küsste mich. Es war ein flüchtiger Kuss, der nach Ärger schmeckte.
»Wer ist Bachner?«, stieß er anklagend hervor.
Mir stockte der Atem. Woher wusste er von ihm? Vorsichtig fragte ich: »Wieso?«
»In deinem Terminplaner steht am letzten Mittwoch, siebzehn Uhr, Bachner. Würdest du mir bitte erklären, wer das ist?«

Der Angst-Eintrag! Verflixt, wieso war ich auf so eine dämliche Idee gekommen? Das kleine Teufelchen in mir empörte sich dagegen über seine Schnüffelei. Was hatte Björn in meinem Terminplaner vom Kindergarten zu blättern? Um ihn nicht misstrauisch zu machen, bemühte ich mich ruhig zu bleiben.
»Eine Mutter hatte mich um ein Gespräch gebeten. Sie macht sich Sorgen um ihren Sohn, weil er im Moment nicht gern in den Kindergarten geht.«
Die Lüge ging mir glatt von den Lippen. Das stimmte mich nachdenklich. Björn schien zufrieden und küsste mich inniger.
»Wollen wir zu dir oder zu mir?«
Mit seinen Händen strich er über mein Hinterteil. Damit war klar, wie er sich den weiteren Verlauf des Abends vorstellte. Und was würde aus meinem Treffen mit Viktoria? Alles in mir rebellierte. Es missfiel mir gründlich, wie er über meine Zeit verfügte, nachdem er erst nicht hatte kommen wollen.
»Ich fürchte, daraus wird nichts«, informierte ihn das Teufelchen nach einem weiteren Kuss, der mich fast hätte schwach werden lassen. Schließlich wäre es erheblich sicherer und angenehmer gewesen, einen Abend mit ihm im Bett zu verbringen, als sich mit Viktoria zu treffen. Abrupt ließ er mich los.
»Wieso nicht?«
»Weil ich mit einer Freundin ins Kino gehen wollte. Du hast gestern gesagt, du müsstest in Frankfurt bleiben? Darauf habe ich mich eingerichtet. Ich konnte nicht ahnen, dass du es dir plötzlich anders überlegst?«
»Es hat sich ergeben. Überraschungen sind das Salz des Lebens. Ich dachte, du würdest dich freuen, mich zu sehen. Deinen Termin kannst du absagen«, drängte er beleidigt.

»Kann ich nicht. Sie hat Karten besorgt.«
»Zum Teufel, Sam, ich war fast zwei Wochen weg. Sie wird verstehen, wenn du den Termin verschiebst.«
»Damit dir dann wieder einfällt, mich überraschen zu wollen? Außerdem freue ich mich auf den Film.«
»Du bist schnippisch, Sam. Mir scheint Viktoria hat dich gegen mich aufgehetzt. Willst du mit ihr ins Kino gehen?«
Seine Frage hatte etwas Lauerndes.
»Ich bin ein freier Mensch und kann tun und lassen, was ich will, ohne dir über jeden Schritt, den ich tue, Rechenschaft ablegen zu müssen«, fuhr ich an.
»Das klingt nicht so, als wärst du bereit, langfristig eine neue Beziehung einzugehen«, meinte er mit eisigem Blick.
»Ich bin nicht bereit, mich gängeln zu lassen. Das hatte ich in meiner Kindheit genug«, gab ich ebenso eisig zurück.
»Es tut mir leid«, lenkte er ein. »Soll ich dich bei dem kalten Wetter bei dir zu Hause absetzen?«
»Danke, aber ich nehme die Stadtbahn.«
Hoffentlich wartete Viktoria nicht direkt vor dem Kindergarten. Es wäre mehr als ungünstig, wenn sie sich in die Arme liefen. Wir verließen gemeinsam den Kindergarten, ich schloss ab und wandte mich Björn zu, um mich von ihm zu verabschieden. Der starrte entgeistert auf einen weißen, frisch polierten Porsche. Oder war es weniger der Porsche, der ihn irritierte, als vielmehr die männliche, gut aussehende Erscheinung des Dr. Lars Bachner, der mit einer einzelnen roten Rose auf uns zukam?
Das hatte mir gerade gefehlt. Wieso kam Bachner auch unangemeldet vorbei? Das war nicht geplant. Waren denn beide Männer heute darauf aus, mich

auf nervtötende Weise überraschen zu wollen? Ich hätte sie zum Mond schießen können.

»Guten Tag, Herr Meier«, rief ich Bachner zu. »Sie wollten sicher Ihren Sohn abholen. Den hat Ihre Frau vor einer Stunde mitgenommen. Sie wollte Ihnen Bescheid sagen. Hat sie Sie nicht erreicht?«

»Leider nicht«, parierte Lars Bachner, ließ aber Björn nicht aus den Augen, der ihn gleichfalls weiter anstarrte.

Erkannten sich beide instinktiv als Rivalen? Das kleine Teufelchen fand es witzig. Zwei Männer wollten eine Frau, und die Frau war ich. Derartige Situationen waren Balsam für mein mäßig entwickeltes Selbstbewusstsein.

»Danke für die Auskunft, Frau Martin. Ich hatte vergessen, mein Smartphone einzuschalten. Da konnte meine Frau mich nicht erreichen. Ich wünsche Ihnen ein schönes Wochenende.«

Eilig wollte er die Flucht ergreifen, doch Björns harte Stimme hielt ihn zurück.

»Bringen Sie Ihrem Sohn immer eine Rose mit, wenn Sie ihn abholen?«

Bachner schaute auf seine Hand, als wüsste er nicht, was er darin trug. Doch ein Charmeur und Lügner wie er, wusste sich zu behaupten.

»Ach, das hätte ich jetzt fast vergessen, Frau Martin. Meine Frau hatte mir aufgetragen, mich bei Ihnen zu bedanken, weil sie gestern so viel Ärger mit unserem Sohn hatten.«

»Was denn für Ärger?«

Björns Eifersucht war eindeutig nicht bereit, sich mit dieser Erklärung zufrieden zu geben, so glaubhaft sie auch vorgebracht war.

Bachner ließ sich nicht aus der Ruhe bringen und meinte spöttisch: »Ich verstehe Ihre Eifersucht, Herr

Martin. Es ist ja hochgradig verdächtig, wenn eine engagierte Erzieherin wie Ihre Frau, kleinen Jungens zuweilen nasse Hosen ausziehen muss, weil sie beim Spielen nicht mehr daran gedacht haben, rechtzeitig zur Toilette zu gehen.«
Er reicht mir mit einem ›Nochmals vielen Dank‹ die Rose, strebte festen Schrittes auf seinen Porsche zu und fuhr davon.
Björn starrte ihm verblüfft hinterher, ehe er lospolterte: »Was bildet dieser Kerl sich ein?«
»Das Gleiche könnte ich dich fragen. Wenn du öfter vorhast, mich vor dankbaren Eltern lächerlich zu machen, brauchst du hier nicht mehr zu erscheinen. Deine Eifersucht stinkt mir, ebenso wie deine sogenannten Überraschungen, die mir wie Schnüffelei vorkommen.«
»So siehst du es also. Na dann ...«
Wütend ließ er mich stehen und verschwand mit seinem Wagen. Aus dem Dunkeln einer nahe gelegenen Litfaßsäule trat Viktoria in den Lichtkegel der Straßenlaterne.
»Bravo, Sam, dem hast du's gegeben. Ich muss sagen, Bachner ist in meiner Achtung gestiegen, wie er sich gegen den Brüllaffen behaupten konnte.«
»Ach ja? Mir zeigt es, dass er besser lügen kann, als ich ohnehin dachte. Für mich wäre dies ein weiterer Grund, ihn als Verdächtigen anzusehen.«
»Wir werden sehen. Immerhin hatte Björns Auftauchen etwas Gutes. Sonst hätte Bachners plötzlicher Besuch uns alles vermasselt. – Jetzt fahren wir als erstes zu den Hausers nach Letter. Dann geht es weiter nach Isernhagen. Olli trifft sich um acht mit Rupert in einem Burgdorfer Restaurant.«
Viktorias Idee, Silke in unsere Ermittlungen einzubeziehen, hatte erste Früchte getragen. Sie hatte ih-

ren Teil beitragen wollen, Karens Mörder zu finden. So hatte sie nicht nur in einem Gespräch mit Frank herausbekommen, wie dessen Schwester hieß und wo sie wohnte. Sie hatte sogar zufällig mitgehört, wie Hilla Bachner ihrem Mann mitteilte, sie sei abends mit einer Freundin verabredet.
Das war eine günstige Gelegenheit, sich das Katzentier der Bachners in der Villa näher anzusehen. Damit uns niemand in die Quere kommen konnte, hatte Olli mit Rupert kurzfristig einen geschäftlichen Termin zur Vermögensberatung vereinbart. Ich hatte Bachner ablenken und kurzfristig ein Treffen mit ihm verabreden sollen, zu dem ich natürlich nicht erschienen wäre. Beinah wäre mit seinem Auftauchen unser schöner Plan wie eine Seifenblase zerplatzt.

Eine knappe halbe Stunde später bogen wir von der Bundesstraße in den Seelzer Ortsteil Letter ein. Wir orientierten uns an der Ausschilderung des Heimatmuseums und hielten in einer Parknische vor einer Schule. Sie lag dem Heimatmuseum gegenüber, dessen rot verklinkerter Fachwerkbau einem sofort ins Auge fiel. Ein Schriftzug wies es zudem als Trauzimmer der Stadt Seelze aus. Ich staunte nicht schlecht.
»Im Museum finden Trauungen statt?«
»Ja, die haben dort eine stilvolle, antike Wohnstube eingerichtet, mit Plüschcouch und allem Drum und Dran.«
»Das klingt, als wärst du schon hier gewesen.«
»War ich. Ich kenne fast alle Museen in Hannovers Umgebung. Zugegeben, es ist nicht das Landesmuseum oder das historische Museum, die beide eindrucksvolle Sammlungen haben. Aber es ist schön

klein und gemütlich. Hin und wieder finden hier Sonderausstellungen zu verschieden Themen statt. Vielleicht wäre es ein Ausflugsziel für deine Kindergruppe. Hier gibt es beispielsweise ein altes Klassenzimmer.«
»Keine schlechte Idee. Allerdings brauchte ich dann zusätzliche Begleitpersonen. Was hieltest du davon mitzukommen?«, witzelte ich.
Ihr abgrundtiefer Blick streifte mich. Dann deutete sie auf einen Baum, der vor dem Museum stand. »Eher klettere ich da hinauf, bevor ich mit deiner Horde kleiner Monster einen Ausflug mache.«
»Gut, abgemacht. Kletterst du gleich?«
Ich schaute demonstrativ den kahlen Baum an.
Viktoria lachte und klopfte mir auf die Schulter.
»Weiter so, Sam. Und jetzt lass uns die Straße suchen.«
Viktoria holte einen Stadtplan aus ihrer Jackentasche, faltete ihn auseinander und suchte im Licht einer Straßenlaterne.
»Ah, es ist die Seitenstraße dort vorn.«
Wir ließen die Harley vorm Museum stehen und gingen zu Fuß das kleine Stück. Im Gegensatz zu den Hoffmanns, wohnte Franks Schwester mit ihrer Familie in einem älteren Zweifamilienhaus mit Garten.
Eine Frau meines Alters öffnete uns die Tür. Offenbar hatten wir sie gerade beim Backen gestört, denn ihr Gesicht wies Mehlspuren auf.
»Guten Abend, Frau Hauser. Bitte entschuldigen Sie die Störung. Mein Name ist Anna Lang. Wir ermitteln im Mordfall Dehnert.«
Sie holte einen Ausweis heraus, klappte ihn kurz auf und zu. Langsam gewöhnte ich mich daran, uns als Detektivinnen zu betrachten. Allerdings wunderte es

mich nach wie vor, wie bereitwillig uns alle glaubten.
»Wir wollen Sie nicht lange stören. Auf der Geburtstagsfeier Ihres Sohnes waren die Zwillinge Ihres Bruders Frank Hoffmann eingeladen. Könnten Sie mir bitte sagen, wann Ihre Schwägerin Miriam Hoffmann sie abgeholt hat? Es ist eine Routinefrage, um alle Zeugenaussagen auf ihre Richtigkeit abgleichen zu können.«
Frau Hauser starrte uns erstaunt an.
»Aber das haben mich Ihre Kollegen bereits gefragt. Der eine hieß, glaube ich, Fischer.«
Ha, ich hatte es gewusst, irgendwann mussten wir auffliegen. Ich machte mich innerlich für einen Spurt bereit, als ich Viktoria sagen hörte: »Ach, der war bereits hier? Das ist typisch für ihn.«
Sie wandte sich gespielt ärgerlich zu mir um.
»Wann wird er endlich lernen, seine Ergebnisse rechtzeitig in den Computer einzugeben?«
»Es ist ja dauernd viel zu tun«, murmelte ich, »da kann das passieren.«
»Sollte es aber nicht. Wie stehen wir jetzt da? – Bitte entschuldigen Sie die Umstände, Frau Hauser. Könnten Sie bitte wiederholen, was Sie unserem Kollegen Fischer gesagt haben? Wir können ihn heute nicht mehr erreichen, brauchen aber Ihre Aussage, um weitermachen zu können.«
»Nun, wenn es wichtig ist. Miriam hat die Kinder gegen zweiundzwanzig Uhr abgeholt. Sie hatte sich etwas verspätet, weil sie vor dem Fernseher eingeschlafen war. Es ist nicht leicht für uns Frauen, mit der Doppelbelastung Beruf und Familie fertig zu werden. Da schlafen wir vor Erschöpfung auch mal ein. Dann ist sie etwa eine halbe Stunde geblieben.«
»Vielen Dank, dass Sie uns Frau Hoffmanns Alibi

noch einmal bestätigt haben. Mehr wollten wir nicht. Einen schönen Abend noch.«
»Ab zweiundzwanzig Uhr stimmt also ihr Alibi«, stellte ich fest.
»Ja, aber was hat sie vorher gemacht?«
»Vielleicht ist sie wirklich vor dem Fernseher eingeschlafen und wollte dies sagen, weil es ihr peinlich war.«
Viktoria schaute mich skeptisch an.
»Ich weiß nicht, Sam. Irgendwie kann ich das nicht glauben. Weißt du, was mir zu schaffen macht? Bachner sagte, der Mörder hätte das Barbiturat einem Mandeltee beigefügt.«
»Na und? Worauf willst du hinaus?«
»Na, Miriam hatte uns ebenfalls Mandeltee angeboten. Und der Mörder oder die Mörderin könnte ebenfalls diesen Tee im Hause haben. Es wäre also ein weiteres Indiz.«
»Mandeltee erhältst du in jedem Teeladen. Sogar Helene Meier hatte uns einen angeboten. Und bloß weil Karen ihn gern getrunken hat, muss deshalb nicht jeder verdächtig sein, der ebenfalls Mandeltee trinkt.«

»Hallo Lars, ich hatte eben einen furchtbaren Streit mit meinem Freund«, rief ich aus Letter Dr. Bachner an. »Kann ich dich heute noch sehen?«
Natürlich könnte ich das. Er würde mich in seiner Stadtwohnung erwarten. Fast tat er mir leid. Ich würde ihn nicht nur versetzen, sondern zudem mit Viktoria in sein Haus einbrechen.
Um nicht aufzufallen, parkten wir um neunzehn Uhr dreißig Viktorias Motorrad an der Hauptstraße in Isernhagen und schlichen uns im Schutz der Dunkelheit in Bachners Garten. Dort warteten wir im Ge-

büsch. Zuerst sahen wir Rupert mit einem Aktenkoffer aus dem Haus kommen. Von Hilla war nichts zu sehen. Nur ein beleuchtetes Fenster verriet ihre Anwesenheit im Haus. Kurz vor zwanzig Uhr hielt ein Auto vor dem Gartentor. Wir erwarteten eine Frau, die ausstieg. Stattdessen war es ein älterer Mann, der mit großen Schritten zur Eingangstür strebte.
»Das ist Strehlitz«, murmelte ich verblüfft. »Was macht der denn hier?«
»Das würde ich gern wissen. Hoffentlich bleibt er nicht. Dann wäre alles umsonst.«
Er blieb nicht. Wenig später verließen Hilla und er das Haus, um in seinem Auto wegzufahren. Wir probierten alle Schlüssel, die Viktoria seinerzeit von Bachners Schlüsselbund nachgemacht hatte, und gelangten mit einem von ihnen ins Haus. Beifall heischend schaute sie mich an.
»Siehst du, wie gut es war, sein Schlüsselbund zu mopsen?«
»Darauf erwartest du wohl keine Antwort, oder?«
»Och, Sam, spiel nicht dauernd den Moralapostel.«
Drinnen empfing uns wohlige Wärme und das getigerte Katzentier. Im Schein der Taschenlampe wirkte es wesentlich kleiner und heller gezeichnet, als ich es in Erinnerung hatte. Doch unterschiedliche Lichtverhältnisse konnten trügen. Zögernd strich es um unsere Beine, als wüsste es, warum wir hier waren. Viktoria holte ein verschließbares Plastikschälchen aus der Lederjacke, öffnete es und stellte es vor seine Nase. Neugierig schnüffelte es daran und leckte mit seiner rosigen Zunge genüsslich die Sahne von den Erdbeeren. Die Früchte ließ es liegen und rieb sich schnurrend an Viktorias Bein.
»Sieht nicht aus, als wäre dies Karens Kater. Helene Meier hat gesagt, er würde die Erdbeeren fressen.«

Viktoria gab er mir die Taschenlampe, griff sich das Katzentier, kraulte es am Kopf und griff im vorsichtig zwischen die Hinterbeine.
»Es ist eine Katze.«
Viktoria setzte sie auf den Boden. Die Katze rieb sich erneut an ihrem Bein, als wolle sie Viktoria auffordern, sie weiter zu streicheln.
»Tja, das war's dann. Ich habe gleich gesagt, es würde nichts bringen, nach Karens Kater zu suchen. Bestimmt hat der Mörder ihn aus der Wohnung geschafft, damit er nicht die ganze Nachbarschaft zusammenmiaut. Wahrscheinlich irrt das arme Vieh draußen irgendwo hungrig herum.«
»Einen Versuch war's wert. Aber ich halte Bachner ohnehin für unschuldig. Deswegen ist unser Ergebnis keine große Überraschung für mich. Andererseits ist Hilla sehr verdächtig. Vielleicht hat sie den Kater tatsächlich ausgesetzt. Sehen wir uns ein wenig hier um. Vielleicht …«
Sie unterbrach sich, als sie vor uns im Flur auf einer gläsernen Ablage einen Schreibblock entdeckte.
»Leuchte mal darüber.«
Im Schein der Taschenlampe waren auf dem Block ähnliche Daten, Buchstaben und Zahlenreihen erkennbar, wie auf Strehlitz' Zahlenblättern.
»Na, wenn das kein Volltreffer ist! Hilla und Strehlitz machen gemeinsame Sache. Ich möchte bloß wissen, was das zu bedeuten …«, Viktoria brach ab, als leises Stimmengewirr von draußen zu uns hereindrang.
»Nicht schon wieder«, entfuhr es mir bestürzt.
So schnell wir konnten, verschwanden wir hinter der erstbesten Tür und zogen sie heran. Die Katze war nicht schnell genug. Sie blieb vor der Tür und begann empört zu miauen. Sie in die Küche zu holen,

war leider zu spät. Hilla öffnete die Haustür und knipste das Licht an. Mir brach augenblicklich der Schweiß aus und dies lag eindeutig nicht an meiner warmen Jacke. Warum ging die Katze nicht zu ihrem Frauchen? Wenn sie weiterhin so laut miaute, würde Hilla problemlos auf uns aufmerksam werden.
»Ich habe ihn tatsächlich im Flur liegen lassen, Friedhelm. Wenn Lars ihn gefunden hätte, wäre das fatal gewesen«, rief sie nach draußen, während ihre Stimme näher zu kommen schien.
»Sei still, Schnurri, es gibt jetzt kein Leckerli, du wirst sonst zu dick.«
Das Miauen der Katze ging einen Moment in Schnurren über. Offenbar streichelte Hilla sie kurz. Strehlitz Stimme ertönte aus dem Hintergrund. Was er sagte, konnten wir nicht durch die geschlossene Tür verstehen.
»Ja, ich komme schon.«
Hilla schien direkt neben mir zu stehen. Lediglich die Tür trennte uns voneinander. Erleichtert hörten wir ihre Absätze auf dem Fliesenboden im Flur. Dann wurde die Haustür geschlossen und ich wagte wieder zu atmen.
»Das war knapp.«
Viktoria öffnete sofort die Küchentür.
»Schnell, wir müssen zum Motorrad, damit wir sie verfolgen können. Vielleicht bringt uns das weiter.«
Eilig sprintete sie vor, als sie einen Wagen starten hörte. Ich folgte ihr und scheuchte die Katze ins Haus, die uns begleiten wollte. Wir schafften es in rekordverdächtiger Zeit, Viktorias Maschine zu erreichen, ehe sich die Rücklichter von Strehlitz Wagen in der Dunkelheit verloren. Es gelang uns, ihn ein Stück zu verfolgen, doch unerwartet versank die Bundesstraße in Richtung Hannover in eine Nebel-

landschaft und verschluckte Strehlitz Auto. Wir fuhren weiter in Richtung Hannover, doch ähnlich wie der Nebel, hatte sich in der Ortschaft Langenhagen auch Strehlitz Auto verflüchtigt.
»Verdammt, sie sind uns entwischt«, fluchte Viktoria. »Ich werde Olli anrufen. Er soll vor Strehlitz Haus Position beziehen und ihn morgen früh beschatten.«

Als ich durchgefroren meine Wohnungstür aufschloss, hatte ich sofort ein ungutes Gefühl. Die Tür war nicht abgeschlossen, obwohl ich sicher gewesen war, dies getan zu haben. Oder irrte ich? Bevor ich das Licht anschalten konnte, erreichten unbekannte Duftmoleküle mein Gehirn. Der Geruch, es musste ein Aftershave oder Toilette Wasser sein, war nur schwach wahrnehmbar. Doch er genügte, meine Hand hastig vom Lichtschalter wegzuziehen. Es war auf keinen Fall Björns Rasierwasser, das ich so mochte. Ich schnupperte erneut. Eindeutig hing ein fremder Geruch in meiner Wohnung.
Zum wiederholten Mal an diesem Abend brach mir der Schweiß aus. Irgendein Fremder war in meiner Wohnung gewesen. Oder war er womöglich noch da? Entsetzt starrte ich ins Dunkle und lauschte. Das leise Summen des Kühlschrankes ertönte aus der Küche. Sonst war nichts zu hören.
Im nächsten Moment kam ich mir albern vor. Wer weiß, was ich gerochen hatte. Hatte ich selbst einen anderen Geruch an mir, der mir erst jetzt im Warmen auffiel? Wahrscheinlich war es mein schlechtes Gewissen, das mir einen Streich spielte. Schließlich hatten wir in Bachners Villa herumgeschnüffelt, obwohl das eindeutig nicht richtig gewesen war. Ich machte einen weiteren Schritt in die Wohnung. Das

Knarren meiner Couch im Wohnzimmer und ein merkwürdiges Räuspern, ließen mich erschrocken innehalten. War doch jemand in meiner Wohnung? Wenn ja, wer konnte es sein und wie war derjenige hereingekommen? Und vor allem, was wollte er hier? Meine Gedanken überschlugen sich. Die Angst klebte meine Füße am Boden fest.
Plötzlich fiel mir die Waffe ein, die ich meinem mysteriösen Verfolger abgenommen hatte. Mit ihr hätte ich mich notfalls verteidigen können. Die Kommode, in der ich sie versteckt hatte, stand nicht weit von der Tür entfernt. Ich zwang meine Füße vorsichtig in ihre Richtung, zog leise die Schublade auf und griff hinein. Nichts! Ich tastete die Schublade ab. Doch die Pistole, die beim Weggehen darin gelegen hatte, war verschwunden.
Diese Tatsache traf mich wie ein Keulenschlag. Meine Füße gerieten in Panik und eilten aus der Wohnung. Ich schloss leise die Tür und stürmte zu meinem Rad, das vor Regen geschützt unter einem Unterstand draußen stand. Mit zittrigen Händen schloss ich die Sicherheitskette auf und radelte davon. Ein Wespenschwarm hätte mich nicht schneller antreiben können. Immer wieder blickte ich mich um. Niemand folgte mir. Erst als ich klitschnass vor Angst die Hildesheimer Straße erreichte, blieb ich stehen, um zu Atem zu kommen.
Was sollte ich tun? Eigentlich wäre es das Sinnvollste gewesen, die Polizei oder Hauptkommissar Gunter Melzner anzurufen. Aber was hätte ich sagen sollen? Ich war mir nicht einmal hundertprozentig sicher, ob jemand in meiner Wohnung war. Und überhaupt, wo bekam ich ein Telefon her? Noch hatte ich keine Zeit gehabt, mir ein neues zu kaufen.
Seit Handys und Smartphones ihren Siegeszug ange-

treten hatten, gab es in Hannover kaum Telefonzellen. Gleich morgen würde ich mir ein neues Gerät kaufen. Leider nützte mir dies jetzt wenig. Auf der Suche nach einer Telefonzelle, radelte ich die Hildesheimer Straße in Richtung City entlang.
Als ich an einem Mehrsterne-Hotel vorbeikam, machten meine Beine schlapp. Hier gab es sicher ein Telefon. Ich stellte mein Fahrrad ab und begab mich an die Rezeption. Der Portier war freundlich und ließ mich telefonieren.
Doch weder Viktoria noch Olli waren zu erreichen. Von Silke hatte ich keine Telefonnummer und Björn … Tja, ihn hätte ich jetzt wirklich gebraucht. Aber mir fiel keine zufriedenstellende Erklärung ein, die ihn von Vorhaltungen hätte abhalten können. Und nun?
»Haben Sie noch ein Einzelzimmer frei?«

19

»Die Waffe ist verschwunden?«
Olli schaute mich bestürzt an, nachdem ich ihm dies erzählt hatte. Mittlerweile war es später Samstagmittag und ich saß in seinem Auto vor Strehlitz Reihenhaus.
Ich hatte am Morgen gemütlich im Hotel geduscht und ein ausgiebiges Frühstück vom Buffet genossen. Durch einen Anruf bei Olli hatte ich Strehlitz Adresse erfahren und mich dort mit ihm verabredet. Dann hatte ich in Björn angerufen, ihn aber mal wieder nicht erreicht und die Nachricht hinterlassen, ich würde länger bei einer Freundin bleiben und mich bei ihm melden.
Schließlich war ich mit der Stadtbahn in die City gefahren, um mir ein neues Mobiltelefon zu kaufen. Mein Fahrrad stand in der Hotelgarage. Wäre Strehlitz nicht zu Hause gewesen, wäre ich zu Viktoria gefahren, um unser weiteres Vorgehen abzusprechen. »Bist du sicher, dass du sie nicht woanders hingelegt hattest?«
»Als ich gestern weggegangen bin, hatte ich mir aus der Schublade einen Schal mitgenommen. Die Waffe lag eindeutig darin.«
»Aber wie ist jemand in deine Wohnung gekommen? Und wer kann sie mitgenommen haben? Du hast gesagt, der Kerl, dem die Waffe gehörte, hätte dich nicht verfolgt.«
»Das dachte ich. Aber vielleicht habe ich mich geirrt.«
Olli schüttelte beunruhigt den Kopf. Dann schaute er auf seine Uhr.
»Ich rufe Mutter an und frage sie, ob sie eher vorbeikommen und mich ablösen kann. Dann fahren wir in

deine Wohnung. Vielleicht finden wir einen Hinweis, der uns weiterbringt.«

Viktoria ging nicht ans Telefon und ihr Handy war ausgeschaltet.

»Immer wenn man sie braucht, ist sie nicht da«, stellte er fest und erinnerte mich stark an Viktoria, die das Gleiche mehrmals über ihn geäußert hatte. »Nun müssen wir warten, ehe sie mich in ein paar Stunden ablöst.«

»Und was hat deine Observierung von Strehlitz bisher gebracht?«, fragte ich, um mich auf andere Gedanken zu bringen.

»Er ist gestern Abend gegen ein Uhr allein nach Hause gekommen. Heute Morgen habe ich ihn zum Bäcker um die Ecke verfolgt, wo er sich Brötchen gekauft hat. Wenn das so weiter geht, wird unsere Beschattungsaktion nichts ergeben. – Wer weiß, was das alles zu bedeuten hat.«

Er deutete auf einen Block voller Zahlen, den er auf die Rückbank geworfen hatte, als ich gekommen war.

»Das hier ist bestimmt keine geheime Botschaft, wie Mutter vermutet. Ich habe alle möglichen Codes ausprobiert. Nichts ergibt einen Sinn.«

Plötzlich ging wie von Geisterhand das Tor von Strehlitz' Garage auf und er fuhr mit seinem dunkelgrünen Mercedes heraus, während sich das Tor wieder selbsttätig schloss.

»Feine Sache«, murmelte Olli und startete. »Wenn ich je ein Haus mit einer Garage haben sollte, schaffe ich mir ebenfalls eine Fernbedienung an.«

Er ließ den Arzt ein Stück vorfahren und nahm die Verfolgung auf. Trotz starken Verkehrs gelang es Olli, dem Wagen zu folgen, bis er die A7 in Richtung Hamburg-Bremen erreichte.

»Das darf nicht wahr sein«, stöhnte Olli entsetzt.
»Wo will der hin? Ich muss bald meine Verlobte abholen. Sie wollte mit mir die Nachmittagsvorstellung eines hoch gelobten Theaterstückes besuchen.«
»Vielleicht will er ins Umland«, tröstete ich Olli.
Doch als Strehlitz am Autobahndreieck Walsrode die Autobahn in Richtung Bremen fuhr, konnte Olli das Theater abschreiben.
»Was soll ich meiner Verlobten erzählen, warum ich sie abermals versetze?«, fragte er verzweifelt. »Die ist so vernünftig. Der kann ich nichts über unsere Ermittlungen erzählen. Die würde mich komplett für verrückt halten.«
Ich dachte unwillkürlich an Björn. Er und Ollis Verlobte schienen sich ähnlich zu sein.
»Wir sind ja auch irgendwie verrückt«, stellte ich fest.
»Na, und? Es hat mich halt gepackt. Im Moment verstehe ich nicht, warum ich meine Ausbildung bei der Kripo habe sausen lassen und Fotograf geworden bin.«
Er schüttelte betrübt den Kopf.
»Du hast mir erzählt, fotografieren hätte dir besser gefallen und deine Bilder sind erstklassig«, erinnerte ich ihn.
Er lächelte still vor sich hin. »Ja, es macht Spaß Gesichter, Landschaften oder Objekte mit der Kamera einzufangen. Das hat was. Du kannst Stimmungen festhalten, Charaktere sichtbar machen und verschiedene Motive durch Tricks zu Kunstwerken gestalten. Aber Verbrechen aufzuklären, ist ebenfalls faszinierend. Das musst du zugeben, wenn du ehrlich bist.«
Mein Verstand wollte protestieren, doch das Teufelchen hielt meinen Mund fest verschlossen und nickte zustimmend.

Ollis Blick fiel auf die Uhr.
»Verdammt, was sage ich meiner Verlobten? – Hast du eine Idee?«
»Wie wär's, noch einmal deinen Schulfreund Sam zu bemühen, der ewig in Schwierigkeiten steckt und dem du unbedingt helfen musst.«
»Ja, bemühen wir ihn.«
Ich kramte im Handschuhfach nach seinem Smartphone, tippte für Olli die Nummer ein, die er mir diktierte, und hielt es ihm ans Ohr.
»Ja, hier Olli. Tut mir leid, aber ich muss das Theater absagen.« Eine längere Pause entstand, dann meinte Olli: »Ja, ich weiß.« Pause. »Ich sagte doch, es tut mir leid. Aber mein alter Kumpel Sam kam vorbei. Der Arme hat echte Schwierigkeiten. Ich konnte ihn nicht hängen lassen.« Pause. »Erzähl ich dir später. Ich bin auf der Autobahn und kann nicht lange reden.« Lange Pause. »Dann gehst du eben mit Heiner.« Ärgerlich schob Olli das Smartphone weg und sagte: »Du kannst es ausmachen. Sie hat aufgelegt.«
»Wer ist Heiner?«
»Ihr proletarischer Cousin.«
»Ihr was?«
Das klang nach Vorurteilen an. Das passte nicht zu Olli.
»Sag nichts. Sie ist in einer Familie aufgewachsen, in der Standesdünkel an der Tagesordnung stehen. Deshalb bin ich mit meinem ›von‹ so gut angesehen.«
»Das gibt's nicht.«
Ich konnte es kaum glauben. »Wer legt heutzutage auf so etwas wert?«
»Sie und ihre Familie. Das ist es, was mich wirklich an ihr stört. Sonst ist sie okay.«
Olli stierte missmutig vor sich hin.

»Wir müssen Viktoria informieren«, versuchte ich Olli abzulenken.
Als Olli zerstreut nickte, rief ich sie an und berichtete die neuesten Entwicklungen.
»Ich wusste, dass heute etwas passieren würde. Mist, warum kann ich nicht dabei sein. Verliert ihn nicht. Wo fährt er hin?«
Selbst durchs Telefon spürte ich Viktorias Erregung.
»Wir sind wir jetzt kurz vor Delmenhorst. – Olli, pass auf. Er fährt ab.«
Ich sah, wie der Mercedes sich in die Abfahrtsspur einordnete und abbog. Olli sah es ebenfalls und raunte: »Verdammt, wenn der nicht demnächst anhält, kriege ich mit dem Benzin Probleme.«
»Hat der Bengel etwa vergessen zu tanken?«, brüllte Viktoria durchs Telefon. »Wie oft habe ich ihm gesagt, er solle nicht auf die letzte Minute tanken. Hat er wenigstens einen Reservekanister dabei?«
»Olli hast du einen Benzinkanister dabei?«, leitete ich Viktorias Frage weiter.
Olli starrte konzentriert geradeaus, um den Mercedes, der ein paar Autos vor uns fuhr, nicht aus den Augen zu verlieren.
»Sag ihr, sie kann mich mal. Und dann leg auf. Ich habe keine Lust, mir jetzt eine ihrer berühmten Standpauken anzuhören, sonst verlieren wir ihn.«
Olli hatte keinen Reservekanister dabei, sonst hätte er anders reagiert.
»Viktoria, ich muss dich wegdrücken. Der Verkehr ist hier mörderisch. Wir melden uns später.«
Mein Blick fiel auf die Benzinanzeige. Wir brauchten dringend eine Tankstelle, denn der Zeiger näherte sich bedächtig dem roten Bereich. Ich schwieg und hielt nach einer Tankstelle Ausschau. Natürlich kam keine in Sicht. Wir schafften es, bis kurz vor Bad

Zwischenahn an Strehlitz dranzubleiben, dann tuckerte Ollis Auto einmal beleidigt und blieb unwiderruflich stehen.
»Scheiße.« Ollis Aufschrei war verzeihlich. Die ganze Zeit war es ihm gelungen, Strehlitz zu verfolgen, er hatte seine Verlobte versetzt, und nun war alles vergebens gewesen.
»Nimm es nicht tragisch, Olli. Wer weiß, wozu es gut ist«, tröstete ich ihn.
Kopfschüttelnd stierte er auf die leere Landstraße. In der Ferne waren die Rücklichter des Mercedes zu sehen, dann verschwanden sie. Plötzlich lachte Olli resigniert auf.
»Ach, Sam, das habe ich toll hinbekommen. Mutter wird begeistert sein. Wahrscheinlich habt ihr beide Recht, wenn ihr mich als Kindskopf betrachtet.«
Ich sah Olli von der Seite an, wie er sich kopfschüttelnd nach hinten lehnte und mich einen Moment unglücklich ansah. Doch dann hellte sich seine Miene auf und er grinste.
»Wenigstens sitze ich nicht alleine hier. Mit dir an meiner Seite kann ich die Schmach leichter ertragen.«
Sein Grinsen vertiefte sich, er schnappte sich meine Hand, drehte meine Handfläche nach oben und küsste sie zart. Manchmal tat Olli Dinge, die ihn nicht als Kindskopf auswiesen.
»Tut mir leid, Sam, aber deine süßen, kleinen Hände müssen mit mir den Wagen zur nächsten Tankstelle schieben.«
Das taten meine süßen, kleinen Hände erst, nachdem sie ihn kräftig in den Arm gekniffen hatten. Glücklicherweise kam nach unserer unfreiwilligen Pause eine Gruppe junger Männer vorbei und schleppte uns zur nächsten Tankstelle ab.

»Und was machen wir jetzt?«, fragte ich Olli, als eine Stunde später unser Tank wieder gefüllt war.
»Ich habe Hunger. Wir suchen uns ein Restaurant, essen und fahren zurück. Wer weiß, wo Strehlitz hingefahren ist. Der kann überall und nirgends sein. Vielleicht sitzt er irgendwo und isst ebenfalls.«
Wir fuhren bis Bad Zwischenahn, aßen in einem Gasthof ein ausgezeichnetes Schnitzel mit frischen Pilzen, Salat und Bratkartoffeln und fühlten uns gleich besser.
»Was mag Strehlitz hier in der Gegend wollen?«, überlegte ich über einem Teller Mousse au Chocolat, den Olli und ich uns zusammen als kleinen Abschluss genehmigten.
»Keine Ahnung.«
Olli langte mit seinem Löffel ein letztes Mal auf den Teller mit Mousse, den wir in der Mitte des Tisches platziert hatten. Den Rest überließ er großzügig mir.
»Wollen wir los? Wir könnten im Ort spazieren gehen. Oder wie wär's mit einer Mondscheinpartie auf dem Zwischenahner Meer?«
»Besten Dank, am Ende würden wir bei der Kälte erfrieren. Und was würden dann deine Verlobte und Björn sagen, wenn sie unsere Eisklumpen bergen?«
Olli lachte. Als wir gingen, kamen wir im Flur des Restaurants an einem Plakat vorbei, das ein Roulettespiel zeigte und in großen Lettern bat: »Besuchen Sie unsere Spielbank«.
Die Zahlen des Kessels sprangen mich magisch an. Wie hypnotisiert starrte ich die schwarzen und roten Felder an, dessen höchste Zahl sechsunddreißig lautete.
»Was ist, Sam? Willst du unsere Mondscheinpartie sausen lassen und lieber in die Spielbank?«
»Die Zahlen, Olli. Sieh sie dir an. Sie gehen von null

bis sechsunddreißig, genau wie die auf Strehlitz' und Hillas Zettel.«
Aufgeregt zerrte ich an seinem Arm und deutete auf den Roulettekessel auf dem Plakat.
»Und könnte die Abkürzung ›BZ‹ vielleicht für Bad Zwischenahn stehen?«

Wenig später standen wir vor der Spielbank in Bad Zwischenahn. Olli langte nach hinten und holte aus einer Bekleidungstüte Jackett, Hemd und eine Krawatte hervor.
»Du bist ja bestens vorbereitet.«
»Klar, meine Verlobte hätte mich im Pulli nicht mit ins Theater genommen.«
»Und was mache ich?«
Ich trug zwar keine meiner abgewetzten Jeans oder einen meiner häuslichen Schlabberpullis, aber das karierte Flanellhemd, das ich über einem weißen T-Shirt trug, wäre kaum ein geeignetes Kleidungsstück für ein Spielkasino. Lediglich meine schwarze Hose war zweckdienlich.
Olli überlegte und meinte großzügig: »Wir könnten tauschen. Du gibst mir dein T-Shirt und dafür kriegst du mein weißes Oberhemd.«
»Wenn es dir nichts ausmacht, mein verschwitztes Shirt von gestern zu tragen.«
»Ich wird's überleben, Sam. Also raus aus den Klamotten.«
Wir pellten uns im Auto gleichzeitig aus unseren Sachen. Das, was wir nicht brauchten, verteilten wir auf dem Rücksitz. Als ich Olli mein T-Shirt reichte, verweilte sein Blick kurz auf meinem schwarzen Spitzenunterhemd, das ich an kühlen Tagen unterzog.
»Hübsch.«

»Das kannst du in der Dunkelheit nicht beurteilen.«
»Du vergisst die Laterne. Hell ist sie nicht, aber das wirkt besonders reizvoll.«
Hastig zog ich ihm das Hemd aus der Hand und hielt es davor. Olli lachte und zog sich mein weißes Shirt an. Es saß ein wenig eng, aber unter seinem Jackett fiel das nicht auf. Seine bunte Krawatte, trat er mir ebenfalls ab, und fummelte einen Knoten hinein, den ich vor dem offenen Hemdkragen lässig lockerte. Seine zu langen Hemdsärmel krempelte ich hoch. Als wir uns wenig später im gleißenden Licht vor einem Spiegel im Eingangsbereich betrachten konnten, sahen wir einigermaßen passabel aus.
Der Spielbankeingang befand sich in einem Hotel- und Restaurantkomplex im Erdgeschoss. Ein Kassierer begrüßte uns höflich.
»Guten Abend. Sie möchten in die Spielbank? Dürfte ich bitte ihre Personalausweise haben?«
Geschäftig tippte er die Ausweisnummern in einen Computer. Wir bezahlten den Eintritt, bekamen eine Aktionskarte und durften nach Vorzeigen dieser Karte die Spielbank betreten.
Neugierig ließ ich meinen Blick umherschweifen, denn ich war nie zuvor in einem Kasino gewesen. Links vor uns lagen hintereinander zwei Roulettetische, die von Menschentrauben umlagert wurden. Seitlich befanden sich ähnlich wie in einer Bank die Wechselschalter für Bargeld in Jetons.
Der ganze Raum war mit dunklem Holz getäfelt und mit einem weichen, dezent gemusterten Teppichboden ausgestattet. Eine gedrechselte Bar, die aus dem gleichen Holz wie die Wandpaneele gearbeitet worden war, zog auf der rechten Seite meinen Blick auf sich. Ein Barkeeper mit weißem Hemd und Fliege mixte für einen der Spieler einen Cocktail. Hinter der

Bar standen kleine Tischchen und Ledersitzmöbel, an denen einige Gäste saßen. Weitere Roulettetische folgten.
Hinweisschilder gaben an sämtlichen Spieltischen den Mindest- und Höchsteinsatz an. An elektronischen Deckentafeln konnte jeder ablesen, welche Zahlen als Letztes gefallen waren. An den Fensterfronten des Spielsaales trennten lange von der Decke bis zum Boden reichende Vorhänge die Spielbank von der Außenwelt ab.
»Bingo, Sam. Gleich neben dem rechten Längsbalken an der Bar sitzt Strehlitz«, flüsterte mir Olli erfreut zu.
Mit gebanntem Blick verfolgte Dr. Friedhelm Strehlitz die Anzeigentafel des einen Roulettetisches und schrieb sich etwas auf. Dann erhob er sich und steuerte den Tisch an. Sein Glas ließ er stehen. Auch das Blatt Papier, auf dem er etwas notiert hatte, ließ er liegen. Betont gelangweilt ging ich zur Bar, umrundete sie, bis ich einen Blick auf das Blatt Papier werfen konnte. Es enthielt ähnliche Zahlenreihen, wie die, die Viktoria bei ihm und Hilla gefunden hatte.
Damit war dieses Geheimnis gelüftet. Dr. Friedhelm Strehlitz und Hilla Bachner waren Spieler. Hatte ihre Spielleidenschaft etwas mit dem Mord an Karen zu tun? Lagen wir mit unseren bisherigen Motivüberlegungen falsch?
»Na, willst du ein Spielchen wagen, Sam?«, fragte Olli.
»Danke, nein. Die Bank gewinnt immer. Das weiß jedes Kind.«
»Nicht immer. Ich habe einmal fünfundsiebzig Euro in der hannoverschen Spielbank gewonnen.«
»So, du treibst dich also in Spielbanken herum. Schäm dich, Olli.«

»Ja«, gab sich Olli reumütig.
»Hin und wieder betritt der kleine Junge diesen Spielplatz. Aber ich spiele um kleine Summen. – Was ist, Omi, willst du es versuchen?«
Ich verfolgte am Roulettetisch fasziniert die kleine Kugel, die über die Zahlen des Spielkessels flitzte und schließlich auf der Sieben liegen blieb.
»Gut, ich werde es ausprobieren. Als ältere Frau interessiert es mich natürlich, was die Jugend so für Spiele treibt«, versuchte ich Viktoria zu imitieren.
Olli verschwand grinsend zur Bank und kam mit einigen Jetons zurück.
»Hier, Omi, ich spendiere dir 'ne Runde.«
Er gab mir fünf Jetons mit dem niedrigsten Euro-Wert.
»Am sichersten ist es, wenn du auf die einfachen Chancen setzt, wie beispielsweise auf die Farben rouge für rot oder noir für schwarz, oder auf gerade und ungerade Zahlen, Pair oder Impair, oder auf die erste oder die letzte Hälfte der sechsunddreißig Zahlen, Passe oder Manque. Wenn du gewinnst, bekommst du den doppelten Einsatz.«
Die Spielregeln hörten sich kompliziert an. Nur um Olli einen Gefallen zu tun, setzte ich einen meiner Jetons auf Rot und gewann.
»Glück gehabt«, staunte Olli.
Ja, das fand ich auch. Offenbar war es nicht weiter schwierig. Auch das nächste Spiel gewann ich. Danach wurde ich mutiger und legte den Jeton in die Mitte eines Zahlenkreuzes. Carré, nannte Olli diese Platzierung, bei der ein achtfacher Gewinn winkte. Ich verlor. Pech, aber es war ja nur ein Jeton weg.
»Machen Sie ihr Spiel, faites vos jeux.«
Dieser Aufforderung des gut aussehenden Croupiers, dessen Fliege ein wenig schief saß und ihn so von

den anderen gut gestylten Croupiers abhob, konnte ich mich nicht verschließen. Ich versuchte es erneut, diesmal mit einer Sechser-Zahlenfolge, einem Transversale Simple und hoffte auf einen fünffachen Gewinn.

»Nichts geht mehr, rien ne va plus.«

Gespannt wartete ich auf die Zahl. Ich fühlte, wie mir das Blut in den Kopf schoss. ›Bitte, Kugel, bleib' auf den Zahlen eins bis sechs liegen. Na los!‹ Ich hielt den Atem an. Die Kugel blieb liegen.

»Fünf rot, cinq rouge«, verkündete der Croupier.

Gewonnen! Ich atmete aus. Puh, war das aufregend.

»Hast du gesehen, Olli, ich habe gewonnen«, jubelte ich und setzte mehrere Jetons auf das zweite Dutzend.

Wieder gewann ich. Dieses Mal setzte ich mehrere Jetons auf Rouge. ›Komm schon Kügelchen, nimmt ein rotes Feld.‹ Die Kugel entschied sich für ein schwarzes Feld. Ich hatte verloren. Während ich meine restlichen Jetons auf dem Tisch prüfte, legte sich Ollis Hand über meine Hand.

»Ich glaube, du solltest aufhören, Sam.«

»Warum? Das nächste Spiel gewinne ich bestimmt wieder.« Ich wollte seine Hand wegstoßen, doch er hielt meine Hand fest umschlossen.

»Sam, ich glaube, Hilla Bachner ist hier. Das Foto, das Mutter an dem Tag gemacht hat, als ihr das Haus beschatten wolltet, war nicht besonders deutlich, aber eine Ähnlichkeit ist da. Außerdem hat sie dich angestarrt, als ob sie dich kennen würde.«

Ich schaute kurz auf, konnte aber nur Strehlitz entdecken. Um das nächste Spiel nicht zu verpassen, legte ich meine Jetons wieder auf das rote Feld. Schließlich war eben schwarz dran gewesen, da standen die Chancen für rot eigentlich gut.

»Sam ...!«
»Rien ne va plus«, klang es vom Croupier her.
Dieses Spiel musste ich abwarten!
»Ja, ja. Ich sehe sie nicht. Bestimmt hast du dich geirrt«, erwiderte ich und konzentrierte mich erneut auf das Spiel, das mich mehr und mehr gefangen nahm.
»Die Vier schwarz, quatre noir« tönte es.
Ich hatte gewonnen. Bevor ich abermals setzen konnte, hatte Olli meinen Gewinn an sich genommen und zog mich hoch.
»Sie ist hinter der einen Säule verschwunden. – Lass uns an der Bar was trinken. Von dort kannst du sie in Ruhe beobachten.«
»Du willst mich nur vom Gewinnen abhalten. Und ich dachte, du wärst nicht so ein Kommandeur wie Björn«, gab ich schnippisch zurück und wollte meine Hand aus seiner ziehen.
»Sam, darum geht jetzt nicht, ehrlich. Bist du vom Spielfieber so benebelt, dass du nichts begreifst? Wenn es wirklich Hilla ist, kennt sie dich. Und noch wissen wir nicht, was für einen Part Hilla und Strehlitz bei Karens Tod spielen. Denk an deinen Verfolger und die verschwundene Waffe. Es könnte ein Detektiv gewesen sein, den sie angeheuert hat.«
Das brachte mich in die Wirklichkeit zurück. Ich schaute mich ausgiebig um, konnte sie jedoch nirgends entdecken. Außerdem machte sich endgültig ein gewisser Drang bemerkbar, den ich am Roulettetisch hatte ignorieren können. Nun ließ es sich nicht mehr aufschieben.
»Okay, ich sehe sie mir gleich an. Aber vorher muss ich dringend aufs Klo.«
Olli zog seine Hand weg und ich suchte ein gewisses Örtchen auf. Als ich fertig war und zurück in den

Waschraum trat, prallte ich entsetzt zurück. Im Spiegel, der die ganze Waschraumfront bedeckte, zog sich Hilla Bachner mit einem dunkelroten Lippenstift sorgfältig ihre Lippen nach, ehe sie mir über den Spiegel ihren Blick zuwandte.
»Glauben Sie an Zufälle?«
Ihre Stimme war derart kühl, dass sich bei mir augenblicklich eine Gänsehaut bildete. Am liebsten wäre ich schleunigst aus der Toilette gestürmt, doch diese Blöße konnte ich mir nicht geben.
»Ja, warum fragen Sie?«
Ich tat erstaunt und trat scheinbar gelassen an das Waschbecken neben sie.
»Ich glaube nicht an Zufälle, Olivia Laugen.«
Wir schauten uns erneut über den großen Spiegel hinweg an. Ich zwang mich, ihrem Blick standzuhalten.
»Wer soll das sein?«
Meine Großtante Alwine hatte mir als Kind einmal erzählt, sie könne es an meiner Nasenspitze sehen, wenn ich log. Ich schaute in den Spiegel. Meine Nasenspitze veränderte sich nicht.
»Tun Sie nicht so, Herzchen. Sie haben den Wagen meines Bruders angefahren. Und jetzt frage ich mich, was Sie von uns wollen?«
Sie steckte ihren Lippenstift ein und holte betont gleichgültig eine Puderdose aus ihrer Handtasche.
»Ich weiß nicht, wovon Sie reden.«
Ich wusch mir ebenso betont gleichgültig meine Hände.
»Verstehe. Dann kann ich es mir schenken, die Reparaturrechnung an die von Ihnen angegebene Adresse zu schicken. Auch gut, dann werde ich Sie bei der Polizei anzeigen und Ihr Autokennzeichen weitergeben.«

Mist, Mist, Mist! Wieso war ich nicht wie Viktoria auf die Idee gekommen, mein Nummernschild mit Klebestreifen zu verzieren? Sobald sie mein Autokennzeichen überprüfen ließe, erfuhr sie, wer ich war und wo ich wohnte. Oder wusste sie es bereits?
Vielleicht war mein Verfolger, dem ich das Müll-Bad gegönnt hatte, deswegen in meiner Wohnung gewesen. Oder hatte sie gar selbst die Waffe aus meiner Kommode gestohlen, nachdem wir sie und Strehlitz gestern im Nebel aus den Augen verloren hatten?
Ich versuchte, ihren nur schwach ausgeprägten Parfümduft aufzunehmen. Eine gewisse Ähnlichkeit schien er mit dem fremden Geruch in meiner Wohnung zu haben. Steckte die verschwundene Waffe womöglich in ihrer Handtasche? Groß genug wäre sie gewesen. Die Schweißporen brachten mein Gesicht zum Glänzen. Wie gern hätte ich um etwas Puder gebeten, um meine Angst zu übertünchen.
»Ich weiß nicht, mit wem Sie eine Rechnung offen haben, bei mir sind Sie jedenfalls an der falschen Adresse.«
Ich schlenkerte scheinbar gelangweilt das Wasser von meinen Händen und stieß wie aus Versehen gegen ihre Handtasche. Diese stürzte, wie ich es beabsichtigt hatte, zu Boden. Dabei ergoss sich ihr Inhalt über die Fliesen. Neben reichlichen Schminkutensilien rutschten ein Schlüsselmäppchen, Jetons und ein Portemonnaie heraus. Letzteres war beim Herunterfallen aufgeklappt und zeigte ein neu aussehendes Foto mit einem Schnappschuss von zwei getigerten Katzen.
Die eine saß auf der Kühlerhaube von Ruperts Wagen und ließ ihren Schwanz nach unten baumeln. Die andere hockte davor und versuchte ihn mit der Pfote

zu erhaschen. Das Foto musste mit einem guten Fotoapparat aufgenommen worden sein. Auf der Stoßstange konnte ich jenen Kratzer entdecken, den ich Ruperts Wagen zugefügt hatte.

»Sie, dumme Kuh, Sie«, kreischte Hilla auf und setzte eine Puderwolke frei, als sie erschrocken ihre Puderdose zuklappte, um sich zu bücken.

»Tut mir sehr leid, das wollte ich nicht«, entschuldigte ich mich und tat, als würde ich ihr beim Zusammenräumen helfen wollen. Ich hoffte auf eine günstige Gelegenheit an das Katzenfoto zulangen. Wütend schubste sie meine Hände zur Seite.

»Hören Sie auf! Das werden Sie mir büßen, Sie Flittchen. Verlassen Sie sich drauf.«

Ja, das war die Hilla, die mir bereits an jenem Abend, an dem Viktoria mich in Bachners Wohnung gelockt hatte, unangenehm mit ihrer Wortwahl aufgefallen war.

»Wie liebeswürdig Sie sind. Aber ich glaube, darauf kann ich verzichten.«

Während Hilla weiter ihre Sachen am Boden zusammensammelte, ließ das kleine Teufelchen in mir meine Hände an den Wasserhahn gleiten, stellte ihn an und schöpfte mit beiden Händen das herauslaufende Wasser über ihren sorgfältig frisierten Kopf. Ihren Aufschrei empfand ich als angenehm. Überhebliche Zicken wie sie konnte ich beim besten Willen nicht ausstehen. Klug war dies natürlich nicht. Aber das war dem kleinen Teufelchen egal. Ich stürmte aus dem Waschraum und wäre beinah mit Olli zusammengestoßen.

»Wo warst du so lange? Hilla ist verschwunden. Und was war das für ein Schrei?«, flüsterte er.

»Das war Hilla. Sie ist im Waschraum. Lass uns bloß verschwinden.«

»*Bachners* haben eine zweite Katze.«
Nachdem Olli und ich sicher im Auto saßen und uns auf dem Weg zurück nach Hannover befanden, rief ich Viktoria von Ollis Smartphone an. Mein neues Mobiltelefon musste ja erst aufgeladen werden.
»Woher weißt du das?«
Viktorias Verblüffung war nicht zu überhören. Ich erklärte ihr kurz, was sich zugetragen hatte.
»Donnerwetter, und ich dachte nach unserem letzten Gespräch, ihr hättet Strehlitz verloren. Ich werde sofort nach Isernhagen düsen. Die Gelegenheit muss ich ausnützen.«
»Moment, du weißt gar nicht, ob die Villa leer ist. Wir haben Rupert nicht gesehen. Auch Lars Bachner könnte dort sein. Immerhin ist dies sein Hauptwohnsitz.«
»Wenn Ruperts Wagen weg ist und kein Licht in der Villa brennt, könnte ich es versuchen. Ruf Bachner an und sag mir Bescheid, ob die Luft rein ist. Ich werde mir schnell Strehlitz Keller ansehen.«
»Was willst du?«
»Hatte ich dir nicht erzählt, dass ich Strehlitz ebenfalls die Schlüssel gemopst und mir einen Nachschlüssel hatte anfertigen lassen?«
»Du bist unverbesserlich. Irgendwann wirst du wegen Einbruchs festgenommen werden. Und soll ich dir etwas sagen? Ich werde dich nicht im Gefängnis besuchen.«
»Och, Sam, es geht schließlich um Mord. Allerdings scheint Strehlitz weder etwas mit Karen gehabt zu haben, noch deutet irgendetwas auf Hilla als seine Geliebte hin. Hier stehen nur Bilder seiner gestorbenen Frau. Sogar deren Sachen hängen im Kleiderschrank. Ich glaube, Bachner hat ihn richtig eingeschätzt. Er trauert noch um sie. Und er hat nur eine

Katze, die meine Erdbeeren nicht einmal angerührt hat. Aber wenn Hilla Bachner ein zweites Katzentier hat, kann ich ihn auf unserer Verdächtigen-Liste ohnehin hinten anstellen. Hilla hätte eindeutig das bessere Motiv.«

Lars Bachner, dessen Visitenkarte in meiner Jackentasche steckte, meldete sich gleich beim zweiten Klingelton.

»Bachner hier.«

»Hallo Lars, hier ist Sandra. Ich würde mich gern mit dir treffen. Wo bist du?«

»Oh, das ist im Moment ungünstig. Ich habe Besuch von einem gewissen Björn …«

Seine Stimme entfernte sich und ich hörte: »… was soll das?«

»Hallo Sam!?«, klang im nächsten Moment eine andere, mir sehr vertraute Stimme an mein Ohr.

»Wo steckst du? Wir müssen dringend miteinander reden.«

Ich starrte verblüfft Ollis Smartphone an. Das konnte nicht wahr sein. Wie kam Björn zu Lars Bachner? Fast hätte ich vor Schreck das Gespräch weggedrückt. Doch damit hätte ich mich verraten. Da ich im Moment partout nicht mit ihm reden wollte, verstellte ich meine Stimme zu einer Pieps-Stimme und versuchte einen Akzent einzubauen.

»Äh, 'allo? 'ier is Chantal. Ou est Lars?«, zwitscherte ich.

»Oh, Verzeihung, da habe ich mich getäuscht … hier, tut mir leid, ist doch für Sie.«

Björn schien das Telefon an Lars zurückgegeben zu haben, denn ich hörte ihn in der Ferne sagen: »Wie nett von Ihnen, mir mein eigenes Mobiltelefon zu überlassen, Herr Schneider.«

Dann wurde seine Stimme lauter und er meldete

sich: »Ich bin es wieder. Gerade ist der eifersüchtige Freund von der Erzieherin meines Sohnes hier. Er hat über mein Autokennzeichen meine Adresse erfahren.«
»Tut mir leid, Lars«, zwitscherte ich sicherheitshalber im gleichen Tonfall weiter. »Hier ist Chantal. Kann er zuhören?«
»Nein, Chantal. Können wir uns morgen sehen?«
»Gern, wie wär's morgen, elf Uhr, im Bahnhofsrestaurant?«
Das war ein ungefährlicher Ort, an dem jede Menge Leute sein würden.
»Gut, ich komme.«
»Und vergewissere dich, dass er dir nicht folgt. Er ist Versicherungsdetektiv, also pass auf.«
»Mache ich. Bis dann, Chantal.«
Ich beendete das Gespräch und schaute kopfschüttelnd in die Nacht. Was bildete sich Björn eigentlich ein? Ich war doch keine von seinen Kriminellen, denen er hinterher spionieren musste.

20

Den Rest der Nacht verbrachte ich bei Viktoria. In meine Wohnung zurückzukehren, erschien mir angesichts des gestrigen Waffen-Diebes zu gefährlich. Außerdem wollte ich nicht Gefahr laufen, womöglich Björn in die Arme zu laufen, der ja über einen Schlüssel zu meiner Wohnung verfügte. Natürlich konnte ich mich nicht ewig verstecken. Aber nach allem, was passiert war, wollte ich einfach nur noch schlafen, wenigstens diese eine Nacht. Wer weiß, was noch alles passiere würde?
Lars Bachner erschien pünktlich zur verabredeten Zeit im Bahnhofsrestaurant und sah sich suchend um. Olli hockte am Nebentisch und rührte angestrengt in einer Tasse Cappuccino herum. Viktoria saß in einer Ecke und versteckte sich hinter einer Zeitung. Ich winkte Lars zu.
»Du hattest recht, Sandra, ich bin verfolgt worden.«
Er beugte sich zu mir herunter, nahm mein Gesicht in beide Hände und küsste mich ungeniert auf den Mund. Am Nebentisch hörte ich einen Löffel an die Kaffeetasse klirren. In der Ecke sank die Zeitung herunter. Viktoria starrte den Küsser begehrlich an. Sie hätte zu gern mit mir getauscht. Lars, der von alledem nichts bemerkt hatte, lächelte mich an, zog seinen Mantel aus, legte ihn über einen freien Stuhl am Tisch und setzte sich.
»Es ist schön, dich zu sehen. Ich bin mir nicht sicher, ob mir dein eifersüchtiger Freund geglaubt hat. Am liebsten wollte er das Haus durchsuchen, aber als ich ihm mit der Polizei gedroht habe, ist er gegangen. Du solltest mit ihm Schluss machen. Nach meiner Ansicht ist er nicht beziehungsfähig. Mit mir wärst du besser dran.«

Um dies zu unterstreichen, streichelte er mir über den Handrücken. Ich zog meine Hand weg.
»Das bezweifele ich. Im Übrigen bin nicht hier, um mich über meinen Freund zu unterhalten. Das kläre ich selbst zu gegebener Zeit. Ich bin hier, weil ich die Wahrheit über Karen wissen will. Und dieses Mal ...«, ich blickte ihn eindringlich an, »... möchte ich keine Lügen von dir hören.«
»Hört, hört! Da spricht die Detektivin«, spottete er, wurde jedoch schnell wieder ernst und meinte: »Warum meinst du als Hobbydetektivin, deinem Freund nacheifern zu müssen? Willst du dir auf diese Weise seine Liebe sichern? Bedeutet er dir so viel? Oder arbeitet ihr am Ende zusammen?«
»Weder noch. Björn hat keine Ahnung und das soll so bleiben. Zurück zu Karen. Hast du am Abend, als sie ermordet wurde, vor ihrem Haus geparkt? Ja oder nein?«
Er winkte dem Kellner zu und bestellte einen Kaffee, bevor er sich mit enttäuschter Miene zu mir wandte.
»Und ich dachte, du würdest meine Gefühle erwidern.«
»Wenn ich dich nicht ein klein Wenig mögen würde, hätte ich diesen letzten Versuch, die Wahrheit von dir zu erfahren, nicht unternommen, sondern wäre gleich zur Polizei gegangen.«
»Und was wolltest du der Polizei erzählen?«
»Zum Beispiel, dass dein Alibi nicht stimmt.«
»Wie kommst du darauf?«
Er versuchte lässig zu klingen, doch ich hörte seine Unsicherheit heraus.
»Das ›wie‹ ist unwichtig. Du kannst dich unmöglich kurz nach neun Uhr abends mit deiner Frau getroffen haben. Sie war zu dieser Zeit mit ihrem Bruder in deiner Stadtwohnung, um sich Karens Adresse aus

deinem Adressbuch zu besorgen. – Wo warst du also?«
Lars Bachner blickte mich an, als sähe er ein Gespenst vor sich.
»Das ist Unsinn, was du über meine Frau und meinen Schwager sagst.«
»Was hat dir deine Frau erzählt, wo sie war?«
»Zuhause. Sie ...«
Er unterbrach sich verdutzt. Zu spät wurde ihm klar, in welche Falle er getappt war. Dann schüttelte er bewundernd den Kopf.
»Du bist eine bessere Detektivin als dein Freund.«
Björn hätte dieses Kompliment mit großer Missbilligung aufgenommen, ich dagegen freute mich. Es klang ehrlich.
»Trotzdem habe ich keinen Grund in diesem Punkt meiner Frau und meinem Schwager zu misstrauen. Warum hätten sie in meiner Stadtwohnung nach Karens Adresse suchen sollen? Sie hatten keine Ahnung von ihr.«
»Du irrst dich. Sie wussten sehr von Karen. Sie soll deine Frau angerufen und von ihr die Scheidung verlangt haben. Deshalb wollte sie anscheinend aus deinem Adressbuch ihre Adresse haben. Stehen darin weitere Frauen, die du näher kanntest?«
»Nein, es enthält Adressen und Telefonnummern von allen möglichen Bekannten und bestimmten Patienten, falls ich Hausbesuche machen muss.«
»Dann hast du bei Vanessa Fink einen Hausbesuch gemacht? Oder hattest du mit ihr ebenfalls ein Verhältnis?«
»Fink, Vanessa Fink?« Er schaute mich überlegend an. »Ach, war das die aidskranke Rauschgiftsüchtige, die vor kurzem Selbstmord begangen hat? – Was hat sie mit Karen zu tun?«

»Vielleicht nichts. Wie gut hast du sie ...«
»Herr Gott noch mal. Ich habe nicht mit jeder Frau ein Verhältnis. Sicher gibt es einige wenige. Das wusste Hilla und hat es toleriert. Wir haben eine offene Ehe geführt. Aber Vanessa gehörte nicht dazu.«
»Vanessa? Du nennst sie beim Vornamen?«
»Ja, wir haben uns geduzt. Das gab ihr Vertrauen. Sie war meine Patientin und mehr war da nicht.«
»Karen war ebenfalls deine Patientin.«
»Ja, das war das Problem. Ich bin Arzt und Therapeut, bin verheiratet und hätte besser kein Verhältnis mit ihr gehabt, obwohl dies erst nach ihrer Therapie der Fall war. Trotzdem hätte es fatal sein können, falls dies bekannt würde. Deshalb gab Hilla mir ein Alibi. Ich dachte wirklich, meine Frau und mein Schwager wären zu Hause gewesen.«
»Warum lässt du dich überhaupt mit Patientinnen ein, wenn du weißt, was es nach sich ziehen kann?«
Bachner schaute mich achselzuckend an.
»Das fragst du mich? Du gehst mit deinen Ermittlungen ebenfalls Leidenschaften nach, die in dir schlummern und dich in Teufels Küche bringen könnten.«
Ich? Nein, das waren allein Viktorias Leidenschaften. Sie hatte mich gegen meinen Willen in ihre Ermittlungen einbezogen. Ich war eine beherrschte, vernünftige Frau und verlor normalerweise nie ..., na ja, fast nie ..., oder nur sehr selten die Kontrolle über mich, oder?
»Wenn mir eine Patientin gefiel und sie meine Gefühle erwiderte, habe ich erst nach einer abgeschlossenen Behandlung nachgegeben. Das war nicht richtig, ich weiß. Mit dir könnte ich mich ändern, Sandra. Du bist anders als all die anderen Frauen.«

Sicher, und nächstes Jahr würde nicht der Nikolaus, sondern der Osterhase die Stiefel der Kinder mit Geschenken füllen.
»Und was ist mit deiner Frau? Sagtest du nicht, sie würde ihre Ehe wie eine Tigerin mit Krallen verteidigen. Wie passt das zu eurer offenen Ehe? Vielleicht war sie nicht so tolerant in dieser Beziehung, wie du dachtest. Möglicherweise wollte sie Karen umbringen, weil sie keinen anderen Weg sah, eine Scheidung zu verhindern.«
»Das kann ich nicht glauben.«
»Von deiner Stadtwohnung zu Karens Wohnung war es nicht weit. Zeitlich wäre es ihr und deinem Schwager möglich gewesen, Karen zu töten. Oder hast du einen anderen Verdacht?«
»Ich sagte dir ja, Karens Vater …«
»Nein, nein, er kann es nicht gewesen sein. Er war kein Sanitäter, sondern seine Frau. Das hast du verwechselt. Er hatte keinerlei medizinische Kenntnisse und fürchtete sich wie seine Tochter vor Spritzen. Außerdem halte ich ihn nicht für dermaßen psychisch gestört, dass er seine Tochter, die sein ein und alles war, getötet hätte. Deine Frau hingegen war Krankenschwester und sie hatte ein Motiv. Auch du bist Arzt und erscheinst der Polizei sehr verdächtig. Willst du mir nicht endlich erzählen, was du in der fraglichen Zeit gemacht hast?«
Er seufzte kapitulierend.
»Ich habe meine Praxis gegen neun Uhr nach dem Ende des Gruppentherapiekurses verlassen. Dann bin ich in meine Stadtwohnung gefahren. Da war niemand«, betonte er. »Ich habe geduscht, mich umgezogen und zwei Pizzas beim Italiener geholt, wie ich es Karen versprochen hatte. Ich bin schätzungsweise gegen zweiundzwanzig Uhr bei ihr angekommen. Da

ich einen Schlüssel zu ihrer Wohnung habe, bin ich hineingegangen. Ich habe mich gewundert, warum ihr Kater nicht kam, um mich wie sonst in Empfang zu nehmen. Und dann fand ich sie. Es war nach dem Tod meiner ersten Frau der schlimmste Augenblick in meinem Leben.«
»Das kann ich mir vorstellen«, erklärte ich mitfühlend. »Aber trotz allem wäre es meiner Meinung nach klüger gewesen, der Kripo von Anfang an die Wahrheit zu sagen. Sie hätten deine Aussage nachprüfen können und dann hättest du ein Alibi gehabt.«
»Und zu welchem Preis? Was wäre gewesen, wenn sich der Wirt in der Pizzeria nicht an mich erinnert hätte? Es war an dem Abend sehr voll dort. Dann wäre ich als Mörder verdächtigt worden.«
»Das wirst du sowieso. Aber wenn sie jetzt bei ihren Ermittlungen die Wahrheit herausfinden ...«, ich nahm zumindest an, dass er nicht wieder gelogen hatte, »... bist du verdächtiger als vorher.«
Lars sank förmlich in sich zusammen. Der Kellner kam und stellte den Kaffee ab. Erst als dieser gegangen war, äußerte er sich.
»Mag sein. Aber sie müssen es nicht erfahren. Bitte, Sam, behalte es für dich.«
Ich überhörte seine Bitte und fuhr fort: »Ist dir in Karens Wohnung etwas aufgefallen, was uns einen Hinweis auf den Mörder geben könnte?«
»Nein. Ich dachte wirklich, sie hätte Selbstmord begangen. Auf dem Tisch neben der Couch, auf der sie lag, befanden sich die Spritzutensilien. In einer alten Schreibmaschine, die auf dem Tisch stand, steckte ein maschinengeschriebener Brief. Im Text hieß es, sie hätte die Liebe ihres Lebens verloren und sähe keinen Sinn mehr in ihrem Leben. Einen Namen hat sie nicht genannt. Aber ich dachte, ich sei

gemeint, weil ich sie nicht hatte heiraten wollen. Ich habe mir entsetzliche Vorwürfe gemacht und bin in Panik aus der Wohnung gelaufen. Erst als die Polizei bei mir war, habe ich von dem Mordverdacht erfahren. Und außer Dehnert ist mir kein Verdächtiger eingefallen.«
Er sah verzweifelt aus.
»Wenn du es nicht warst, muss sie jemand anders getötet haben. Ich würde deine Frau durchaus für fähig halten, einen Mord begehen zu können. Allerdings frage ich mich, warum sie, statt allein zu fahren, mit deinem Schwager unterwegs war. Was für einen Beweggrund könnte er gehabt haben, sie zu begleiten.«
»Sie musste ihren Führerschein vor einigen Monaten abgeben, als sie nach der Geburtstagsfeier bei einer Freundin mit zu viel Promille angehalten wurde. Dies hatte endgültig zum Bruch zwischen uns geführt. Nach dem Tod meiner ersten Frau, kann ich für betrunkene Fahrer kein Verständnis aufbringen, selbst wenn sie kurze Strecken fahren. Seitdem ist Hilla entweder mit einem Taxi unterwegs oder lässt sich von jemandem fahren. – Aber einen Mord begehen? Nein, das könnte sie nicht. Wenn du sie kennen würdest, dann ...«
»Ich kenne sie und gerade deswegen würde ich ihr alles zutrauen«, unterbrach ich ihn. »Das erste Mal bin ich ihr begegnet, als ich versehentlich beim Einparken gegen den Wagen deines Schwagers gestoßen bin. Das zweite Mal sind wir uns zufällig gestern Abend über den Weg gelaufen. Und das war alles andere als angenehm. Sie will mich wegen einer Schramme am Wagen deines Schwagers anzeigen.«
»Du warst gestern auf dem Treffen der Pferdezüchter in Hamburg?«, fragte Lars verblüfft.

»Nein, ich war im Spielkasino in Bad Zwischenahn. Ich hatte Dr. Strehlitz beschattet und war ziemlich erstaunt, sie ebenfalls dort anzutreffen.«
»Sie war mit Friedhelm im Kasino?«
Lars schüttelte resignierend den Kopf.
»Da haben sich die Richtigen gefunden. Hilla war seit jeher leicht beeinflussbar und geldgierig. Seit Freunde Friedhelm nach dem Tod seiner Frau zur Zerstreuung in die hannoversche Spielbank mitgenommen haben, glaubt er ernsthaft, es müsse ein System geben, mit dem er die Spielbank austricksen könne. Ich habe mehrmals mit ihm darüber gesprochen. Aus meiner Sicht zeigt er ernsthafte Anzeichen von Spielsucht. Er dagegen sieht es als Hobby und Ablenkung von seiner Einsamkeit. – Aber wieso hast du Friedhelm verfolgt? Er hatte nichts mit Karen zu tun.«
»Es gab ein Gerücht, er könne der ehemalige Geliebte Karens gewesen sein. Und damit hätte er ebenfalls ein Mordmotiv haben können. Deshalb wollte ich ihn mir näher ansehen.«
Lars schüttelte den Kopf. »So ein Unsinn. Strehlitz hat seit dem Tod seine Frau kein Interesse mehr für andere Frauen. Ich weiß nicht, wie das Gerücht aufgekommen ist, aber Karen und er haben mit Sicherheit nie ein intimes Verhältnis gehabt.«
»Ach, weißt du etwa, wer ihr Liebhaber war?«
»Nein, sie hat keinen Namen genannt. Sie wollte nicht mit mir über ihre Freundin sprechen. Sie sagte, ich würde sie kennen und es wäre ihr peinlich, wenn ich es wüsste.«
»Freundin?«
Ich starrte ihn entgeistert an. Die ganze Zeit hatten wir wie selbstverständlich nach einem Mann gesucht, mit dem Karen vor Bachner zusammen gewe-

sen sein könnte und nun dies! Wie hatten wir in der heutigen Zeit dermaßen einseitig denken können? Gerade bei Karens Vorgeschichte, hätten wir ein lesbisches Liebesverhältnis zumindest in Betracht ziehen müssen.

»Ja. Aber ich bitte dich, dies nicht herumzuerzählen. Ich möchte ihren Ruf nicht im Nachhinein zerstören. Auch wenn Bisexualität heute offiziell nichts Verwerfliches mehr darstellt, ist sie in den Köpfen vieler Menschen mit einer negativen Einstellung behaftet. Karen hatte unter ihrem Ex-Mann gelitten. Er hatte ihr vorgeworfen frigide zu sein, hatte sie betrogen und sich ausschließlich um seine Malerei gekümmert. Erst mit dieser Frau hat sie ihre sexuellen Bedürfnisse kennen gelernt.

Aber diese Frau muss auf subtile Weise sehr dominant gewesen sein. Karen fühlte sich im Laufe der Beziehung zusehends eingeengt. Hinzu kam ihre Scham, weil diese Liebe nicht in ihre anerzogenen Moralvorstellungen passte. Zuerst war sie glücklich mit ihr, doch nach einiger Zeit verschlimmerte sich ihre Depression und sie ließ sich erneut von mir behandeln. Es war schwer für sie, sich von ihrer Freundin zu lösen. Erst als ich ihr gezeigt hatte, wie sie ihre Sexualität mit einem Mann lustvoll ausleben konnte, hatte sie sich von ihr trennen können.«

»Eine interessante Therapie.«

»Ja, ich weiß, es war ein unverzeihlicher Fehler. Aber ich fühlte mich zu ihr hingezogen. Leider hatte ich ihre Persönlichkeitsstruktur zu wenig beachtet. Ich hätte wissen müssen, dass sie eine Ehe wollte. Diese Falscheinschätzung hätte mir als Arzt nicht passieren dürfen.«

»Was hat sie dir über ihre Freundin erzählt? Vielleicht können wir ihre Identität herausfinden.«

»Glaubst du etwa, diese Frau könnte den Mord begangen haben?«
Ich zuckte die Schultern. »Wäre möglich. Enttäuschte Liebe ist ein starkes Mordmotiv. Oder wie siehst du als Psychologe dies?«
»Das wäre tatsächlich denkbar«, überlegte er. »Leider war aus Karens Erzählungen nicht viel zu entnehmen. Ihre Geliebte hat sich trotz ihrer Dominanz an Karen geklammert und sie mehrfach gebeten, ihre Beziehung nicht zu beenden. Am Ende soll sie sich damit abgefunden haben.«
»Hast du der Kripo von ihr erzählt?«
»Was hätte ich erzählen sollen? Ich wusste nicht, wer sie war. Einmal kam mir der Gedanke, es könne Miriam Hoffmann gewesen sein. Die beiden Frauen verstanden sich sehr gut. Ich konnte sie auf Franks dreißigjährigen Geburtstag beobachten. Beide Frauen haben ausgelassen und eng miteinander getanzt. Ich muss gestehen, in dem Augenblick ist mir Karen als Frau erst aufgefallen. Sie wirkte beim Tanzen so verführerisch.«
Miriam Hoffmann. Wäre das denkbar? Ich hatte bei unserem Besuch sofort das Gefühl gehabt, sie hätte gelogen. In ihrem Alibi klafften Lücken, sie war ebenfalls medizinisch vorgebildet, hatte Verbindungen zur Praxis und gehörte zu Karens sozialem Umfeld. Außerdem hatte mich irritierte, wie rigoros sie Karens Affäre geleugnet hatte. Wäre sie die Mörderin, hätte sie den Kater ausgesetzt, wie ich es die ganze Zeit entgegen Viktorias Ansicht vermutete.
»Würdest du Miriam Hoffmann einen Mord zutrauen?«
Er überlegte lange und blickte auf seine Kaffeetasse, als würde die dunkelbraune Brühe eine Antwort formen.

»Ich weiß es nicht. Auch als Therapeut kann ich in keinen Menschen hineinschauen. Aber je mehr ich darüber nachdenke, desto wahrscheinlicher erscheint es mir. Die Ehe zwischen ihr und Frank kriselt. Eine Zeit lang dachte ich, Miriam würde für mich schwärmen. Aber sie könnte ebenso wie Karen bisexuell veranlagt sein. Ich kenne sie nicht gut genug, um sie beurteilen zu können. Wenn ich ehrlich sein soll, kann ich mir allerdings weder Miriam Hoffmann noch Hilla als Mörderinnen vorstellen.«

Hilla! Beinah hätte ich sie aus den Augen verloren, nachdem Bachner mir eine weitere Verdächtige präsentiert hatte. Oder hatte er dies bewusst getan, um mich von seiner Frau abzulenken? Stand er ihr näher, als er mir weismachen wollte? Mir fiel das Katzenfoto ein, das aus ihrer Tasche gefallen war. Auch wenn ich nicht glaubte, der Kater könne uns zum Mörder oder zur Mörderin führen, wollte ich diese Spur nicht außer Acht lassen

»Mir ist noch etwas eingefallen. Wie lange habt ihr eure Katzen eigentlich?«

»Da fragst du mich zu viel. Es sind Hillas Katzen. Die eine lebt seit mehreren Jahren bei uns und die andere ist ihr vor kurzem zugelaufen. Wieso fragst du nach ihnen?«

»Ist sie Euch vor Karens Tod oder danach zugelaufen?«

»Das weiß ich nicht. Irgendwann war sie da. Ich übernachte öfter in meiner Stadtwohnung und rede im Moment ohnehin nicht viel mit Hilla. Aufgefallen ist sie mir erst danach. – Moment mal, du glaubst nicht etwa, es könnte Karens verschwundener Kater sein?«

»Könnte er? Du kanntest Amadeus doch.«

»Ich bin kein Katzenfan. Für mich sehen diese

Hauskatzen alle gleich aus. Ich könnte dir auf Anhieb nicht einmal sagen, welches Tier länger bei uns ist. Als Unterscheidungsmerkmal ist mir nur ihr Geschlecht bekannt. Die Katze war zuerst da. Der Kater kam später.«
Bingo! Hilla war also nach Karens Tod ein Kater zugelaufen? Das gab einen weiteren Pluspunkt auf ihrer Verdächtigen-Skala. Nun stellte sich die nächste Frage: Wie konnten wir diesem Kater unbemerkt die Erdbeeren kredenzen? Oder sollte ich Lars bitten, dies zu klären? Konnte ich das wagen? Ich blickte verstohlen zu Olli. Er schüttelte kaum merklich den Kopf, als schien er zu wissen, was ich dachte.
»Wollen wir nicht für heute das Thema ›Mord‹ beenden und zu mir gehen, Sandra? Es gibt andere Dinge im Leben als Verbrechen aufzuklären. Hilla kommt vor heute Abend nicht zurück«, lenkte mich Lars Bachner von meinen Überlegungen ab.
Zärtlich zog er meine Hand an seine Lippen und küsste sie. Es fühlte sich nicht schlecht an. Das kleine Teufelchen in mir schien seinen Vorschlag sekundenlang in Betracht zu ziehen. Wenigstens hätte ich Björns Eifersucht dann einen Grund liefern können. Am Nebentisch fiel der Kaffeelöffel scheppernd auf den Fußboden. Als ob es Ollis Warnung bedurft hätte. Ich schüttelte Lars Lippen ab.
»Ich weiß nicht, ob es ein guter Zeitpunkt wäre. Hilla war gestern nicht beim Pferdezüchtertreffen. Wer weiß, wo sie heute ist und ob sie nicht früher zurückkommt.«
»Keine Sorge. Auch wenn sie gestern nicht dort war, heute ist sie bestimmt in Hamburg. Sie ist mit Rupert heute Morgen losgefahren. Es hatte mich ohnehin gewundert, wieso sie gestern angeblich mit einer Freundin dorthin wollte. – Bitte Sandra, komm mit.«

Die Aussicht den Kater hinsichtlich seines Erdbeergeschmacks zu testen, war verlockend. Allerdings würde ich den Nachmittag für Lars anders gestalten, als er sich das dachte.
»Gut, ich habe noch etwas zu erledigen und komme dann heute gegen vierzehn Uhr vorbei. Ist das in Ordnung?«

Fast hatte ich ein schlechtes Gewissen, als ich zur angegebenen Zeit mit Olli und einem verschließbaren Schälchen Erdbeeren bei Lars Bachner auftauchte. Bestimmt hatte er mich allein erwartet und sich ein kleines Abenteuer mit mir erhofft. Unser Besuch wäre zu seinem Besten, hatte Viktoria mich getröstet. Hätte sie nicht befürchtet, ihre Tarnung in der Praxis aufzugeben, hätte sie mich begleitet.
»Sandra, ich habe überraschend Besuch bekommen. Es ist besser, ihr geht gleich wieder.«
Sein Gesicht hatte einen gehetzten, fast furchtsamen Ausdruck.
»Aber nicht doch, kommen Sie bitte beide herein.«
Überraschend trat ein Mann hinter ihm hervor. Er wirkte mit seinen gegelten Haaren modisch gestylt und trug ein offenes Sakko, unter dem ein blaues Hemd hervorschaute. Irgendetwas störte mich sofort an ihm, ohne dass ich sagen konnte, was es war.
»Ja, dann kommt rein.«
Lars trat resignierend zur Seite und ging voraus. Olli und ich folgten ihm ins Wohnzimmer. Der Mann schloss sich an. Lars ließ sich mit gesenktem Kopf auf eine helle Sitzgarnitur nieder und sagte kein Wort. Er wirkte auf mich wie ein Schaf, das zur Schlachtbank geführt wurde. Der fremde Mann gab sich betont freundlich und wies mit der Hand auf die Couch: »Setzen Sie sich.«

Olli und ich sahen uns befremdet an. Wer war dieser Typ, der so tat, als gehörte das Haus ihm? Während ich überlegte, ob ich nicht lieber stehen bleiben sollte, kam die Katze maunzend zu mir geschlichen. Sie schien sich an mich zu erinnern. Um nicht diesem merkwürdigen Typen Folge zu leisten, beugte ich mich zu ihr hinunter, um sie zu streicheln. In diesem Moment sah ich aus einer Schranknische zwei Füße in schwarzen Lederschuhen auf mich zukommen. Alarmiert sah ich hoch. Das Erkennen und mein warnender Aufschrei an Olli erfolgten zugleich.
»Das ist der Verfolger mit der Waffe.«
»Sie schon wieder?!«
Der Müllmann schien ebenso verblüfft zu sein, wie ich.
Ein Kuchenpaket wie bei Dehnert hatte ich leider nicht zur Hand. Ich spürte das Fell der Katze an meiner Hand, packte sie, schnellte hoch und schwang ihm das wild zappelnde und fauchende Tier entgegen. Insgeheim entschuldigte ich mich für mein wenig nettes Verhalten und versprach dem Tierchen eine Dose Katzenfutter. Aber dies war ein Notfall.
Wie erhofft, versuchte der Müllmann sie mit den Händen von seinem Gesicht abzuwehren. Dabei sprang seine Jacke auf. Ich sah das Pistolenhalfter samt Inhalt. Angesichts dieser Bedrohung gab es nur eines: Blitzschnell bewegte sich meine eine Hand an seine Waffe und griff zu. Unterdessen hörte ich hinter mir, ein dumpfes Aufschlagen, ein kurzes Stöhnen und Ollis Stimme: »Hände hinter den Kopf! Sofort!«
Das konnte ich auch. Mit der Waffe in der Hand herrschte ich den Müllmann ebenfalls an, seine Hände zu erheben.
»Wie denn?«

Der Müllmann blickte dümmlich auf die sich windende Katze in seinen Armen. Falls er überlegt hatte, sich mit dem gleichen Trick zu revanchieren, machte ihm die Katze einen Strich durch die Rechnung. Mit einer schnellen Drehung entwand sie sich ihm und floh auf dem schnellsten Weg aus dem Wohnzimmer.
»Hände hoch, hatte ich gesagt.«
Endlich gehorchte er. Ich schaute kurz zu Olli. Er stand ebenfalls mit einer Pistole über dem am Boden liegenden Typen und hielt ihn in Schach. Offenkundig hatte Olli ihn mit seinen Karate-Künsten außer Gefecht gesetzt. Wir nickten uns anerkennend zu. So etwas nannte sich gute Teamarbeit.
Lars saß verdutzt auf der Couch und schüttelte den Kopf, als könne er nicht glauben, was sich eben abgespielt hatte.
»Lars, ruf sofort die Polizei an.«
»Aber ... das ... ist ... die ... Polizei«, stammelte er.
Der am Boden liegende Typ zog vorsichtig eine Polizeimarke aus seinem Sakko.
»Hauptkommissar Fischer und Hauptkommissar Haarmann. Ich werde jetzt aufstehen und sie werden uns beide sofort unsere Waffen wiedergeben.«
Nun kam der Müllmann doch zu seiner Revanche. Er nutzte meine Überraschung und riss mir die Waffe aus der Hand, ehe ich reagieren konnte. Dann zückte er demonstrativ aus seiner Lederjacke eine Dienstmarke: »Glauben Sie mir jetzt?«
Es gab Momente, in denen ich nichts dagegen gehabt hätte, wenn sich unter mir der Boden aufgetan und mich verschlungen hätte. Dieser gehörte zweifellos dazu. Doch nichts dergleichen geschah und so musste ich mich den Tatsachen stellen: Ich hatte einen Kripobeamten in den Müll geschickt und war nun

auch noch für seine zerkratzten Hände verantwortlich, die die Katzenkrallen hinterlassen hatten. Das war keine gute Grundlage für ein Gespräch.
»Wer sind Sie und was wollten Sie hier?«, fragte Fischer uns, nachdem wir uns alle von der Überraschung erholt hatten.
»Mein Name ist Oliver von Langen und das ist meine Freundin Sandra Martin. Wir wollten uns mit Dr. Bachner treffen.«
Olli nahm die Angelegenheit gelassener. Er hatte ja nur den Kommissar auf die Dielenbretter geschickt und sich sofort für die Verwechslung entschuldigt.
»Dann sind Sie mit ihm befreundet?«
»Wie man es nimmt. Eigentlich kennt Sandra Dr. Bachner. Aber das sind Privatangelegenheiten, die die Polizei kaum interessieren dürften.«
»Glauben Sie? Immerhin haben Sie zwei Polizeibeamte tätlich angegriffen. Das könnte zu einer Anzeige führen«, stellte Fischer fest, dessen Ego als Polizist Olli offenbar angekratzt hatte.
»Sie haben sich anfangs nicht als solche zu erkennen gegeben. Und nachdem Ihr bewaffneter Kollege meine Freundin verfolgt hatte, dachten wir natürlich, Sie wären übelste Verbrecher.«
Olli schob ihm ungerührt den Schwarzen Peter zu.
»Mein Kollege hat sich Mittwochabend als Polizist zu erkennen geben«, verteidigte Fischer ihn.
»Ohne seine Dienstmarke präsentieren zu können.«
Olli schüttelte bedauernd den Kopf.
»Es heißt immer, man solle sich die Dienstmarke eines Polizisten zeigen lassen, wenn man nicht sicher sei, ob jemand ein falsches Spiel spielen würde.«
Fischer ließ sich nicht beirren. »Ihre Freundin hat meinen Kollegen mit einer Waffe bedroht, für die sie sicher keinen Waffenschein besitzt.«

»Einen Waffenschein? Für eine Spielzeugpistole, die ich als Erzieherin einem meiner Kindergarten-Jungen aus pädagogischen Gründen abgenommen hatte?« Ich konnte mir trotz allem ein Grinsen kaum verkneifen.
»Eine Spielzeugpistole?«
Fischer fuhr ärgerlich zu seinem Kollegen herum. Dieser schüttelte perplex den Kopf.
»Ehrlich, sie sah in der Dunkelheit aus wie eine Echte. Verbieten sollte man solche Spielzeuge!«
Nun schüttelte auch Fischer sein Haupt. Dabei verzog sich sein schmaler Mund langsam zu einem Strich, der fast auf ein unterdrücktes Grienen schließen ließ.
»Außerdem hatte sie mich mit meiner Waffe bedroht und die war geladen«, fügte sein Kollege trotzig hinzu und wandte sich dann an mich. »Bei der Gelegenheit möchte ich mich bei Ihnen entschuldigen. Ich hatte sie lediglich beschattet, weil sie sich mit Dr. Bachner getroffen hatten und wir dachten, sie könnten uns als Zeugin weiterhelfen.«
»Das hatten Sie aber nicht gesagt.«
Statt ihn weiter vorzuführen, wäre nun die beste Gelegenheit gewesen, zu erzählen, was wir bis jetzt herausgefunden hatten. Aber es wollten keine erklärenden Worte über meine Lippen. Wer weiß, was das nach sich gezogen hätte?
»Ich konnte keine Ermittlungsinterna aussprechen. Trotzdem möchte ich Sie für ihr umsichtiges Verhalten loben und mich bei Ihnen bedanken«, fuhr er fort.
»Bedanken? Wofür?«
Ich schaute ihn ungläubig an. Bedankte er sich etwa für seinen Aufenthalt im Müllcontainer?
»Ja, Sie haben das einzig Richtige getan, in dem Sie

meine Waffe beim Kollegen Melzner abgegeben haben.«

Was hatte ich? Die Waffe bei Björns Freund Hauptkommissar Gunter Melzner, abgegeben? Nie im Leben. Was ging hier eigentlich vor? Ich blickte kurz zu Olli. Doch der zog nur fragend die Stirn kraus.

»Äh, ja, ich dachte wirklich, Sie wären ein Verbrecher«, redete ich mich heraus.

Es hatte keinen Sinn weiter auf die Rückgabe der Waffe einzugehen. Ich würde Melzner anrufen, wenn wir Lars Haus verlassen hatten.

»Wie sollte ich Ihnen als Zeugin helfen?«, lenkte ich von der Waffe ab. »Ich kenne Dr. Bachner kaum. Hat er etwas verbrochen?«

Die beiden Beamten sahen sich an. Fischer ergriff das Wort.

»Es geht um den Mord an Karen Dehnert.«

»Wer ist Karen Dehnert?« Ich stellte mich dumm. Das erschien mir am sinnvollsten.

»Eine meiner Patientinnen«, erklärte Bachner und ging auf mein Spielchen ein. »Sie ist vor kurzem ermordet worden und da ich mit ihr näher bekannt war, verdächtigen mich die Beamten. Leider habe ich ein wackeliges Alibi. Ein Nachbar hat gesehen, wie ich am Tatabend gegen zweiundzwanzig Uhr dreißig allein nach Hause gekommen bin. Das fällt in die mögliche Tatzeit. Auch meine Frau soll mit meinem Schwager erst wenige Minuten vorher zurückgekommen sein.«

Das war ja sehr interessant. Ich dankte Lars mit einem Blick.

»Aha«, äußerte ich mich laut. »Und was hat das alles mit mir zu tun, Herr Kommissar?«

»Wahrscheinlich nichts. In welcher Beziehung stehen Sie zu Dr. Bachner?«

»In gar keiner«, verkündigte Olli und legte seinen Arm um mich. »Er wollte sich an sie ranmachen. Und weil wir uns gestritten hatten, wollte sie mir eins auswischen und hat sich mit ihm getroffen. Heute haben wir uns wieder versöhnt. Um Bachner dies zu sagen, sind wir hergekommen.«
Lars Bachner schaute irritiert drein. Es kam mir vor, als überlegte er, ob ich eine schlimmere Lügnerin und Betthüpferin war, als er. Das war ich natürlich nicht, aber ich konnte es ja mal als Lügnerin versuchen.
»Es tut mir leid, Lars«, bekräftigte ich und senkte verschämt meine Augen.
»Tja, da kann ich wohl nichts machen«, meinte dieser und zwinkerte mir zu. Offensichtlich hatte er Ollis Spiel durchschaut.
»Ich hatte nicht gedacht, dass der Sohn einer meiner Sprechstundenhilfen dich mehr fesseln könnte als ich.«
Sehr clever, Herr Doktor. Die Namensgleichheit von Viktoria und Olli hatte ihn den richtigen Schluss ziehen lassen. Viktoria würde nicht begeistert sein. Aber wenn Olli einen anderen Namen gewählt hätte, wäre das vor den Polizisten alles andere als schlau gewesen.
»Ich denke, Ihren privaten Kram können Sie zu einem späteren Zeitpunkt unter sich ausmachen«, äußerte sich Fischer ungeduldig.
»Eine Frage haben wir an Sie, Frau Martin: Waren Sie dabei, als Dr. Bachner von Walter Dehnert mit dem Messer angegriffen wurde?«
»Dich hat jemand mit dem Messer angegriffen, Lars?«
Ich spielte weiterhin die Ahnungslose. Bachner nickte und spielte mit.

»Ja, aber es ist nichts passiert. Eine zufällig vorbeikommende Frau hat mir geholfen.«
Kommissar Fischer resignierte.
»Gut, geben Sie uns bitte Ihre Adressen und Telefonnummern für spätere Rückfragen. Dann können Sie beide gehen. Wir haben noch einiges mit Dr. Bachner allein zu klären.«
Erleichtert verabschiedeten wir uns und eilten hinaus. Draußen bemerkte Olli: »Da haben wir verdammtes Glück gehabt. Ob der Zeuge, von dem die Rede war, jener Mann war, der nach deinem Rangiermanöver mit dem Auto nach draußen gestürmt kam und zunächst dachte, du hättest sein Auto getatscht?«
»Das könnte gut sein. Willst du ihn befragen?«
»Im Moment nicht. Es wird stimmen, was Bachner weitergegeben hat. Immerhin hat keiner der Beamten etwas dagegen gesagt. So wie es aussieht, käme Hilla durchaus als Mörderin in Frage. Schade, dass wir den Kater nicht wegen der Erdbeeren testen konnten. Das hätte uns weiter bringen können.«
Das Glück blieb uns weiterhin treu. Gerade, als wir am Grundstückszaun ankamen, huschte der Kater an uns vorbei in Richtung Tür. Auf der Stufe vor der Haustür setzte er sich hin und stierte hypnotisierend die Türklingel an, als würde sie durch intensiven Blickkontakt ertönen.
Schnell holte ich das Schälchen aus meiner Tasche und schlich mich, beruhigende Worte murmelnd, an ihn heran. Er schaute mich missmutig an, schnupperte aber an den Erdbeeren. Angewidert drehte er seine Nase weg, als wolle er sagen: ›Du wagst es, mir mit diesem Zeug zu kommen?‹, und begann lautstark zu maunzen.
»Komm hier weg, Sam, ehe sich die Tür öffnet und

sich irgendjemand fragt, warum wir hier herumlungern.«
»Also langsam habe ich genug, dauernd hinter irgendwelchen Katzenviechern herzulaufen. Mal ehrlich, glaubst du, der Mörder oder die Mörderin hätten sich die Mühe gemacht, Karens Kater zu behalten?«, fragte ich Olli, als wir in seinem Auto saßen.
»Nicht wirklich. Aber was kann es schaden, es auszuprobieren?«

21

Olli fuhr mich nach Hause. Bei dem trüben Novemberwetter brannte schon am Nachmittag in den meisten Häusern das Licht. Auch in meiner Wohnung. Ich schaute unsicher zu meinen Fenstern hoch. Björn war also da. Olli folgte meinem Blick.
»Da du Melzner nicht angerufen hast, ist dir mittlerweile klar geworden, wie Haarmanns Polizeiwaffe in seine Hände gelangt ist, oder?«
»Ja, Björn muss sie gefunden, als Polizeiwaffe erkannt und Gunter übergeben haben. Wahrscheinlich wollte er mich nicht in Schwierigkeiten bringen«, brummelte ich.
Es ärgerte mich, wie ich derart hatte in Panik geraten und glauben können, es sei jemand Fremdes in meine Wohnung eingebrochen. Bloß weil dies in der Vergangenheit einmal passiert war und ich von einem Unbekannten verfolgt worden war, hätte ich nicht das Naheliegende außer Acht lassen müssen. Wieso war mir nicht der Gedanke gekomen, Björn könnte vielleicht ein neues Rasierwasser ausprobiert haben? Jeder normale Mensch hätte dies zuerst gedacht. Nur ich nicht. Und warum? Weil ich mich von Viktoria wieder einmal in die Aufklärung eines Mordfalles hatte hineinziehen lassen und vor lauter Angst und überschäumender Fantasie den falschen Schluss gezogen hatte. Andererseits ärgerte ich mich trotzdem über Björns Verhalten.
»Ich begleite dich nach oben«, erklärte Olli.
»Danke, aber das schaffe alleine.«
»Okay, ich warte eine Viertelstunde, nur zur Sicherheit.«
Wenige Minuten später stand ich Björn gegenüber. Er lümmelte auf meiner Couch und sah sich eine

Politsendung im Fernsehen an.

»Oh, die Dame des Hauses kommt nach Hause. Ich dachte, du wolltest bei deinem neuen Verehrer übernachten oder vielleicht lieber die Polizeiarbeit behindern«, seine Stimme triefte vor Sarkasmus, während er weiterhin die Talkrunde zu verfolgen schien.

Ich stellte den Fernseher aus.

»Es hätte alles nicht so zu kommen brauchen, wenn du Viktoria und Olli ein klein wenig mehr Toleranz entgegen bringen könntest. Dann hätte ich dir alles erzählen können und du wärst über den ganzen Fall im Bilde gewesen.«

»Ach, jetzt bin ich schuld, weil du mich belogen, hintergangen und wahrscheinlich betrogen hast.«

»Ich habe dich nicht betrogen. Ich habe recherchiert und ich habe nicht mit Bachner geschlafen. Er ist der Hauptverdächtige im Mordfall Dehnert. Aber das weißt du sicher von Gunter.«

»Nein, das weiß ich nicht. Gunter hat mir lediglich erzählt, der Polizist, dem die Waffe gehöre, ermittele in einem Mordfall und habe seine Waffe bei einer missglückten Beschattung eingebüßt. Der arme Kerl kann von Glück sagen, wenn die Sache ohne disziplinarische Strafe für ihn endet. Und du kannst dich glücklich schätzen, dass ich die Waffe gefunden und sie an Gunter weitergegeben habe. Der hat im Computer nachgesehen, vom Verlust der Waffe erfahren und sie an den Kollegen zurückgegeben, ohne sich näher zu äußern. Er wollte erst mit dir reden. Was hast du dir dabei gedacht?«

»Ich wusste nicht, dass der Typ ein Polizist ist. Er hatte mich verfolgt. Ich dachte, er wollte mich überfallen. Glücklicherweise gelang es mir, ihm die Waffe abzunehmen. Ich wollte sie bei der Polizei abgeben. Aber dann fehlte mir die Zeit und ich legte sie

in meine Kommodenschublade. Was hattest du überhaupt in meiner Wohnung herumzuschnüffeln?«
»Das fragst du? Ich wollte wissen, was los ist. Du wirst von so einem Aufschneider-Typen vom Kindergarten abgeholt, und denkst, ich schlucke diese blödsinnige Geschichte? Wir sind ein Paar, da werde ich wohl versuchen dürfen, die Wahrheit herauszufinden. Ich wäre nicht zu Gunter gegangen, wenn du Freitagnacht zu Hause übernachtet hättest. Aber nein, du musstest mich hintergehen.«
»Ich wiederhole: Ich habe dich nicht betrogen. Viktoria ...«
»Ich wusste es! Diese Verrückte ist an allem schuld. Verdammt, Sam, warum hältst du dich nicht endlich von ihr fern? Sie macht nur Ärger. Kannst du dir nicht vorstellen, was ich mir ständig für Sorgen machen muss, wenn du dich mit ihr triffst? Wenn sie so weitermacht, endet sie entweder im Knast oder unter der Erde. Und du auch.«
Irgendwie hatte er Recht. Und doch wieder nicht.
»Viktoria ist meine Freundin. Zugegeben, sie ist nicht wie die meisten Leute, aber ich mag sie und werde sie treffen, so oft ich will.«
»Du ziehst sie mir vor?«
Ich schüttelte traurig den Kopf.
»Nein. Ich mag euch beide und ich mag meine Freiheit, selbst zu entscheiden, mit wem ich mich treffe.«
»Ja, mit diesem Bachner«, knurrte er.
»Falsch. Ist dir klar, in welche Gefahr du dich und mich aus purer Eifersucht hättest bringen können, falls er wirklich der Mörder wäre? Und das, wo du dir angeblich Sorgen um mich machst? Warum hast du nicht mit mir geredet?«
»Du warst nicht da. Und Viktoria auch nicht. Woher sollte ich wissen, dass ihr wieder auf diese blödsin-

nige Idee gekommen seid, die Ermittlungen eines Mordfalles zu behindern. Du weißt genau, wie sehr ich nach der Scheidung von meiner dritten Frau Detektivinnen hasse, erst recht, wenn sie Amateure sind. Wo warst du in den letzten Nächten?«
»Gestern habe ich bei Viktoria übernachtet, weil ich keine Lust hatte, mich mit deiner unsinnigen Eifersucht auseinanderzusetzen. Und Freitagnacht habe ich in einem Hotel verbracht, weil ich in meiner Wohnung einen fremden Geruch wahrgenommen, ein Geräusch gehört und die Pistole nicht gefunden habe. Ich dachte ernsthaft, der Typ, der mich verfolgt hatte, wäre in meiner Wohnung. Warum hast du Freitag nicht gesagt, dass du vorbei kommen würdest? Warum hast du kein Licht gemacht? Und überhaupt: Warum hast du dich mit diesem scheußlichen Rasierwasser parfümiert?«
Die ganze Zeit war mir dieser Mief in die Nase gedrungen. Nun wurde das Bedürfnis übermächtig, das Fenster aufzureißen und den Geruch herauszulassen, der mich am Freitagabend in Angst und Schrecken versetzt hatte. Die kalte, frische Luft tat gut. Björn musterte mich, als wäre ich unzurechnungsfähig.
»Ich wollte dich überraschen und bin eingeschlafen. Aber im Augenblick weiß ich nicht, ob wir zusammenpassen, Sam. Nicht nur, weil du mir nicht vertraust, mich belügst, meine Wünsche ignorierst und dir meine Sorgen egal sind, kritisierst du nun auch noch mein neues, teures Rasierwasser, das mir sehr viel besser gefällt als das Alte. Was zu viel ist, ist zu viel! Ich übernachte lieber bei mir. Wenn du zur Vernunft kommst, kannst du anrufen.«
Er erhob sich und ging an mir vorbei in den Flur. Ich folgte ihm.
»Warum kannst du meine Freundschaft zu Viktoria

und Olli nicht wenigstens ein Bisschen akzeptieren? Dann hätte ich dir von Anfang an alles erzählen und wir hätten uns austauschen können. Das würde ich mir von meinem Lebenspartner wünschen.«
»Und ich würde mir von meiner Lebenspartnerin bedingungsloses Vertrauen und Liebe wünschen. Und ...«, hob er hervor, »... keine Amateurdetektivin.«
Er entfernte meinen Schlüssel von seinem Bund und legte ihn auf meine Kommode. Ohne mich anzusehen, verließ er meine Wohnung. So hatte ich mir unsere Aussprache nicht vorgestellt. Wütend nahm ich den Schlüssel und knallte ihn gegen die Tür, während Tränen über mein Gesicht liefen.

»Sei froh, dass du ihn los bist.«
Viktoria lächelte mir aufmunternd zu.
»Ich wollte ihn gar nicht los sein.«
»Lars hat auch gesagt, Björn wäre nicht beziehungsfähig. Sein Verhalten und drei gescheiterte Ehen sagen wohl alles.«
»Bachner will mich selbst abschleppen. Den kann ich nicht ernst nehmen. Eigentlich ist alles sowieso deine Schuld«, warf ich ihr vor.
»Ich vollbringe gern ein gutes Werk.«
Viktoria war mit sich zufrieden. Sie hatte mich gut gelaunt vom Kindergarten abgeholt.
»Ach, hör auf. Außerdem ist es wirklich gefährlich, sich als Detektivin zu betätigen. Und wer weiß, was Fischer und Haarmann mit uns angestellt hätten, wenn sie die Wahrheit gewusst hätten. Dank Björn hat die Sache mit der Dienstpistole wenigstens kein Nachspiel. Ich glaube, ich fahre lieber nach Hause.«
»Och, Sam, krieg nicht wieder deine Allüren. Wir stehen kurz vorm Ziel und Lars braucht uns. Ich habe

heute Vormittag mit Silke telefoniert. Er ist nicht zur Arbeit erschienen. Offiziell ist er krank. Dabei haben die Bullen ihn festgenommen. Vielleicht konnte sich in der Pizzeria niemand an ihn erinnern. Wir müssen ihm helfen. Er ist mein Chef und dir vertraut er.«
»Und wenn er wirklich Karens Mörder ist und alles, was er mir erzählt hat, Lügen sind?«
»Nein, das glaube ich nicht. Ich tippe auf Miriam als Mörderin. Hilla Bachner können wir ausschließen. Sie ist eine Katzenfreundin und hätte sich um Karens Kater gekümmert.«
»Sie könnte den Kater zur Beruhigung ihres Gewissens ins Tierheim gebracht oder an jemanden verschenkt haben. Ich halte sie nach wie vor für die Hauptverdächtige. Und bloß weil Miriam eng mit Karen getanzt haben soll und ihr Alibi dürftig ist, muss sie es nicht getan haben, selbst wenn sie ein Verhältnis mit Karen gehabt haben sollte.«
»Ja, das ist mir klar. Silke meint auch, Miriam könnte eingeschlafen sein und deshalb das Telefon nicht gehört haben. Die Doppelbelastung von Familie und Beruf macht ihr sehr zu schaffen. Deshalb kriselt es in ihrer Ehe. Als sie allerdings von dem Verdacht einer gleichgeschlechtlichen Beziehung zwischen den beiden Frauen hörte, kam sie ins Grübeln und meinte, das könne ein Motiv sein. Trotzdem kann sie sich Miriam nicht als Mörderin vorstellen.«
»Na also. Dann können wir uns den Weg zu Miriam sparen und überlassen Fischer und Haarmann die Ermittlungen.«
»Och, Sam, du willst doch kurz vorm Ziel nicht kneifen, bloß weil dich dieser Brüllaffe verunsichert hat. Ich weiß, wie neugierig du bist. Und vielleicht kriegen wir mit unserem jetzigen Wissen mehr aus Miriam heraus. Außerdem ist da die Sache mit dem

Mandeltee, in dem die Barbiturate aufgelöst waren, die Karen außer Gefecht gesetzt haben. Erinnere dich, Miriam hatte uns auch Mandeltee angeboten.«
»Helene Meier ebenfalls. Hältst du sie ebenso für eine Tatverdächtige?«
»Machst du Witze?«
Natürlich machte ich Witze. Aus welchem Grund hätte sie Karen töten sollen?
»Vergiss das Ganze. Wenn du unbedingt zu Miriam willst, kannst du das alleine klären. Mich kannst du nach Hause fahren. Es liegt fast auf deinem Weg.«
»Okay, steig auf.«
Mein Verstand warnte mich angesichts ihrer widerstandslosen Zusage auf das Motorrad zu steigen. Ich hätte auf ihn hören sollen. Viktoria brachte mich nicht nach Hause, sondern fuhr trotz meines lautstarken Protestes in die Geibelstraße. Das Erste, was ich dort zu meiner Bestürzung sah, war ein Streifenwagen.
»Da siehst du es, Viktoria. Die Polizei ist hier. Lass uns verschwinden. Mein letzter Zusammenstoß mit ihnen war peinlich genug.«
Viktoria fuhr an den Straßenrand und hielt an.
»Unsinn. Es gibt hunderte von Bullen in Hannover. Wieso solltest du ausgerechnet auf einen der drei Bullen treffen, die du kennst.«
»Und wieso steht der Polizeiwagen ausgerechnet in der Straße, wo eine der Verdächtigen aus unserem Fall wohnt?«
»Das kann andere Gründe haben. Wir warten. Unter den Gaffern fallen wir nicht auf. Du brauchst also keine Angst zu haben.«
Sie wies auf einige Schaulustige, die auf den Fußwegen herumlungerten.
»Wollen mal sehen, was wir bisher verpasst haben.«

Sie stieg vom Motorrad und ging auf einen Mann zu, der neben seinem Fahrrad stand und interessiert den Streifenwagen betrachtete.
»Was ist denn da los?«, fragte Viktoria ihn.
»Keine Ahnung. Die Polizei ist eine ganze Weile hier. Und der Transporter da, gehört zu ihnen. Die sind alle im mittleren Eingang verschwunden.«
Viktoria wandte sich ab und kam zu mir.
»Hast du das gehört?«
»Ja, es ist der Hauseingang zur Wohnung der Hoffmanns. Ich warte nicht eine Minute länger.«
Leider war das Teufelchen keineswegs bereit, gleich zu verschwinden, heftete meine Füße auf dem Fußweg fest und richtete meinen Blick auf den Hauseingang. Mein Verstand wollte mich eilig von hier wegbewegen. Es entbrannte wie üblich ein inneres Tauziehen. Dieses Mal siegte mein Verstand. Doch kaum bewegte sich einer meiner Füße, um die Flucht anzutreten, öffnete sich die Haustür. Ein uniformierter Beamter und Haarmann – ausgerechnet! – kamen mit einer verheulten Miriam Hoffmann aus dem Eingang.
Ihr Mann Frank lief wild gestikulierend neben ihnen her. Ich zerrte an Viktorias Ärmel: »Schnell, lass uns endlich abhauen. Da vorn ist der Müllmann. Ich habe gleich gesagt, wir sollten nicht hier bleiben.«
Viktoria verfolgte die Szene hingerissen.
»Der Zivile war dein Verfolger? Och, Sam, was hast du bloß ständig für ein Glück mit den Kerlen. Hast du seinen Knackarsch überhaupt bemerkt?«
»Wie kannst du jetzt an so was denken? Ich gehe.«
Zu spät! Das Schicksal nahm in Gestalt von Frank Hoffmann seinen Lauf. Während die Beamten Miriam in den Streifenwagen setzten und Haarmann dazu steigen wollte, entdeckte er Viktoria.

»Viktoria von Langen, Gott sei Dank. Sie müssen uns helfen«, brüllte er mit angsterfüllter Stimme über die Straße und setzte sich zu uns in Bewegung.
»Dieser Idiot«, fluchte ich leise und überlegte verzweifelt, wohin ich unbemerkt ausweichen konnte.
Es war ein hoffnungsloses Unterfangen. Wie elektrisiert von Viktorias Nachnamen, drehte sich Haarmann, der uns vorher nicht bemerkt hatte, zu uns um. Sein Blick blieb auf mir haften. Ich wusste es sofort: Trotz meines Helmes erkannte er mich. Wütend kniff ich Viktoria in ihr Hinterteil. Entweder wollte sie es nicht bemerken oder sie spürte durch ihre Lederhose nichts. Es folgte keinerlei Reaktion von ihr.
»Viktoria, bitte helfen Sie uns. Bestimmt haben Sie mit Ihrem ›von‹ Verbindungen. Die haben meine Frau verhaftet. Aber sie hat ihre Schwägerin nicht umgebracht. Die beiden waren eng befreundet. Das alles ist ein Missverständnis. Was soll ich tun?«
Sofort stand der Hauptkommissar neben ihm und klopfte ihm auf die Schulter.
»Beruhigen Sie sich, Herr Hoffmann. So machen Sie alles nur schlimmer. Ich habe Ihnen gesagt, wir wollen uns nur in Ruhe mit Ihrer Frau unterhalten.«
Dann wandte er sich mir zu.
»Sieh an, sieh an, wen haben wir denn da?«
Ich setzte meine unschuldigste Unschuldsmiene auf und versuchte Überraschung zu heucheln.
»Na so was, was machen Sie hier?«
»Ich habe zuerst gefragt.«
»Haben Sie nicht. Sie haben nur gesagt: ›Wen haben wir denn da.‹ Das drückt etwas anderes aus.«
Der Müllmann grinste. Ich konnte es kaum glauben. Jetzt sah er richtig nett aus und nicht mehr so einschüchternd wie an dem Abend, als er mich verfolgt hatte.

»Dann frage ich jetzt: Was machen Sie hier?«
»Sie ist mit mir unterwegs, junger Mann«, griff Viktoria ein.
»Ah, Sie sind wohl die Mutter von Oliver, der wiederum mit dieser Dame liiert ist, die ihrerseits Bachners Begierde geweckt hat«, resümierte Haarmann genüsslich und betrachtete sie eingehend. »Und Sie arbeiten in der Praxis und kennen also auch die Familie Hoffmann. Interessant.«
»Na und? Was geht hier eigentlich vor?«
Viktoria war keinesfalls bereit, unnötige Fragen zu beantworten.
»Die haben gesagt, Miriam hätte ihre Schwägerin Karen ermordet«, begann Frank Hoffmann erneut zu erklären.
»Aber das stimmt nicht. Natürlich sind ihre Fingerabdrücke in Karens Wohnung zu finden. Und wenn Sie ihre Regel hatte, war es selbstverständlich, wenn sie ihren Tampon in Karens Müll entsorgt hatte. Und Streitereien unter Frauen kommen vor. Die beiden hatten eben einen schlechten Tag. Karen wollte nicht einsehen, dass Affären mit verheirateten Männern zu nichts führen. Miriam kann nichts dafür, wenn Karen abends umgebracht wurde. Bitte lassen Sie sie wieder frei«, schluchzte Frank Hoffmann und wandte sich an den Hauptkommissar.
»Herr Hoffmann, bitte gehen Sie in Ihre Wohnung und lassen Sie uns unsere Arbeit tun. Sehen Sie nicht, wie die Leute auf eine Sensation warten? Wollen Sie ihnen die liefern? Ich habe Ihnen mehrfach gesagt: Wir wollen uns nur mit Ihrer Frau unterhalten.«
»Das können Sie auch hier. Da müssen Sie nicht erst unsere Wohnung durchsuchen und sie mitnehmen. Sie hat nichts getan!«

»Das versuchen wir herauszufinden. Und nun gehen Sie. Auch Frau von Langen wird Ihnen nicht helfen können.«

Hoffmann sah Viktoria mit einem flehenden Blick an, der Berge hätte erweichen können.

»Viel kann ich wirklich nicht tun, Frank. Ich könnte aber meinen Anwalt anrufen, wenn Sie das möchten. Dann gebe ich Ihnen später Bescheid.«

»Einen Anwalt? Ja, bitte, tun Sie das.«

Dankbar ergriff er Viktorias Hand und trat mit hängendem Haupt den Rückzug an, was ich von Haarmann leider nicht behaupten konnte.

»Und? Was wollten Sie beide hier?«

»Das ist ein freies Land, junger Mann. Ich kann nichts dafür, wenn Sie auf unserem Weg zum Maschsee die Frau eines Arbeitskollegen festnehmen.«

»Ja, ja«, murmelte er nachdenklich mit Blick auf mich, ohne Viktoria zu beachten.

»Aber es ist schon ein merkwürdiger Zufall, bei unseren Ermittlungen dauernd über Sie zu stolpern, Sandra Martin. Was für ein Spiel spielen Sie?«

»Ich weiß nicht, was Sie meinen.«

Ich hielt seinem Blick stand, und ihm blieb nichts anderes übrig, als sich um seine Gefangene zu kümmern.

Um das Gesagte zu unterstreichen, fuhren wir beide in Richtung Maschsee weiter und parkten dort. Kaum hatten wir das Motorrad abgestellt, fuhr der Polizeiwagen an uns vorbei. Wir taten, als hätten wir nichts bemerkt und spazierten über den Radweg auf den Rundweg direkt am See.

»Ich habe dir gesagt, fahr weiter«, fauchte ich Viktoria an.

»Meine Güte, warum regst du dich so auf? Es ist

alles bestens. Der Fall ist gelöst. Ehrlich gesagt, hatte ich Fischer und seinen Kollegen eine derart effektive Arbeit nicht zugetraut.«
»Und was ist, wenn Miriam erzählt, wir wären als Privatdetektive aufgetreten?«
»Nun mach dir nicht gleich in die Hose. Die wollen ein Geständnis und interessieren sich nicht für uns. Hast du das gehört? Die beiden Frauen haben sich kurz vor Karens Tod gestritten. Der Kneipenwirt hatte also indirekt Recht. Nur wusste er nichts von Miriams und Karens Verhältnis. Hast du gehört, was Frank als Grund angegeben hat? Karens Affäre mit Bachner. Also hat Miriam uns belogen. Und warum? Weil sie eifersüchtig war und ihr endgültig klar wurde, dass sie Karen verloren hatte. Deshalb musste diese sterben. – Eifersucht ist ein schwer wiegender Charakterfehler. Ich finde, du solltest Karens Fall als tragisches Beispiel nehmen und Björn nicht anrufen. Wer weiß, wie weit er in seiner Eifersucht gehen würde.«
Ich schüttelte ärgerlich den Kopf.
»Du bist genauso schlimm wie Björn, nur umgekehrt. Aber ich treffe meine Entscheidungen allein. Und jetzt wirst du mich auf der Stelle ohne Umwege nach Hause fahren, damit ich über meine Beziehung zu Björn nachdenken kann.«
»Schon gut. Ich kann es nun einmal nicht ausstehen, wenn Männer versuchen, Frauen zu unterdrücken. Und das tut Björn.«
Ich ging. Sie kam hinter mir her.
»Warte, Sam. Ich sage nichts mehr und bringe dich nach Hause. Übrigens sollte ich dir von Silke schöne Grüße ausrichten. Sie hat zwei Karten für die Zauberflöte von Mozart, die morgen im Opernhaus in einer neuen Inszenierung Premiere hat. Dr. Strehlitz

hat wegen Karens Tod abgesagt. Aber ich bin sicher, sie würde sich freuen, wenn die Karten, die sie seinerzeit besorgt hatte, nicht verfallen würden.«
»Ich weiß nicht. Karen ist tot und irgendwie ist es makaber.«
»Es würde sie nicht lebendig machen, wenn keiner in die Vorstellung ginge. Und sei mal ehrlich, willst du lieber allein zu Hause sitzen und Trübsal blasen? Björn ist sicher nach Frankfurt gefahren. Und mit Silke hatten wir letztens einen netten Abend. So gesehen hatte der Fall eine positive Wendung. Wir haben eine neue Freundin gefunden. Und sie würde sich ebenfalls auf einen gemeinsamen Abend freuen.«

22

Ich war lange nicht im hannoverschen Opernhaus gewesen, das im neunzehnten Jahrhundert von Laves erbaut worden war. Leider hatte es die Luftangriffe der Alliierten im Zweiten Weltkrieg nicht überstanden. Erst zu Beginn der Fünfziger Jahre war es in architektonisch ähnlichem Stil wieder aufgebaut worden. Meine Bedenken wegen Karens Tod hatte ich beiseitegeschoben. Viktoria sah es richtig. Es nützte niemanden, wenn die Karten verfielen. Und außerdem würde mir tatsächlich zu Hause die Decke auf den Kopf fallen, denn bislang hatte ich mich nicht durchringen können, Björn anzurufen. Und überhaupt, wieso sollte ich ihn anrufen?
Pünktlich um achtzehn Uhr traf ich durchgefroren bei Silke ein. Sie wohnte in der Sallstraße in Hannovers Südstadt, in der einige Altbauten den Zweiten Weltkrieg überstanden hatten. Wir hatten uns alle bei ihr verabredet, um eine Kleinigkeit zu essen und dann gemeinsam mit ihrem Auto zu fahren.
»Viktoria hat angerufen. Sie kann uns erst am Opernhaus treffen. Ausgerechnet heute gab es in der letzten Minute einen Notfall in der Praxis. Aber sie meinte, mit ihrer Maschine könne sie schnell zum Opernhaus gelangen und sich dort umziehen. – Weißt du, was ich glaube? Sie ist in Bachner verknallt und möchte sich bei ihm interessant machen«, kicherte Silke, während sie mich in ihre Wohnung eintreten ließ.
»Dann war er heute in der Praxis?«
»Ja. Ist es nicht schrecklich, was Miriam getan hat?«
Ich wollte das Thema nicht vertiefen. Für mich war der Fall endgültig abgeschlossen. Zukünftig konnte Viktoria sich jemand anderen für ihre verrückten

Ermittlungen suchen. Mich interessiert mehr, wie der gute Doktor mit ihrer Spitzeltätigkeit umging.
»Hat Bachner irgendetwas über Viktoria gesagt?«
»Nein. Aber er hat sich mit ihr in seinem Sprechzimmer unterhalten. Was er wollte, hat sie mir nicht verraten können. Es war zu viel los heute. Aber vielleicht bekommen wir das heute Abend aus ihr heraus.«
»Bestimmt. Sie gibt gerne mit ihren Errungenschaften an. Und für junge Männer mit knackigen Popos hat sie ohnehin eine Schwäche.«
»Wirklich?«
Silke schüttelte lächelnd den Kopf und nahm mir meine Jacke ab, um sie in einen Garderobenschrank im Biedermeierstil zu hängen, der jedes Antiquitätenherz hätte höher schlagen lassen. Auf dem alten, braunen Linoleumboden sah er aus, als hätte er bereits seit Verlegung des Fußbodens am gleichen Fleck gestanden. Ein heller Berberteppich verschönte das alte Linoleum, das zu Beginn des Zwanzigsten Jahrhunderts oft als Bodenbelag benutzt worden war.
»Ein schöner alter Schrank«, bemerkte ich und versuchte die Erinnerung an unseren letzten Fall zu verdrängen, als ausgerechnet in einem ähnlich alten Schrank eine Leiche versteckt gewesen war.
»Er hat meiner Oma gehört. Eigentlich wollte ich ihn verkaufen, aber dann habe ich es nicht fertig bekommen. Er ist ein Erinnerungsstück und befindet sich seit über hundert Jahren in Familienbesitz. Und irgendwie gehört er in diese Wohnung. Sie hat erst meinen Urgroßeltern und dann meiner Oma gehört. Und nun wohne ich hier. Es ist schön an einem Ort zu leben, an dem ich einen Teil meiner Kindheit verbracht habe und mich geborgen fühle.«
»Ja, das ist es sicher. Meine Eltern sind mit uns Kin-

dern leider ständig umgezogen.«
Ich rieb meine kalten Hände aneinander, um warm zu werden.
»Ganz schön kalt draußen.«
»Ich koch dir einen Tee. Dann wird dir wärmer. Komm mit in die Küche.«
Sie ging voraus und steuerte auf eine geradeaus gelegene Tür zu. Aus den Augenwinkeln bemerkte ich, wie sich neben mir eine Tür wie von Geisterhand bewegte. Im nächsten Augenblick zwängte sich neugierig ein grau getigerter Katzenkopf durch den Türspalt. Nicht noch eine Katze, dachte ich. Aber wenigstens war Karens Mörderin gefasst und so brauchte ich mir keine Gedanken mehr um einen tierischen Zeugen zu machen.
»Ach, du hast eine Katze. Das wusste ich nicht.«
»Ja, es ist ein Kater. Ich habe ihn seit Langem. Nach dem Tod meiner Oma war es sehr einsam hier und da habe ich ihn mir aus dem Tierheim geholt. Katzen lassen sich gut in Wohnungen halten, wenn sie von klein auf daran gewöhnt sind.«
Ich bückte mich und lockte das Tier mit meiner Hand. »Hallo, wen haben wir denn da?«
Zögernd schlich er auf mich zu und versuchte den Geruch meiner Hand aufzunehmen.
»Sei vorsichtig, Sam. Er ist unberechenbar. Du wärst nicht die Erste, die er kratzt. Als Karen einmal hier war, hat er ihr die Hände zerkratzt. Sie dachte, er sei genauso zutraulich wie ihr Kater. Seitdem sperre ich ihn ein, wenn Besuch kommt. Ich muss es vergessen haben.«
Sie wollte sich bücken, doch der Kater entwischte. Leise maunzend suchte er hinter mir Schutz und rieb seinen Kopf an meinen Beinen.
»Na, komm her.«

Sie ging um mich herum. Doch erneut ließ sich der Kater nicht von ihr fangen und flitzte stattdessen zurück in das Zimmer, aus dem er gekommen war. Silke schloss kopfschüttelnd die Tür.
»Er spielt gerne Spielchen.«
»Das tun wohl alle Katzen. Sei froh, dass der Mord an Karen geklärt ist, sonst würde Viktoria dich jetzt ebenfalls als Verdächtige ansehen.«
»Wieso?« Silkes Stimme klang irritiert. »Was hat der Mord mit dem Kater zu tun?«
»Seit dem Abend, als Karen ermordet wurde, ist ihr Kater samt Tiertransportkorb verschwunden. Viktoria dachte, der Täter sei ein Katzenfreund und hätte ihn mitgenommen. Dann hätten wir ihn beziehungsweise sie überführen können.«
»Wie hättet ihr das anstellen wollen? Es gibt jede Menge dieser grau getigerten Hauskatzen. Die sehen sich alle ähnlich.«
»Das stimmt. Aber sie glaubte, ihn durch seine ungewöhnliche Vorliebe für frische Erdbeeren mit Sahne identifizieren zu können.«
»Das ist verrückt«, murmelte Silke und starrte ungläubig auf die Tür, hinter der ihr Kater saß.
»Ja, das habe ich ähnlich gesehen. Warum sollte ein kaltblütiger Mörder die Katze seines Opfers behalten wollen?«
»Vielleicht, weil er das unschuldige Tier mochte und es nicht für die Hinterhältigkeit seiner Besitzerin strafen wollte«, überlegte sie.
»Das hätte eine mögliche Erklärung sein können. Aber der Fall ist abgeschlossen. Und Viktorias These hat sich nicht bewahrheitet. Miriam Hoffmann hat den Kater vermutlich mitgenommen, damit er mit seinem Maunzen nicht die anderen Hausbewohner aufwecken konnte. Wahrscheinlich hat sie ihn ir-

gendwo laufen lassen und den Katzenkorb in den Müll geworfen. Ihr Mann Frank soll allergisch gegen Katzen sein.«

»Ja, das stimmt. – Lass uns jetzt zu Abend essen. Ich habe in der Küche den Tisch gedeckt. Das war früher eine schöne Sitte. Alle Familienmitglieder oder Freunde saßen gemütlich in der Küche zusammen. Die gute Stube wurde in alten Zeiten wenig benutzt. Das hat mir meine Oma erzählt, die sogar in dieser Wohnung geboren wurde.«

Die Küche war sehr geräumig. Zwei wuchtige alte Küchenbuffets standen rechts und links an den Wänden. Ein bulliger Kühlschrank und eine Waschmaschine standen an der Wand neben der Tür. Gegenüber befanden sich eine Spüle, eine Arbeitsplatte und ein Herd. Inmitten der Küche lud ein massiver Holztisch mit Stühlen zum Essen ein. Auf dem Tisch stand auf einem Spitzendeckchen eine Blumenvase mit Trockenblumen, an die die Opernkarten gelehnt waren. An den langen Seiten des Tisches hatte Silke zwei Platzdeckchen mit Tellern und Bestecks aufgedeckt. Ein Obstsalat aus Äpfeln, Birnen, Orangen und Erdbeeren stand daneben. Auch einen noch leeren Brotkorb, sowie Salz und Pfeffer hatte Silke bereitgestellt.

»Was für einen Tee möchtest du? Vanille, Earl Grey, Mandeltee oder einen schwarzen Tee mit Rum, damit du warm wirst?«

Als Silke die Teesorten aufzählte, musste ich unwillkürlich an Miriam Hoffmann und Viktorias Indizienkette denken. Ob sie Silke ebenfalls für verdächtig gehalten hätte? Immerhin hauste ein grau getigerter Kater bei ihr und sie hatte Mandeltee in ihrem Vorratsschrank.

»Tee mit Rum hört sich gut an.«

»Den trinke ich auch am liebsten. Karen trank ihren Tee lieber ohne Alkohol. Sie war wie Miriam eine begeisterte Teetrinkerin und hat mich angesteckt. Es war das Einzige, was Karen von ihrem Ex-Mann übernommen hatte. In der Familie Wurm wurde viel Tee getrunken.«
Deshalb hatte es für Miriam Hoffmann offenbar nahe gelegen, die arglose Karen auf diese Weise wehrlos zu machen. Was für ein hinterhältiger Mordplan.
Silke stellte einen alten Flötenkessel mit Wasser auf den Gasherd und holte aus einem der Schränke eine Teekanne mit Tassen heraus, die sie auf einem Holztablett auf einen kleinen Tisch neben den Herd stellte. Die Zeit, bis das Wasser zu kochen begann, überbrückte sie, in dem sie aus dem großen Kühlschrank Milch, Wurst, Käse und Butter auf den Tisch stellte.
»Kann ich dir helfen?«
»Nein, bleib einfach sitzen und lass dich bedienen.«
Dann schnitt sie mit einem altmodischen Brotmesser auf einem Holzbrett Brot ab und legte es in das bereitstehende Körbchen. Als das Wasser kochte und der Kessel einen Pfeifton ausstieß, nahm sie ihn vom Herd, goss Wasser in die leere Kanne, spülte sie in der an die Arbeitsplatte grenzenden Spüle aus und löffelte Tee in die Kanne, den sie von einem über der Arbeitsplatte angebrachten Holz-Bord nahm.
Plötzlich hüpfte mir der Kater auf den Schoß. Er hatte sich derart leise angeschlichen, dass ich ihn nicht gehört hatte. Von meinem Schoß sprang er auf den Tisch, beschnüffelte die Platte mit dem Aufschnitt und die Schüssel mit dem Obstsalat. Silke drehte sich um.
»Was machst du denn hier, Am … brosius? Geh sofort da runter!«, schimpfte sie.
Sie setzte die Kanne auf der Arbeitsplatte und

scheuchte den Kater, der mittlerweile ein auffallendes Interesse am Obstsalat entwickelte, vom Tisch herunter.
»Leider hat er vor kurzem gelernt Türen zu öffnen und ich hatte keine Zeit, neue Schlüssel für die Türen anzuschaffen, die im Laufe der Jahre verloren gegangen sind«, erklärte sie mir, während sie versuchte, ihn aus der Küche zu jagen.
Doch der Kater huschte in eine Nische hinter die Waschmaschine und ließ sich durch nichts aus seinem Versteck hervorlocken.
»Wegen mir brauchst du ihn nicht wegzuschicken. Mich stört er nicht.«
»Er soll nicht auf den Tisch springen. Das finde ich unhygienisch.«
»Das stört mich nicht.«
Sie schaute mich zögernd an, dann schüttelte sie den Kopf und meinte: »Ach, jetzt habe ich den Kandis vergessen.«
Sie ging an den anderen Schrank, bückte sich und holte eine Kandistüte und eine Zuckerdose heraus. Beides trug sie neben die Teekanne und hantierte, von ihrem Körper abgeschirmt, mit der Tüte herum. Offenbar kippte sie den Kandis in die Dose. Dann goss sie den Tee durch ein Sieb in die Tassen.
»Willst du auch Kandis in den Tee?«
Sie hielt die Zuckerdose hoch.
»Nein.«
»Ja, das ist Geschmacksache, ich trinke Tee lieber süß.« Ich hörte, wie Silke eine Tasse umrührte, eine Flasche Rum vom Board nahm und diesen auf den Tisch stellte. Die gefüllten Teetassen trug sie auf unsere Platzdeckchen.
»Soll ich dir Rum eingießen.«
Ich nickte und sie goss etwas Rum aus der Flasche in

unsere Teetassen. »Danke.«
Vorsichtig probierte ich den dampfenden Tee. Der Rum stieg mir in die Nase. Beinah hätte ich niesen müssen. Silke reichte mir gastfreundlich das Brett mit dem Brot und lächelte mich gedankenverloren und traurig an.
»Lass es dir schmecken, Sam.«
Ich dachte, sie erinnere sich an die Zeiten, als sie mit ihrer Großmutter in der Küche gegessen hatte, und wollte sie auf andere Gedanken bringen, in dem ich sie während des Essens nach der ›Zauberflöte‹ ausfragte. Sie antwortete mir, doch sie war nicht bei der Sache.
Wir waren beim Nachtisch angelangt, als ich unerwartet etwas Weiches an meinem Bein spürte. Ich sah hinunter und blickte geradewegs in die grünlichgelb schimmernden Augen des Katers, der erwartungsvoll zu mir hochblickte. Schnurrend rieb er seinen Kopf an meinem Hosenbein. Silke schien ihn nicht zu bemerken. Das Thema Oper war erschöpft und irgendwie war sie offenbar nicht an einem weiteren Gespräch interessiert. Ich wollte mir gerade einen Löffel Obstsalat in den Mund schieben, als der Kater mir auf den Schoß sprang.
»Nein! Runter mit dir«, schrie Silke auf.
Doch der Kater ließ sich nicht beirren, und stieß gegen meinen Löffel, bis die Obststücke auf den Boden fielen. Er sprang hinterher und fraß ein Stück Erdbeere mit sichtlichem Behagen auf. Anschließend leckte er sich die Schnauze und sah mich erwartungsvoll an.
Mein Hals wurde trocken. Dunkle Flecken tanzten vor meinen Augen, und ich musste mich auf meinem Stuhl zurücklehnen. Hastig trank ich den letzten Schluck meines Tees aus und starrte auf den Kater.

»Amadeus«, flüsterte ich.
Als hätte er mich verstanden, sprang er erneut auf meinen Schoß und rieb zutraulich seinen Kopf an meinem Hals. Ungläubig schaute ich Silke an.
»Das hatte ich befürchtet, Sam. Hätte ich gewusst, dass ihr Amadeus Vorliebe für Erdbeeren kanntet, hätte ich heute keine gekauft. Ich esse gern Obstsalat und dachte, mit den roten Erdbeeren würde er farblich aufgelockert. Außerdem hoffte ich, Amadeus würde sich schneller eingewöhnen, wenn ich ihn mit seinem Lieblingsfutter verwöhne. Seit er hier ist, geht er mir aus dem Weg. Es sieht aus, als hätte er Angst vor mir. Dabei hatte ich ihn im Bad eingesperrt und die Tür abgeschlossen, als ich mich um Karen kümmern musste.«
»Du hast sie umgebracht? – Warum, Silke?«
Meine Stimme hörte sich an, als würde sie aus weiter Ferne kommen.
»Sie war außer meiner Großmutter der einzige Mensch, den ich geliebt habe. Wir haben einmalige Gefühle miteinander geteilt. Und was macht sie? Lässt sich mit Bachner ein. Er hätte sie nie geheiratet. Aber sie wollte mir nicht glauben.«
»Wenn du das dachtest, warum hast du sie getötet? Vielleicht wäre sie zu dir zurückgekommen?«
Ich versuchte Zeit zu gewinnen.
»Das hatte ich zuerst gehofft. Ich hätte ihr sogar verziehen, doch sie war total verrückt nach ihm. Ich sollte meinen Job kündigen, damit sie nicht dauernd an mich erinnert würde, wenn sie ihn abholen kommen würde. Sie wollte ihn heiraten und Kinder mit ihm bekommen. Ich sei für sie eine störende Erinnerung hat sie gesagt. Ich habe sie doch geliebt!«
»Aber er ist verheiratet und wollte sich nicht scheiden lassen.«

»Das habe ich ihr gesagt. Es hat sie nicht interessiert. Sie hat in einer Traumwelt gelebt.«
»Warum hast du ihr nicht mehr Zeit gegeben, die Realität zu sehen?«
»Sie sagte, sie schäme sich wegen unserer Beziehung. Sie sei unnatürlich und sie wolle nie mehr etwas mit mir oder einer anderen Frau zu tun haben. Mit ihm wäre es schöner gewesen. Und dann hat sie ihn neulich Abend, als außer mir und ihm alle weg waren, in der Praxis abgeholt und geküsst. Sie hat es absichtlich getan, um mir weh zu tun. Die Brüste hat sie sich von ihm befummeln lassen, gestöhnt hat sie und verzückt die Augen geschlossen, wie sie es sonst bei mir getan hat. Diese Verräterin.«
Sie erschauderte und schüttelte mit versteinertem Blick ihren Kopf.
Meine Gedanken überschlugen sich. Ich wollte schnell aus dieser Wohnung laufen, solange sie in ihrer Wut und Enttäuschung gefangen war. Doch meine Beine fühlten sich derart schwer an, als hielte mich ein Schwarm Kinder fest.
»Ich konnte es nicht mehr ertragen. Ich konnte es nicht. Sie war selbst schuld, mir das anzutun. Unsere Liebe war etwas Einmaliges, die durfte sie nicht zerstören. Sie gehörte mir«, schrie sie verzweifelt.
Unwillkürlich musste ich gähnen, obwohl meine Nerven aufs Äußerste gespannt waren. Was war los mit mir? Ich musste sofort hier raus! Doch als ich einen erneuten Versuch wagen wollte, erfasste mich heftiger Schwindel und ließ mich zurück auf den Stuhl sinken.
»Noch an jenem Donnerstag habe ich sie angefleht, zu mir zurückzukommen. Sie hätte die Chance gehabt. Ich hätte sie leben lassen, sogar, nachdem sie ihren Mandeltee getrunken hatte.«

Der Tee, fuhr es mir entsetzt durch den Kopf. Hatte sie mir etwa etwas hineingetan? Ich wurde immer müder.

»Aber sie hat mich angeschrien, sie würde mich hassen und ich solle aus ihrem Leben verschwinden. Noch einige Wochen vorher hatte sie mir gesagt, sie würde mich ewig lieben, und dann das. Das konnte ich nicht hinnehmen. Ich musste sie für ihre Lügen und ihre Treulosigkeit bestrafen. Ich dachte, jeder würde denken, es sei Selbstmord gewesen, wenn ich einen Abschiedsbrief liegen ließe und alles entsprechend arrangiere. Es bot sich an, Vanessa Finks Selbstmord nachzuahmen. Vanessa hatte mir sogar erzählt, wo ich Heroin besorgen konnte. Ich dachte, niemand würde bei einem Selbstmord misstrauisch werden. In einer Zeitung hatte ich gelesen, ein Großteil der Morde würde unentdeckt bleiben, weil die meisten Ärzte Mordopfer nicht erkennen und es zu wenig Pathologen gibt.«

»Offenbar hat das nicht geklappt.«

Nur mühsam gelang es mir, die Worte zu formen. War der Rum zu stark gewesen?

»Ja, das war Pech. Ich hatte nicht mit Karens Vater gerechnet. Er hat alle verrückt gemacht mit seinem Gerede, sie sei ermordet worden. Auch für diesen Fall hatte ich vorgesorgt. Ich hatte extra den Termin gewählt, an dem Bachner seine Gruppentherapiesitzungen abhielt, damit ich genügend Zeit hatte, Karen zu töten, bevor er sie besuchen konnte. Ich wusste, er würde zu feige sein, ihren Tod zu melden. Ich hatte gehofft, sein Porsche würde in der Gegend jemandem auffallen. Leider hat er ein Alibi vorgetäuscht. Als er gestern nicht kam, dachte ich, mein Plan sei aufgegangen. Aber als Viktoria erzählte, sie würde nicht an ihn als Täter glauben und sie würde Miriam verdächtigen, habe ich ihr einige Liebesbriefe von Karen an mich und etwas Heroin untergeschoben. Karen hat mich immer Darling genannt, nie einen Namen benutzt. Dann habe ich die Polizei anonym angerufen.«

Mein ganzer Körper schien von lähmender Müdigkeit überflutet zu werden, obwohl ich jetzt auf keinen Fall einschlafen durfte.

»Es tut mir leid, Sam. Ich wollte dir nichts tun. Aber als du mir eben von Amadeus Lieblingsspeise erzähltest, musste ich handeln. Ich hatte gehofft, alles würde gut gehen und wir könnten in die Oper fahren. Du wärst zwar wahrscheinlich auf dem Weg dorthin eingeschlafen, aber das hätte ich mit dem Rum erklären können. Dann hätte ich den Kater morgen ausgesetzt und euch erzählt, er wäre gestorben. Wir hätten Freundinnen werden können.«

Ehrliches Bedauern zeigte sich auf ihrem Gesicht.

»Jetzt muss ich dich leider töten. Es wird nicht wehtun. Du wirst gleich einschlafen und nichts merken. Ich werde Viktoria sagen, du seiest nicht gekommen. Dann werde ich sehen, was ich mit dir mache. Vielleicht werfe ich dich in die Leine. Die Strömung wird dich sicher forttragen. – Warum musstest du deine Nase in Dinge stecken, die dich nichts angehen?«

Ja, warum? Jetzt bewahrheiteten sich meine schlimmsten Alpträume. Zwar war ich mir sicher, Viktoria und Olli würden den Mord an mir aufklären, aber was nützte mir das? Und Schuld war Viktoria. Ich hätte auf Björn hören sollen.

Reiß dich zusammen, Sam, kämpfe! Noch hat sie nicht gewonnen. Das Teufelchen in mir putschte mich auf. Mit einem verzweifelten Aufschrei sprang ich hoch, griff ich mir die Vase vom Tisch, und

schleuderte sie mit aller Wucht, zu der ich fähig war, gegen Silkes Kopf. Wasser und Blumen rannen über ihr Gesicht. Die Vase klirrte auf den Boden.
Sie schwankte, oder war ich das? Ich sah, wie sie in Zeitlupe um den Tisch zu rennen schien und sich das Brotmesser griff. Ich nahm Zuflucht zur Teekanne und ließ sie der Vase folgen. Silke wich aus. Ich verbrühte mir an dem auslaufenden heißen Tee meine eine Hand. Silke wollte mir voller Wut das Messer in den Körper rammen, doch der Kater, der irgendwie auf den Tisch gekommen war, sprang sie fauchend an. Ich sah, wie seine Krallen sich in ihrer Hand festhakten, und hörte ihren Aufschrei. Das Messer fiel zu Boden.
Während ich versuchte, die Tür zu erreichen, ohne Silke aus den Augen zu lassen, schleuderte sie den Kater von sich. Er wirbelte durch die Luft. Wieder griff sie zum Messer. Ich bekam den Aufschnitt-Teller zu fassen und warf diesen nach ihr. Die restlichen Wurst- und Käsescheiben fielen herunter. Sie wich dem Teller geschickt aus, machte einen Schritt auf mich zu und rutschte auf einer Wurstscheibe aus. Dabei schlug sie mit dem Hinterkopf gegen die Kante des Tisches.
Ich sah sie doppelt leblos zu Boden gleiten und liegen bleiben. Ich konnte mich kaum aufrecht halten. Nur der Schmerz an meiner verbrühten Hand hielt mich wach. Mein neues Mobiltelefon fiel mir ein. Olli hatte mir seine und Viktorias Nummer eingespeichert. Mit letzter Kraft gelang es mir, sie zu drücken. Hoffentlich war er da. Ich ließ es klingeln, nichts tat sich. Oh, nein, Olli war nicht zu Hause. Was sollte ich tun? Gerade als ich es sinken lassen wollte, um mich in den Hausflur des Hauses zu schleppen, hörte ich ihn.

»Oliver von Langen«, hörte ich ihn keuchen, als wäre er gelaufen.
»Olli, komm, Silke Kern ist die Mörderin, sie wollte mich bei sich zu Hause umbringen. Sie hat mich vergiftet, schnell ...«, stieß ich aufgeregt hervor.
Das Mobiltelefon glitt aus meinen Händen. Ich sackte endgültig zusammen und nicht einmal das Teufelchen konnte mich wach halten. Irgendwann sah ich im Nebel das Gesicht von Dr. Lars Bachner über mir. Aus weiter Ferne drang ein Gezeter an meine Ohren, das sich nach Viktorias und Gunter Melzners üblichen Streitereien anhörte und von einem kläglichen Miauen untermalt wurde.
»Wir müssen sie ins Krankenhaus bringen. – Sandra, hörst du mich. Es ist alles in Ordnung. Silke hat dir eine hohe Dosis eines starken Schlafmittels untergemischt. Der Kommissar hat die Packung gefunden«, sagte Bachner.
»Wo ist sie?«, brachte ich mit Mühe hervor.
»Sie wird ins Gefängniskrankenhaus eingeliefert. Sie hat eine schwere Kopfverletzung. Du brauchst keine Angst mehr vor ihr zu haben.«
Irgendwie glaubte ich ihm kein Wort. Er war ein zu guter Lügner.
»Olli?«
»Ich bin hier, Sam, alles ist gut.«
Er hielt mich im Arm und streichelte beruhigend mein Gesicht. Erst jetzt glaubte ich, dass ich in Sicherheit war. Olli hatte mich nie belogen.

23

»Lars fragt dauernd nach dir, Sam. Willst du ihm nicht endlich deine private Adresse oder deine Telefonnummer geben? Ich habe keine Lust den Liebesboten zu spielen.«
Zwei Wochen später saß ich mit Viktoria in einem Café am Kröpke mitten in der hannoverschen City. Nach zwei Schlaftagen im Krankenhaus war es mir besser gegangen.
»Wieso gibt er nicht auf? Ich habe ihn angerufen und ihm gesagt, ich hätte im Moment keine Lust auf eine neue Beziehung. Soll er sich lieber um seine Frau kümmern oder um eine seiner Patientinnen.«
»Oder um mich?«, fügte Viktoria sehnsüchtig hinzu.
»Ich würde ihm keinen Korb geben.«
»Du siehst ihn jeden Tag, seit Silke verhaftet wurde. Hat sich für dich keine Gelegenheit ergeben, ihn zu verführen?«
»Die hätte sich fast ergeben«, seufzte sie.
»Ach, und was ist schief gegangen?«
»Abgesehen davon, dass ich dich nicht hintergehen wollte, weil ich dachte, du könntest Abwechslung gebrauchen, kam in diesem Moment der Anruf von Olli. Wir sollten ihm sofort Silkes Adresse geben, Gunter Melzner anrufen und ebenfalls dorthin fahren. Sie sei die Mörderin und wolle dich gerade aus dem Verkehr ziehen.«
Sie grinste mich an.
»Du glaubst gar nicht, wie schnell Bachner sein Köfferchen geschnappt und mit dem Porsche losgebraust ist. Wir waren die Ersten. Leider kriegten wir die Tür nicht auf. So einfach, wie das im Fernsehen gezeigt wird, geht das nicht. Ich habe es bei den Nachbarn versucht, aber Silke hatte nirgendwo einen Schlüssel

deponiert. Wenigstens hatte der Hausmeister eine Axt. Damit hat Lars die Tür zertrümmert. Ich sage dir, der Mann hat sogar Muckis.«
»Ja, ich weiß, wie absolut toll du ihn findest.«
Ihre Lobeshymen auf Lars gingen mir allmählich auf die Nerven. Okay, er sah gut aus und war nett, aber selbst als er mich im Krankenhaus mit einem Blumenstrauß besucht hatte, konnte er meine Gefühle nicht erwecken. Da hatte ich Ollis knuddeligen Teddy, den er zu meiner Aufheiterung angeschleppt hatte, origineller gefunden. Augenzwinkernd hatte er gemeint, kleine Jungen würden lieber Spielzeug verschenken.
Dann hatte er sich verabschiedet, weil er kurzfristig für einen Fotoauftrag nach Berlin reisen musste. Seit dem hatte ich ihn nicht mehr gesehen.
»Weißt du, wann Olli zurückkommt?«
»Nein. Es dauert länger, weil das Wetter nicht mitspielt. Übrigens erkundigt er sich bei jedem Anruf nach dir. Es scheint ihn zu interessieren, ob du dich mit Björn verträgen hast oder ob du mit Lars zusammen bist. Wenn es nicht zu abwegig wäre, würde ich fast vermuten, der Bengel wäre eifersüchtig auf beide.«
»Nein, das ist nur brüderliche Neugier.«
»Sicher? Oder gibt es etwas, was ich als seine Mutter wissen sollte?« Viktoria betrachtete mich forschend.
»Nein.«
»Und als deine Freundin?«
»Auch nicht.«
»Schade, irgendwie hatte ich die Hoffnung, er würde seine Verlobte sausen lassen und sich mit dir näher anfreunden. Gegen dich als Schwiegertochter hätte ich nichts. Oder hast du etwa diesen Brüllaffen Björn angerufen?«

»Nein, er hat mich angerufen und sich entschuldigt.«
»Und? Ihr kommt doch nicht etwa wieder zusammen?«
»Ich weiß es nicht. Wenn er in Frankfurt seinen Auftrag erledigt hat, werden wir uns treffen. Dann werden wir weiter sehen. – Und was ist mit deinem Job?«, wechselte ich das Thema.
»Willst du weiterhin in der Praxis arbeiten, wenn sie einen Ersatz für Silke gefunden haben?«
»Mal sehen. Ein bisschen Abwechslung schadet nicht. Obwohl dieser Job natürlich nichts ist, im Vergleich zur Ermittlungsarbeit. Aber ich bin sicher, wir werden bestimmt irgendwann von einem neuen Verbrechen erfahren und können ...«
»Oh nein. Das war definitiv das letzte Mal, dass ich mich auf so etwas eingelassen habe. Du siehst ja, was passiert ist.«
Viktoria lächelte.
»Das hast du schon einmal gesagt.«
»Dieses Mal gilt es ohne Ausnahme.«
»Wie du meinst. – Was hältst du davon, wenn wir unseren Einkauf fortsetzen? Ich brauche dringend einen neuen Krimi oder Thriller mit viel Nervenkitzel.«
»Ich hatte genug Nervenkitzel in der letzten Zeit. Mir reicht ein Sachbuch über Katzenpflege.«
Da weder Viktoria noch ich es übers Herz brachten, Amadeus ins Tierheim zu geben, kümmerten wir uns beide um ihn. Mal lebte er einige Tage bei Viktoria, dann wieder bei mir. Dem Kater schien diese Lösung zu gefallen. Er schmuste hingebungsvoll mit uns beiden, insbesondere, wenn es Erdbeeren gab.
Und er führte sich in beiden Wohnungen auf, als sei er der Hausherr persönlich. Deshalb hielt ich es angebracht, mir einen Erziehungsratgeber zuzulegen.

Ein Kater war eben kein Kind.
»Lass uns kurz wohin gehen, ehe wir die Buchhandlung aufsuchen. Der Kaffee will raus«, meinte Viktoria und zog mich in Richtung Toilette.
Unser letzter Toilettenbesuch trat in meine Gedanken und mit ihm das Bild von Vanessa Fink und den daraus entstandenen Verwicklungen, die mich einmal mehr in Angst und Schrecken versetzt hatten.
»Ich glaube, ich muss nicht.«

Anmerkung der Autorin

Natürlich sind alle Personen und die Handlung frei erfunden. Sollte es dennoch Ähnlichkeiten geben, schreiben Sie sie dem Zufall zu. Nicht erfunden sind dagegen die Örtlichkeiten.

Da ich Hannover für eine sympathische Stadt halte, habe ich dort meine Hauptfiguren angesiedelt. Die Stadt hat alles zu bieten, was eine Krimi-Reihe braucht: Nette Menschen und Sehenswertes, aber auch Viertel und Menschen, die jeder Stadt etwas Dunkles, Abgründiges verleihen, selbst wenn statistisch gesehen fast alle Morddelikte von der hiesigen Kripo aufgeklärt werden. Bei der Beschreibung der hannoverschen Galerie und der Kneipe habe ich allerdings gemogelt.

Auch wenn der Kurort Bad Zwischenahn im Krimi aus Spannungsgründen nur am Rande erwähnt wird, lohnt sich ein Ausflug dorthin. Hauptattraktion ist natürlich nicht die Spielbank, die ich seinerzeit einmal für die Recherchezwecke besucht habe, sondern das beschauliche Zwischenahner Meer.

Die Baleareninsel Ibiza hat mich vor allem durch ihre besonderen Lichtverhältnisse fasziniert. Und tatsächlich habe ich - wie meine Romanfiguren - vor Jahren dort in einer Bar mein bislang bestes Schinkenbrötchen (Brötchen, span. Bocadillo) gegessen und die vielen Kunstwerke an den Wänden bewundert. Laut Internet soll es die Bar noch heute geben.

Textauszug aus dem Buch:

„Kein Lolli für den Mörder" von Chris Bienert
1. Fall für Sam und Viktoria. Eine Spur führt nach La Palma

Ich werde nie wieder eine Münze werfen. Bis zu jenem trüben Samstag im Juni hatte diese Entscheidungshilfe immer funktioniert, wenn ich nicht wusste, ob ich an einem freien Tag lieber Zuhause herumgammeln oder etwas unternehmen sollte. Bild stand fürs Zuhause bleiben. Zahl bedeutete Aktivitäten, die meist Geldausgaben in Form von Eintrittsgeldern oder Einkäufen nach sich zogen. Egal wie die Münze fiel, stets hatte ich einen angenehmen Tag verbringen können, ohne mit der Polizei in Konflikt zu geraten.

Dieses Mal lag die Zahl oben. Die interessanteste Veranstaltung, die ich in der Hannoverschen Tageszeitung entdecken konnte, war eine Kunst- und Antiquitätenauktion im Schloss Ricklingen, in der gleichnamigen Ortschaft etwa zwanzig Kilometer nordwestlich von Hannover. Als Attraktion war die Versteigerung eines edelsteinbesetzten Armbandes eines französischen Jugendstilkünstlers angekündigt. Von Kunst, Antiquitäten oder Schmuck hatte ich etwa so viel Ahnung wie eine Maus vom Domino spielen. Schlösser und Burgen dagegen faszinierten mich, seit mir meine Großtante in Kindertagen aus den Grimm'schen Märchen vorgelesen hatte. Warum sollte ich also nicht auf diesem Weg ein Schloss besichtigen? ...